A Hologram for the King

Dave Eggers

国王的全息图

〔美〕戴夫·艾格斯 著　　刁俊春 译

人民文学出版社
PEOPLE'S LITERATURE PUBLISHING HOUSE

著作权合同登记号:图字 01-2016-1661

A HOLOGRAM FOR THE KING

图书在版编目(CIP)数据

国王的全息图/(美)艾格斯著;刁俊春译.—北京:人民文学出版社,2016
(戴夫·艾格斯作品)
ISBN 978-7-02-011464-1

Ⅰ.①国… Ⅱ.①艾… ②刁… Ⅲ.①长篇小说-美国-现代 Ⅳ.①I712.45

中国版本图书馆 CIP 数据核字(2016)第 039819 号

责任编辑:朱卫净　彭　伦　潘丽萍
封面绘图:yangmwahaha
封面设计:汪佳诗

出版发行　人民文学出版社
社　　址　北京市朝内大街 166 号
邮政编码　100705
网　　址　http://www.rw-cn.com
印　　制　山东德州新华印务有限责任公司
经　　销　全国新华书店等
字　　数　220 千字
开　　本　890×1240 毫米　1/32
印　　张　9
版　　次　2016 年 6 月北京第 1 版
印　　次　2016 年 6 月第 1 次印刷
书　　号　978-7-02-011464-1
定　　价　36.00 元

如有印装质量问题,请与本社图书销售中心调换　电话:010-65233595

献给三位杰出的人

丹尼尔·麦克斯威尼、罗恩·哈德利和保罗·维达并不是每一天我们都被人需要。

——塞缪尔·贝克特

一

艾伦·克莱一觉醒来，飞机已经到了沙特阿拉伯的吉达。日子是二〇一〇年五月三十号。他在飞机上度过了两天。

在内罗毕时，他偶遇了一个女人。等航班时，这女人就坐在他旁边。她身材高挑，曲线优美，耳朵上戴着一对细小的金耳环。她面色红润，说话轻声细语。如果拿这个女人同他日常生活中低头不见抬头见的许多人相比的话，艾伦更加喜欢她。她说她生活在纽约州的北部地区，距离他位于波士顿市郊的家不太远。

他要是有勇气的话，总会想出办法同她多待一会儿的。然而，他没有，他登上飞往利雅得的航班，然后转机到吉达。一个男人在机场接机，然后开车把他送到希尔顿酒店。

艾伦走进他在希尔顿的房间，咔嗒一声把门关上了，凌晨一点十二分。稍微收拾一下，他迅速躺倒在床上。他需要睡眠。他七点就要出发，往北赶一个小时的路，以便在八点钟到达阿卜杜拉国王经济城。在那里，他和他的团队将会安装一个全息电话会议系统，并等待时机展示给阿卜杜拉国王本人。如果能给他留下深刻印象，阿卜杜拉就很可能会把整个经济城信息技术方面的合同全交给瑞莱恩特公司，那样的话，艾伦的提成会达到五十万左右，有了这笔钱，所有困扰他的问题都会迎刃而解了。

所以他需要休息好，让自己感到精力充沛，感到准备充分。可是他在床上辗转反侧了四个小时，还是难以成眠。

他想到了女儿姬特，她是个大学生，上的大学非常好，也非常贵。女儿秋季学期的学费还没有着落。他之所以没钱支付女儿的学费，是因为他之前的人生中所做的一系列愚蠢决策。他计划不周。当需要勇气的时候，他又总是怯懦。

他的那些决定总是目光短浅。

他同伴们的那些决定也总是目光短浅。

所有的这些决策都是愚蠢的权宜之计。

但是，当初做决策时，他并不知道它们是目光短浅的、愚蠢的权宜之计。他和同伴们并不知道他们当时的那些决策会使他们、使艾伦沦落到这般田地——差不多身无分文、几乎无业可就，成为一家咨询公司的老板，同时也是唯一的员工，而办公室就是自己的家。

他同姬特的母亲露比离婚了。如今，他们分开的时间已经超过了当初在一起的时间。露比就是眼中钉、肉中刺。她现在住在加利福尼亚，对姬特的花销不闻不问、一毛不拔。“大学是你的事。”她对他如是说。“做男人本该如此。”她说。

这个秋天，姬特将会无法上学了。艾伦已把房子挂牌出售了，但是还没找到买家。除此，他别无选择。他欠太多人钱了，其中有欠一对自行车设计师的一万八千元，他请他们给他制造了一个新式自行车的原型，原本准备在波士顿地区投入生产的。为此，他被当做傻瓜。他欠吉姆·王的钱，吉姆借给他四万五千元用以支付生产资料以及仓库的首期也是末期的租金。他还欠六七个朋友和“未遂的”生意伙伴大约六万五千元。

一句话，他破产了。当他意识到无法支付姬特的学费时，寻求其他的资助已为时太晚。转学的时机也早过了。

像姬特这样健康的女孩子一个学期没学上，是不是一个悲剧？不，这不是个悲剧。姬特这样聪明能干的女孩子错过了一个学期的大学生活，对漫长的、饱经风霜的世界历史而言，影响可以说微乎其微。她会安然无恙的。这一点也不是悲剧。绝不是悲剧。

他们说发生在查理·弗仑身上的事是悲剧。查理·弗仑在艾伦家附近的湖里冻死了。那座湖就在艾伦家的隔壁。

在吉达的希尔顿酒店房间里，艾伦睡不着，脑子里想着查理·弗仑。那天，艾伦是亲眼看见查理踏入那座湖的。当时，艾伦正开着车，准备前往采石场。像查理·弗仑这样的人会在九月份的时节踏入这座泛着波光、幽暗的湖泊，这一点看起来不太正常，但也没有太离谱。

查理·弗仑一直给艾伦寄一些书页。他这样做已经有两年的时光了。查理是在上了些年纪以后才发现了超验主义，并有了一种亲切感。他发现布鲁克农场①离他和艾伦的家不远，认为这冥冥中自有深意。他追溯了一下自己的家谱，希望自己的某个祖先能和超验主义者们在生活中有所交集，可是这方面的寻找一无所获。不过，他仍然寄给艾伦一些书页，并把一些段落用有色笔标出。

---

① 布鲁克农场（Brook Farm）位于波士顿郊区，是由一群超验主义者创办的实验性的乌托邦社区，成员共同劳动，共享成果与报酬。

这些作品来自一个才思卓越的大脑，艾伦想。他告诉过查理，别再寄那些狗屁不如的东西了。但是查理只是咧着嘴笑，继续我行我素。

所以，当初的那个星期六中午，当艾伦看见查理踏入水中时，他视其为查理对土地新激情的一种逻辑延伸。他经过查理身边的时候，湖水仅仅没过他的脚踝。

二

当艾伦在吉达的希尔顿酒店醒来的时候，他就已经迟到了。已经八点十五分了。五点以后，他才睡着。

按计划他八点就该到达阿卜杜拉国王经济城。路上至少要花一个小时。等洗好澡、穿戴整齐，叫上一辆车，怎么也得十点才能到。公务在身，第一天就迟到两个小时。他真是愚蠢。一年更比一年蠢。

他试着打凯利的手机。打通了，电话里传来她低沉悦耳的声音。也许下辈子，命运之轮重新旋转，他年龄会小一些，而她年龄会大一些，而且他们都足够蠢，想尝试一下，那么他和凯利一定会惊世骇俗的。

“你好，艾伦！我们这里很美。嗳，也许不那么美。可是你却没来。”

他说明了原因，实话实说。他无法鼓起勇气撒谎，那需要创造力。

“好吧，别担心，”她笑了一下说，她甜美的声音暗示着她的人生可能有着持久的性愉悦，并且赞扬着这种美妙人生的存在，“我们刚开始安装。不过你得自己找车。你们有谁知道艾伦怎样找车来这儿？”

她似乎在大声地问团队里的其他人。听起来那里像一个大洞穴。他脑海里浮现一个画面：一个黑暗的洞里，三个年轻人手握着蜡烛，等待着他和他的提灯。

“他租不到车。”她对他们说。

接着对他说：“你能租到车吗，艾伦？”

“我会想办法的。”他说。

他给酒店大堂打电话。

“喂，你好，我是艾伦·克莱。你叫什么名字？”

他喜欢问别人的名字。这个习惯还是当他在福勒牙刷公司工作时，乔·崔福尔给培养成的。问别人的名字，反复叫他们的名字。你记住别人的名字，他们就记住了你。

接待员说他的名字是爱德华。

“爱德华？”

“是的，先生。我的名字是爱德华。有什么为您效劳的？”

“你从哪里来，爱德华？”

“印度尼西亚的雅加达，先生。”

“啊，雅加达。”艾伦说。然后他意识到对于雅加达他没什么可说的，他对雅加达一无所知。

“爱德华，我想通过酒店租一辆车，你看怎样？”

“您有国际驾照吗？”

“没有。”

“那么就算了。依我看，您还是不租的好。”

艾伦打电话给服务台职员。他说明他需要一名司机开车送他去阿卜杜拉国王经济城。

“这需要几分钟才行。”服务台职员说。听他的口音不是沙特阿拉伯人。显然，在这家沙特阿拉伯酒店工作的人都不是沙特阿拉伯人。艾伦先这样假设。来之前，有人告诉他，不管什么地方的工作都很少由沙特阿拉伯人来从事。在所有的领域，他们的劳力都是输入的。“我们一定会找个合适的人开车送您。”服务台职员说。

“你就叫一辆出租车，难道不行？”

“真的不行，先生。”

艾伦的火一下子就上来了，可是麻烦都是自己造成的。他道声谢，挂了电话。他知道在吉达或者利雅得出租车不是想叫就可叫到的——那些旅行指南书都这么说，它们在对外国游客细述沙特阿拉伯王国种种危险之处时，都极尽渲染之能事。美国国务院把沙特列为最高等级的警戒。绑架并非不可能，艾伦也许会被卖给基地组织，被赎回，再穿过重重边界线被运送。但是艾伦在任何地方都从未有过身处危险的感觉，因为工作任务，九十年代去过华瑞兹，八十年代去过危地马拉。

电话响了。

“我们为您找到了一名司机。您想他什么时候到？”

“越快越好。”

“他十二分钟后会到。”

艾伦冲了个凉，刮了一下布满斑点的脖子。他穿上汗衫、白色的有领衬衫、卡其裤、平底鞋、棕褐色的袜子。着装要像一个美国商人，曾有人这样告诉他。在一些警世故事里，过分热情的西方人穿上长袍、戴上头饰。他们想要融入这个社会，做出了努力。只是这种努力吃力不讨好。

固定衬衫领子的时候，艾伦摸到了脖子上的肿块。一个月前，他第一次发现这个肿块，高尔夫球大小，从脊椎上凸出，感觉像是软骨。有些日子里，他认为它是自己脊椎的一部分，因为要不然还能是什么？

它可能是肿瘤。

在他的脊椎上有一个那样的肿块——它一定是扩散的、致命的。近来，他总是思路紊乱、步履蹒跚，事实清楚而恐怖，那就是他脊椎那里长东西了，正在慢慢啃噬着他，消耗着他的精力，使他逐渐失去灵敏和毅力。

他本打算找人看一下的，但后来还是作罢了。医生是没有办法给那样的肿块动手术的。艾伦也不想放疗，不想变成秃顶。不能那样，那不过是个诡计：偶尔碰一碰它，跟踪并发症，然后再多碰碰它，最后什么也不做。

十二分钟不到，艾伦准备好了。

他打电话给凯利。

“我马上从酒店出发。”

“好的，你到的时候我们会一切就绪的。”

团队没有他也能到那儿，没有他也能安装设备。那么，他到底为什么要在那儿呢？一些貌似正确的理由还是使他来了。第一个理由是，他比团队里其他人都年长，那几个还都是孩子，真的如此，没有一个超过三十岁。第二个理由是，艾伦在九十年代中期曾经结识了阿卜杜拉国王的侄子，当时他们共同参与了对塑料工业的风投。所以瑞莱恩特公司在纽约的副总裁埃里克·伊格万感觉这层关系很不错，也许能引起国王对他们多一份关注。他们的感觉很可能不对，但是艾伦还是选择不去改变他们的看法。

艾伦对这份工作很满意。他需要这份工作。伊格万给他打电话之前十八个月左右的时光，他自惭卑下。到了他这样的年龄，填写纳税申报表时，应税收入为两万两千三百五十美元，情何以堪。他已经做了七年的家政咨询服务，收入却一年比一年少。大家都不花钱。五年前的生意还是不错的。老朋友们纷纷扔给他业务，他们用得着他。他介绍自己认识的供货商给他们、拉点优惠、达成协议，轻装上阵。他曾经感到自己的价值。

如今，他五十四岁了，在美国这个大公司眼中，他的吸引力如同一架泥巴做的飞机。他找不到业务，没有客户和他签约。他从施文转到赫菲，再转到前沿制造合伙人公司，再到艾伦·克莱咨询室，到最后他只能坐在家里看二〇〇四年和二〇〇七年红袜队赢得系列赛的DVD。在那场对阵洋基队的比赛中，红袜队连续击出四个本垒打。二〇〇七年，四月二十二日。这些四分三十秒的录像他已经看了不下百遍。每一次看，都给他带来一种类似喜悦的感觉。一种正义感，一种秩序。这是一种永远无法消失的胜利。

艾伦给服务台职员打电话。

"车到了吗？"

"抱歉，他迟到了。"

"您是来自雅加达的那位吗？"

"是的。"

“爱德华。”

“是我。”

“再次问你好，爱德华。车子要迟到多久？”

“还要二十分钟。我给您送一点吃的上去好吗？”

艾伦走到窗边向外看去。红海风平浪静，从这样的高度看上去并不十分显著。一条六车道的公路沿着海边延伸。三个穿白衣服的人在突堤码头上钓鱼。

艾伦看看隔壁房间的阳台。他从玻璃里看到了自己的影像，看起来是一个普通人。刮好脸、着好装，他看不出有什么问题。但是他眉毛下方有一片黯黑，双眼深陷进去，别人已经开始注意到了。在上一次高中同学聚会时，一个以前是橄榄球运动员的男人（艾伦一直鄙视他）对艾伦说：“艾伦·克莱，你的眼神好空渺。发生什么事了？”

海上吹来一阵风。远处，一艘集装箱船向海的另一面驶去。海面上随处可见其他的船只，小得像玩具一样。

在从波士顿到伦敦的航班上，一个男人坐在他旁边，一边喝着加奎宁水的杜松子酒，一边自言自语。

“好过一段时间，是吧？”他说，“多长时间？三十年左右？也许是二十年，又或是二十二年？但好日子结束了，毫无疑问地结束了，在当下这样一个旅游业和店务管理业的时代，我们不得不准备好加入西欧。”难道这不就是飞机上那个男人所说的要旨？大概如此吧。

他不停地说，酒也不停地要。

“我们已经成为了一个室内猫的国度，”他说，“一个怀疑者、担忧者、杞人忧天者的国度。感谢上帝，这些人和当初建国的那些美国人不是一类。他们属于不同的种群！他们乘坐木轮子的马车穿过国家！人们一路走过，一路有人断气，而他们几乎不会停下来。那时，死去的人被埋起来，活着的人继续赶路。”

那男人喝醉了，也许还有点精神失常，他和艾伦一样出生在制造业的大背景下，后来在人生的某个阶段，迷失在和物品制造相行渐远的世界里。他把自己浸泡在加奎宁水的杜松子酒里，已经彻底喝醉了。他要去法国，然后在尼斯附近远离尘嚣，那里有他父亲二战后所建的一座小房子。就是这样了。

艾伦顺着那男人的意思，他们就中国、韩国、越南的制衣业、海地服装业的兴衰、海德拉巴①一间好房子的价格等话题比较了各自的想法。艾伦在自行车上花费了数十年的时光，然后又或短或长地从事过十几份其他的工作，像咨询服务、帮助公司通过铁面无情的高效率来提高竞争力、机器人产业、节约型制造业等诸如此类的工作。然而，年复一年，像他这样的人，可以从事的工作却越来越少。人们已经不在美国本土从事制造业了。当成本是亚洲的五到十倍，不管是他，还是任何人，凭什么支持美国制造业？当亚洲的工资上涨到难以维持的水平——比如说，每小时五美元——还有非洲。中国人已经开始在尼日利亚制造运动鞋了。杰克·韦尔奇说制造业应该放在一只永恒的驳船上环绕地球，尽可能地寻找最便宜的生产条件，看起来这个世界拿他的话当回事了。飞机上的那个男人悲痛地大声抗议：东西的生产地**很重要**！

但是艾伦不想绝望，不想被邻座的人拖进他的不适中去。艾伦

① 海德拉巴，印度第六大城市，安得拉邦的首府，位于印度中部，以其富饶而著称。

是个乐观主义者，不是吗？他说他是。“不适。”那男人一遍又一遍地使用这个词。真正造成这样一个局面的是黑色幽默。“那些玩笑话！”那男人痛苦地喊道，“我过去经常在法国、英格兰、西班牙听到这些笑话。还有俄罗斯！人们抱怨他们没有希望的政府，抱怨他们国家基础性的、不可逆转性的机能障碍。还有意大利！变质、衰退的预期。到处都是不适，现在我们也是一样。那邪恶的讥讽。它就是杀手，我向上帝起誓。那就是你倒下的征兆，并且再也爬不起来了！”

艾伦已经听他说过了，不想再听了。他戴上耳机，在接下来的航程中看了几部电影。

艾伦离开阳台，又回到房间的幽暗和凉爽里。

他想起了自己的家。他想知道此时此刻谁会在他的家里。谁会在房子里走来走去，摸摸东西，然后离开。

他的房子在待售中，已经有四个月了。因为那座有人冻死在里面的湖吗？

露比打电话来唯一所谈的就是那房子。房子卖掉了吗？她需要卖房子的钱，并且认为艾伦会把房子卖掉，然后设法对销售情况保密。“房子一旦卖掉，你自然会知道。”他对她说，“不是还有网络吗？”他说。当她开始大喊大叫，他便挂断了电话。

有个女人把艾伦的房子归置了一下。有些人会这样做。他们走进你的房子，把它变得更加有吸引力一点，而你从来就做不到。你那因为你的邋遢而变得黑乎乎的房子，会由于他们的归置而明亮起来。

于是，在房子卖掉以前，你生活在你房子的另一个版本里，一个更好的版本。那里有着更多的黄色调。有花朵，有用回收木材制成的几张桌子。你自己的东西则被存放了起来。

她的名字叫蕾妮，一头细软的头发向上拢起，就像棉花糖一样。"先清理杂物吧。"她说。她面对着他二十年来积攒的全部家什，手臂一挥，说："这些东西百分之九十要装箱搬走。"

他开始装箱。搬走，再搬走。他把家具留了下来。但她返回时说："现在我们把家具换了吧。你想买还是租呢？"

他搬走他的家具。起居室里的两条长沙发，他都送人了。一条送给姬特的一个朋友，一条送给帮他修剪过草坪的楚瑜。蕾妮租来了一些艺术品，她称它们为朦胧抽象艺术。每个房间都挂一些，画布上的色彩宜人，只是形状模糊，让人不明就里。

那是四个月以前的事了。那以前他一直住在房子里，当房地产经纪人带人上门时，他就搬出去。有时候他留在房间里。有时候他把自己锁在家里的办公室里，听看房者们在他家里走来走去，对房子品头论足。"天花板太低，"他们会说，"卧室都很小。这些是原木地板吗？有股发霉的气味。住在这里的人是不是上了年纪？"

有时，他观察这些可能的买房者们进进出出。他像个傻瓜一样从他办公室的窗子后窥视着。有一对夫妇待的时间太长了，艾伦不得不尿在一只咖啡杯里。有一个看房客，穿着皮大衣，职业女性，当她离开房子走到私人车道上的时候，她透过窗子看到了他。她转身对房地产经纪人说："我想我刚看见了一个鬼。"

艾伦注视着海浪轻拍着海岸。有谁知道沙特阿拉伯竟然有这样广阔而原始的海岸？艾伦以前就不知道。他看着楼下的几十棵棕榈树，有些种在他住的酒店庭院里，有些在隔壁酒店的庭院里，红海就在远处。他考虑留在这里。他可以隐姓埋名。他可以逃掉一切债务。设法给姬特寄钱，把自己在美国生活中种种难以承受的恶习统统抛到九霄云外。五十四年这样的生活。难道还不够吗？

可是，不能这样。他的抱负不止于此。有些日子里，他的抱负不止于此。有些日子里，他胸怀世界。有些日子里，他目视千里。有些日子里，他翻越平庸的山麓丘陵，觉得他的人生和未来的风景理应如此：可以规划、可以践行、可以实现。所以他想做的事以前都做过。那么为什么现在不可以做呢？他可以的。要是他可以做事不半途而废。要是他可以拟定一份计划然后加以实施。他都可以！他得相信自己可以。他当然相信。

阿卜杜拉的这笔生意看起来板上钉钉。瑞莱恩特公司的规模其他人竞争不过，何况他们还有超厉害的全息图。艾伦再出把力，万无一失，拿到自己的分红，还清波士顿所有人的欠款，然后东山再起。开一家小工厂，起步时每年生产一千辆自行车，再慢慢增加产量。用零花钱就把姬特的学费付了。打发掉房地产经纪人，买下房间里的东西，阔步走向世界，大人物一个，钱多得可以骂人，去你妈的，也去你妈的，还有你妈的。

有人敲门。早饭送来了。不到五分钟，土豆煎饼就送到了房间。这不太可能，除非他吃的食物原先是为别人准备的。他意识到的确是这样。他并不在意。他叫服务生把早餐摆在阳台的一张桌子上，然后在离地面十层楼高的阳台上坐下，在风中眯着眼睛，动作夸张地签下账单。在这一瞬间，他感到，这才是自己。这一切，他当之无愧。他需要一种以我为主的姿态，要表现得游刃有余。也许如果他是那种可以吃别人土豆煎饼的人，那种酒店急于讨好以至于把别人的早餐送给他的人，那么说不定他就是可以觐见国王的人。

三

电话响了。

“我们开始叫的司机来不了了。我们又叫了一个。他就在路上。他二十分钟内能到。”

“谢谢。”艾伦二话不说挂断了电话。

他坐下来，慢慢地调整着呼吸直到心情平复下来。他是美国商人。他不感到难为情。今天他能够振作起来。他能够不当傻瓜。

他们没有给艾伦任何保证。国王很忙，他们在电子邮件和电话中一再告知他这一点。当然他很忙，艾伦也一遍遍地回复道，并反复表明只要国王愿意接见他，无论何时何地，他都感激不尽。但是事情不是那么简单。国王不仅仅忙，日程安排也变化得很快、很频繁。国王的日程安排非得频繁地、迅速地变更不可，考虑到万一有人想加害于他。所以，国王的日程安排不仅要应国家的要求经常变更，同时为了国王自身以及王国的缘故，他的日程安排也必须经常变更。艾伦被告知，除瑞莱恩特公司以外，还有多家供应商也对给阿卜杜拉国王经济城提供服务深感兴趣，他们都要准备好各自的商品以备展示，地点在这座迅速发展的城市的滨海区中心某处，具体待定，他们会在离国王到来很短的时间内得到通知。哪一天都有可能，一天中的任何时刻都有可能，艾伦这样被告知。

“所以要好些天，也许好些周？”他问。

“是的。”他们说。

所以，艾伦早就准备好了行程。他以前干过这样的事——亲吻戒指，展示商品，达成协议。通常也不是不可能完成的任务，只要找到合适的掮客，并且别惹麻烦。瑞莱恩特公司是世界上最大的信息技术供应商，为其工作并不具有很强的挑战性。阿卜杜拉可能需要最好的，瑞莱恩特公司自认为是最好的，肯定是最大的，其规模是他们最强的美国竞争者的两倍。

“我认识您的侄子贾拉维。”艾伦会说。

也可能说：“我和您侄子贾拉维关系不错。”

或者是：“贾拉维，您的侄子，是我的老朋友。”

在别的地方，关系已经不再重要了，艾伦知道这点。关系在美国不重要，在许多其他地方也不重要，但是在这里，在王室成员之间，他希望那层友谊多少能起点作用。

同行的还有瑞莱恩特公司的其他三位同事，两个工程师，一个营销主管——布拉德、凯利和蕾切尔。他们会演示瑞莱恩特公司产品的性能，艾伦会处理数据。

为阿卜杜拉国王经济城提供信息技术对瑞莱恩特公司来说意味着立马就有至少数亿美元的收入，后续收入还会更多，更为关键的是，这对艾伦来说意味着舒适的生活。也许还谈不上舒适的生活，但是他可以避免潜在的破产风险，有一笔钱可以退休养老，姬特也能在她选择的大学继续学业，她对生活、对父亲也会少很多的失望。

他走出房间。门砰的一声关上了，发出像加农炮开火一样的声音。他走下橙色大厅。

他们建成的这家希尔顿酒店，毫无沙特阿拉伯王国的地缘特征。整个综合楼群像堡垒一样面对着公路和大海，既没有内涵也没有背景，连一两个阿拉伯传统的建筑样式都找不到。这个地方，所有这些棕榈树和土坯，如果放在亚利桑那，或者奥兰多，或者任何地方，都是可以的。

艾伦凝视着下面的中庭，隔着十层楼的高度，艾伦看见下面几十个男人在转悠，都穿着阿拉伯传统服装。艾伦不得不记住它的命名法：那些长长的白色袍子叫做 throbe（大袍）；包住头发和颈部的那块布叫做 gutra（头巾）；用来固定 gutra 的黑色圆绳叫 iqal（头箍）。艾伦注视着那些人晃来晃去，身上的大袍使他们的行动看起来轻飘飘的。幽灵的集会。

在大厅的尽头，他看见一台电梯正要关门，他小跑过去，伸手挡住快要关上的门。电梯门猛地一抽，向两边退去，好像受到了惊吓，又满怀歉意。在景观电梯里有四个男人，都穿着大袍，戴着白头巾。有两三个人拿眼角瞥了瞥艾伦，又迅速收回目光继续看着放在他们中间的一台新的平板电脑。电脑的主人在展示辅助键盘功能，他把键盘转来转去，上面的按键忠诚地重新配置着，这一切给他的朋友们带来了极大的乐趣。

装载着他们五人的玻璃电梯厢沿着中庭降落到大厅，像雪花一样悄无声息。电梯门打开了，正对着一面假石墙。氯的气味。

艾伦为沙特人按住电梯门让他们先出去，没有人说声谢谢。他跟出了电梯。喷泉把水射向空中，毫无理由，毫无节奏。

他在大厅里一张铸铁的小桌子边坐下。一个服务员出现了。艾伦叫了杯咖啡。

附近，两个男人，一黑一白，坐在一起，穿着相同的白色大袍。

艾伦的旅行指南告诉他，在沙特阿拉伯种族主义很明显，甚至是赤裸裸的，但是，此时此刻，此情此景。也许不能算作社会和谐的证据，可是至少旅行指南值得怀疑。他想不出哪怕一个例子可用来说明旅行指南上所描述的风俗或者格言在现实中得到证实的情况。传递文化准则就像报告交通状况一样。等到你发布它们的时候，它们已经无关紧要了。

这时有个人站在艾伦的不远处。艾伦抬起头看见一个胖嘟嘟的男人，正抽着一根很细的白色香烟。他举起一只手，貌似要打招呼。艾伦挥了挥手，一头雾水。

“艾伦？你是艾伦·克莱吗？”

“是的。”

那男人把香烟捻灭在一个玻璃烟灰缸里，把手伸向了艾伦。他的手指细长，像鹿皮一样柔软。

“你就是那司机？”艾伦问。

“司机、向导、英雄。我叫优素福。”那男人说。

艾伦站了起来。优素福个头不高，他那带点奶黄色的白色大袍罩着矮胖的身躯，呈现出企鹅的模样。他很年轻，比姬特大不了多少。他一张圆脸，没有皱纹，留着十几岁小孩子特有的一缕小胡子。

“在喝咖啡呢？”

“是的。”

“本来是要喝完的，对吧？”

“不是的，就这样吧。”

“好嘞。那么，这边走吧。”

他们走到室外。热浪生猛，掠魂夺魄。

“在这儿。”优素福说，于是他们快速穿过小停车场来到一辆古老的雪佛兰凯普瑞斯前，车身为胶土褐色。“这是我的宝贝。”他说，像魔术师展示一束假花那样展示着那辆车。

车子几近报废。

“你准备好了吗？你没带包或者其他什么的？”

艾伦什么也没带。以前他会带公文包和标准拍纸簿，可是他从未看过任何一次会议上他所记的笔记。现在，他出席会议时，只是坐在那儿什么也不写，并且这种做法已经成为一种力量的来源了。人们会认为不记笔记的人头脑超常敏捷。

艾伦打开后排的车门。

“不，不，”优素福说，“我不是私人司机。坐到前排来。”

艾伦遵从了。座位上升起一小团尘云。

“你肯定这玩意能把我们带到那里吗？”艾伦问。

“我一直开着它去利雅得，”优素福说，“它从未出过问题。”

优素福坐进车子，转动点火装置。引擎静默着。

“噢，等一下。”他说完走出车子，打开引擎盖，然后消失在它的后面。过了一会儿，他关上引擎盖，回到车上，重新发动。引擎咳嗽了几声，醒了过来，仿佛昔日重现。

“引擎问题？”艾伦问。

“不是的，不是的。我进酒店大堂之前，把引擎的电源给拔了。我只是必须要确保没有人在引擎上接上导线。”

“接上导线？”艾伦问，“为了炸车？”

“不是什么恐怖事件，”优素福说，“只是有个家伙认为我和他老婆有一腿。”

优素福挂上倒挡，把车子倒了出来。

“他也许想杀了我，”他说，“我们出发。”

他们驶离酒店的环岛。在出口处，他们开过一辆沙漠色的悍马车，车顶上架着一挺机关枪。一名沙特士兵坐在它旁边的一只沙滩椅里，双脚泡在一个充气水池里。

“这么说我坐的车有可能会爆炸？”

“不会的，现在不会了。我检查过了。你都看到了。”

“你是说真的？真有人想杀你？”

“有可能的，”优素福边说，边把车子开到公路上，与红海平行。“不过，事情没有发生前，你都不能肯定，我说得对吧？”

“我花了一个小时等来的司机，开着一辆也许会爆炸的车。”

“不，不。”优素福说，现在他已经心有旁骛了。他正设法开启他的 iPod，它是老款的，斜靠在他俩之间的水杯架上。那 iPod 和车载立体音响的连接出现了问题。

“没什么好担心的。我想他不会知道怎么用那种方式给汽车接上导线的。他不是狠角色。他只是有钱罢了。如果说他雇别人干，倒有点可能性。”

艾伦一直盯着优素福看，年轻人补充解释道："一个有钱人完全有可能雇人在和他老婆有一腿的男人车上装上导线的。"

"我……操。"优素福说，转过头来看着艾伦，"现在你弄得我害怕了。"

艾伦考虑打开车门，滚下车去。也许滚下车比和这家伙同坐一辆车更加靠谱。

与此同时，优素福从一个白色烟盒里取出另一支细香烟，点上，眯着眼睛看着前面的路。他们开过一长串沙色的巨大雕像群。

"烂透了，对吧？"优素福说。他深吸一口烟，对职业杀手的担心也似乎烟消云散了。"噢，艾伦。你从哪里来？"

优素福那种举重若轻的神态感染了艾伦，他也不再担心了。像他这样有着企鹅般的身材、抽着细香烟、开着雪佛兰凯普瑞斯，应该不是杀手感兴趣的类型。

"波士顿。"艾伦说。

"波士顿，波士顿。"优素福说，一边用手拍打着方向盘，"我去过阿拉巴马。上了一年大学。"

尽管觉得不妥，艾伦还是继续同这个疯子说话。

"你在阿拉巴马上过学？为什么是阿拉巴马？"

"你的意思是，因为我是不远数千英里唯一的阿拉伯人？我获得了一年的奖学金。在伯明翰。同波士顿区别很大吧？我猜。"

艾伦喜欢伯明翰，就这样说了。他在伯明翰有些朋友。

优素福微微一笑："伏尔甘①大雕像，对吧？怪吓人的。"

---

① 伏尔甘，希腊十二主神之一，是宙斯与赫拉的儿子。他是长得最丑陋的天神，而且是个瘸腿，但却娶了最美丽的女神阿佛洛狄忒。他是火神，亦是诸神的铁匠。美国阿拉巴马州伯明翰市的伏尔甘像是世界上最大的铸铁雕像，是该市的标志。

“是的。我喜欢那雕像。”艾伦说。

阿拉巴马的学习生涯解释了优素福的美式英语。他讲话时只有极少的沙特口音。他穿着一双手工的凉鞋，戴着欧克利太阳镜。

汽车在吉达市飞速地行驶着，这座城市看起来很新，和洛杉矶有几分相似。“有布尔卡①的洛杉矶。”安琪·希利曾这样对他说。他们一起在崔克公司工作过一段时间。他很想念她。她是他生命中又一个已经死去的女人。生命中有着太多的女朋友，她们先变成老朋友，然后变成年老的朋友，这些女朋友们一个个嫁了人，变老，她们的孩子现已长大成人。接下来，就有人开始死去。死于动脉瘤、乳腺癌、非霍奇金淋巴瘤。真是魔障。他的女儿现在二十岁，很快就会三十岁，再以后，用不了多久，病痛就会像暴风骤雨般袭来。

“这么说，你真的和那家伙的老婆有一腿，还是怎么的？”艾伦问。

“不，不。这个女人是我的前妻，我们很久以前结过婚……”

他看着艾伦，琢磨着到目前为止他的反应。

“但是我们不合适。她改嫁给了别人。现在她对生活感到厌倦，整天给我发短信。在Facebook上给我留言，到处都写。她丈夫知道了，认为我们关系暧昧。你想吃点什么吗？”

“你的意思是我们停车吃饭？”

---

① 布尔卡，指穆斯林女性穿的与盖头、面纱连为一体并可以遮盖全身的罩袍。

“我们可以在老城里找个地方。”

“不了，我刚吃过。我们已经迟到了，还记得吧？”

“噢。我们赶时间？他们没告诉我啊。如果我们迟到了的话，我们是不该走这条路的。”

优素福把车子调头，然后加大油门。

四

也许姬特在家里待一年会更好。她大学的室友是只怪鸟，瘦得像根铁轨，来自曼哈顿，善于发现。室友会发现姬特晚上睡不安宁，然后她会就这一点意味着什么、应该如何治疗、其深层次原因是什么等问题发表一番高见。在她的那些发现之后，她会盘问和怀疑姬特是不是有这样或那样的问题。她会发现姬特手臂上的轻微瘀痕，然后要求姬特告诉她是哪个男人干的。她发现姬特的声音很尖，有点细，几乎是小孩子的声音，这一点，该室友解释道，通常是儿童时期性虐待的表征，受害者的声音在创伤发生的年龄就冻结了。你有没有发现你的声音像个小孩子？她问。

"你常做这种事吗？"艾伦问。

"开车送人？这只是副业。我是学生。"

"学习什么？"

"学习人生！"优素福说，然后大笑起来，"不，我是逗你玩的。商业、市场营销。那一类的东西。我不知道为什么要学这些。"

他们开过一个巨大的游乐场，过了这么久，这是艾伦第一次看到了小孩子们。大概七八个小孩，有的悬挂在攀爬架上，有的在爬滑梯。有三个女人陪着这些小孩，她们戴着炭黑色的布尔卡。他曾经待在一群布尔卡中间，但今天看到这些在游乐场游荡的黑影，跟在小孩子们的后面——艾伦还是有点不寒而栗。被一个伸开双手、飘动的黑衣人追逐，这难道不是噩梦中的情景吗？但是，艾伦什么也不知道，所以什么也没说。

“要开多长时间？”艾伦问。

“去阿卜杜拉国王经济城？那是我们要去的地方吗？”

艾伦没理他。优素福微微一笑。这次他在开玩笑。

“大约一个小时，也许多一点。你应该什么时候到？”

“八点。八点三十。”

“好吧，中午时分你会到的。”

“你喜欢 Fleetwood Mac 乐队[①]吗？”优素福问道。他已经弄好 iPod 了——它看起来就像在沙漠里埋了几个世纪刚出土的一样——并开始滚动屏幕寻找他的歌曲了。

他们离开了城市，不久就上了一条笔直的公路，横穿原始的沙漠。沙漠并不美。没有沙丘，只是绵亘不绝的平坦。一条丑陋的公路从中穿过。优素福的车超过了几辆油罐车、几辆货运卡车。偶尔，在远处，可以看到一个小村庄，灰色的水泥房，迷宫似的围墙，杂乱无章的电线。

艾伦和露比曾有一次开车横穿美国，从波士顿到俄勒冈州，为了参加一个朋友的婚礼。是在有孩子之前才有的那种荒诞选择。他们不停地争吵，大发雷霆，争吵的绝大多数内容都是有关他们的前夫或前妻。露比想谈论她的前夫们，大谈特谈。她要艾伦明白为什么她离开他们而选择了他，而艾伦一点也不想听。要求过去是一张

---

① 一支成立于二十世纪六十年代末的英国乐队。

干净的白板是不是太过分了？请别说了，他恳求着。她继续说，沉醉在自己辉煌的过去中。别说了，别说了，别说了，他终于忍不住吼了起来，于是从盐湖城到俄勒冈的这段路，他们一句话也没说。每沉默一英里，他都感到更多的力量，并且想象着她会对他多一分尊敬。他唯一抵抗她的武器就是沉默和刻薄；他在隐忍中偶尔会爆发一种令人恐惧的强硬。他从没有像和她在一起时那样固执。这就是一个和她一起生活了六年的他。这个艾伦脾气暴躁、猜疑嫉妒、马不停蹄。那时他比任何时候都要精力充沛。

优素福又点上一支烟。

“不是最有男子汉气概的品牌。”艾伦指出。

优素福大笑起来：“我在试着戒烟，所以从正常的大小改抽现在的这些。它们只有正常宽度的一半。少些尼古丁。”

“但更加小巧。”

“小巧，小巧。我喜欢这词。是的，它们很小巧。”

优素福的两颗大门牙中的一颗长歪了，和另一颗成交叉状。这使他笑起来有种特别的疯狂。

“连盒子也很小巧，”艾伦说，“你看。”

盒子是银白色的，一丁点儿大，好像一只昆虫皮条客开的迷你凯迪拉克。

优素福打开杂物箱，把烟盒扔了进去。

“好些了吧？”他说。

艾伦大笑：“谢谢你。”

有十分钟的时间，他们什么也没说。

艾伦暗自斟酌这家伙是不是真的要带他去阿卜杜拉国王经济城。

他是不是一个迷人的绑架者。

“你喜欢笑话吗？”艾伦问道。

“你是说，好比，那些你记住并讲得出的笑话？”

“是的，”艾伦说，“那些你记住并讲得出的笑话。”

“这样的笑话不是沙特人擅长的，”优素福说，“不过，我听过那样的笑话。一个英国人曾经给我讲过女王和大鸡鸡的笑话。”

露比讨厌笑话。“太难为情了。”在每次外出的晚上，不管他讲一个笑话还是十个，之后她都会这样说。艾伦知道一千个笑话，所有知道艾伦的人都知道艾伦知道一千个笑话。

他甚至被测试过——几年前，一帮朋友让他连续不停讲两个小时的笑话。他们认为两个小时后他所有会讲的笑话都讲完了，然而，他才刚刚开始。为什么能记住如此多的笑话，他从未搞清楚过。但不管什么时候，一个笑话讲完，另一个总是来到嘴边。屡试不爽。每个笑话连着下一个笑话，就像魔术师的一串围巾。

“别这样粗俗迂腐了，”露比对他说，“你听起来就像一个过时的杂耍演员。现在没人再讲那样的笑话了。”

“我讲。”

“人们无话可讲才讲笑话。”她说。

“人们讲完了话再讲笑话。”他说。

实际上他并没有说那句话。多年以后，他想到了那句话，但当时他和露比都沉默不语。

优素福拍打着方向盘。

“好吧，”艾伦说，“有一个女人的丈夫生病了。几个月来，他时而昏迷，时而清醒，但她每天都守在他的床边。当他醒来时，他示意她离他近些。她靠近了些，坐在他边上。他的声音很微弱。他抓住她的手。‘你知道吗？’他说，‘你一直陪着我度过了我所有困难的时光。我被炒鱿鱼时，你在那儿支持我。我的生意变糟，你在那儿。我们失去房子时，你给我支持。我的身体每况愈下时，你还是在我的身边……你知道吗？’‘知道什么，亲爱的？’她轻柔地问。‘我认为你给我带来了厄运！’”

优素福扑哧一声，咳了起来。他不得不捻灭香烟。

“很不错。我没想到会是那样。还有吗？”

艾伦很感激。他已经很多年没有讲笑话给懂得欣赏的年轻人听了。

“还有，”艾伦说，“让我想想……噢，这个不错。好的，有个人名叫古怪[①]。约翰·古怪。他讨厌自己的姓。人们老是取笑他的姓，称呼他和妻子为‘古怪夫妇’，他无论走到哪里，人们都叫他‘外出的古怪人’，还有很多类似的情况。渐渐地，他上了年纪，开始写自己的遗嘱。在遗嘱中他写道，他死后，他不想墓碑上写着他的姓。他只想被埋在一个无标记的墓里，只有一块普通的墓碑，不写名字，什么也不写。后来，他死了，他的妻子遵从了他的遗嘱。所以，他就躺在一个未做标记的墓里，但每当有人走过墓地看到这座未标记的墓时，他们都说：‘看，那不是古怪吗？’”

优素福大笑，不得不擦了擦眼睛。

---

① 原文为Odd。

艾伦爱上了这家伙。哪怕是他的亲女儿姬特，在他每次准备尝试讲个笑话时，都会摇着头说，不要，请不要。

艾伦继续讲："好吧，问你个问题。你怎么称呼一个知晓四十八种做爱方式却一个女孩子也不认识的家伙？"

优素福耸耸肩。

"一名咨询师。"

优素福笑了一下。"还不错，"他说，"咨询师。就是你啊。"

"是的，就是我。至少有一段时间。"

他们经过一家小型的游乐园，看起来似乎废弃了，不过粉刷得鲜艳夺目。一个摩天轮，粉红与黄色相间，独自竖立在游乐园中，等待着小孩子们的到来。

艾伦想到了另一个笑话。

"好的，这个更好。有个警察。他刚在一个恐怖的交通事故现场停下车。地下到处散落着遇难者的肢体，这里有一只手，那儿有一条腿。他把现场情况一一记录在本子上，这时他碰到了一个人头。他在记录本上记下：'bullevard① 上有一个人头'，拼成了 b-u-l-l，他知道拼错了。所以，他划掉，再拼。'bouelevard 上有一个人头。'又拼错了，多了一个 e。划掉、划掉。再拼。'boolevard 上有一个人头，'这次拼成了 b-o-o-l。'该死！'他说。他四下看看，发现没人看他。他用脚轻轻地把那个头踢了踢，再掏出铅笔记下：'路缘上有一个人头。'"

"不错。"优素福说，尽管他一直没笑。

① 林荫大道，正确拼写为 boulevard。

他们在接下来的一两英里的路程中沉默不语。一路上地势平坦、空旷。任何东西建在这里，这无情沙漠里，都是一种把纯粹意志强加在一片不适合居住的土地之上。

查理的尸体被人们从湖中拖出来的时候，完全没了人样。他当时穿着一件黑色的风衣，艾伦首先想到的是它是一堆裹在油布里的树叶。只有他的两只手显然是人类的。

“你们需要从我这儿了解点什么吗？”艾伦问警方。

他们什么也不需要。他们看到了事情发生的全过程。十四个警察和消防员密切注视了查理·弗仑在湖中从生到死的五个小时。

五

“那么，你为什么来这儿？”

“来哪儿？”

“阿卜杜拉国王经济城。”

优素福读起来像蛋糕①的发音。是蛋糕也不错，艾伦想。

“有工作。”艾伦说。

“你参与了建筑业？”

“没有，为什么这么问？”

“我想也许你会帮助项目启动。那儿现在风平浪静。什么建筑也没有。”

“你去过那儿？”

艾伦猜测答案会是去过。这一定是在吉达附近发生过的最大的事情了。所以，优素福当然见过。

“没有。”他说。

“为什么不去看看？”

“那儿什么也没有。”

“目前还没有。”艾伦纠正道。

“永远都不会有。”

“永远都不会有？”

---

① 阿卜杜拉国王经济城（King Abdullah Economic City）的英文缩写 KAEC 同蛋糕的英文 cake 发音相近。

“不会实现的，”优素福说，“它已经死了。”

“什么？它没有死。我做了几个月的调研。我要去那儿做展示。他们正在全力以赴呢。”

优素福转过头看了一眼艾伦，笑了，咧着嘴笑，开心极了。“等着，我们到了你就知道了。”他说。他又点上一支烟。

“全力以赴？”他说，“天哪。”

恰好在这个时候，一个广告牌映入眼帘，上面展示着进展情况。一家人都来到室外，坐在屋后的平台上，他们身后的落日显得不像是真的。男人是沙特人，一个生意人，一只手拿着手机，另一只手拿着报纸。女人正在给丈夫和两个等不及了的小孩端上早餐，她戴着头巾，穿着端庄的宽松短衫和裤子。照片的下方写着：“阿卜杜拉国王经济城：一个男人的远见。一个国家的希望。”

艾伦指向广告牌：“你认为这都不会实现？”

“我能知道什么呀？我只知道他们什么都还没做。”

“迪拜怎么样？一切都实现了。”

“它不是迪拜。”

“它不可以是迪拜吗？”

“它不会是迪拜的。什么样的女人会想来这里？没有人会搬到沙特阿拉伯去的，除非他们万不得已，否则哪怕在海边有粉红色的公寓楼也无济于事。”

“广告牌上的那个女人似乎就向前迈了一步。”艾伦说。

优素福叹了声气。“那是种理念，他们说。或者，他们不会这样说，但它们暗示在阿卜杜拉国王经济城，女性会有更多的自由。她们将能够更加自由地同男人们相处，能够开车。诸如此类的事。”

“这样不是很好吗?”

“如果真的实现了，也许是很好。可是它不会实现的。也许在过去的某个时间里，它可能会实现，但是现在那里没钱了。埃玛尔公司破产了。他们在迪拜要破产了。一切都被过高估价了，现在他们搞砸了。他们在全球到处都欠债，所以现在阿卜杜拉国王经济城死了。一切都死了。你会见到的。你还有更多的笑话吗?”

艾伦感到了恐慌，但他试着不把优素福的判决放在心上。他知道在沙特和其他任何地方都有贬低者。埃玛尔公司，在迪拜建造了大量建筑物的全球开发商，陷入了困境，是经济泡沫的受害者，并且每个人都知道没有阿卜杜拉国王的亲自参与和他私人的钱，阿卜杜拉国王经济城就会陷入困境。不过，国王当然会把他的钱投进来的。他当然会确保它向前进展。它是以他的名字命名的。它是他的继承物。阿卜杜拉国王的自尊不允许他让整个事情失败。艾伦对优素福说出了这些断言，也在试图说服他自己。

“可是，如果他死了呢?”优素福问道，“他已经八十五岁了。那么以后呢?”

艾伦无法回答。他需要相信这类事，一座城市平地而起，会最终实现的。他曾经看到那些建筑物纷纷呈现，真是壮观。闪闪发光的塔楼，四周或两旁植有树木的公共空间和滨海散步道，一系列的运河让通勤者们可以乘船四通八达。这座城市是超现代的、浪漫的，但同时也是实用的。城市用现有的科技就能建起来，当然需要很多的钱，不过钱阿卜杜拉肯定是有的。他为什么要和埃玛尔公司一起，而不自己直接拿钱，这是个谜。这男人有足够多的钱，一夜之间就能建起这座城市——那么他为什么不这么做呢?有时候，国王必须有国王的派头。

前方出口显示阿卜杜拉国王经济城到了。优素福转过头看着艾伦。戏谑地扬了扬眉毛。

“出发。全力以赴！”

他们从出口处下了公路向海边开去。

“你确定这条路是正确的吗？”艾伦问道。

“这就是你要去的地方。”优素福说。

艾伦看不到一座未来城市的任何迹象。

“不管你叫它什么，就是这儿了。”优素福边说，边用手指着他们的前方。路是新的，但路的两边绝对空无一物。他们向前开了一英里，来到一个不大的门前，也就是路上方的一对石拱，一个巨大的圆顶罩住一切。好像是有人先在顽固的沙漠中间修了一条路，然后在路中间的某处竖起了一道门，用来暗示一件事物的结束和另一件事物的开始。有希望但是心里没底。

优素福把车停下，摇下车窗。一对卫兵，穿着绿色工作服，肩膀上松松垮垮地挂着步枪，小心警惕地靠近汽车，围着转了一圈。他们看起来因为有人来而感到很吃惊，何况是两个人，开着一辆三十岁高龄的雪佛兰。

优素福同他们说话，下巴向右点了一下，算是引见了他的乘客。卫兵们弯下腰看了看副驾驶座上的美国人。艾伦朝他们职业性地笑了笑。一名卫兵对优素福说了点什么，然后优素福转向艾伦。

“你的身份证明。”

艾伦把护照递给他。卫兵走进他的办公室，一时看不见了。然后他返回把护照递还给优素福，挥手放行。

过了检查点，路一分为二，成了两条车道。中央分隔带上长满了草，被晒得焦黄，奄奄一息，两个穿着红色连衫裤的人用水龙带给这些草浇水，它们才得以续命。

“我猜这些人不是阿联酋人。”艾伦说。

优素福郁郁一笑：“我几天前在我爸的商店里听到有个家伙在说话。他说，‘我们这里没有阿联酋人。我们有菲律宾人。’”

他们继续往前开。中央分隔带的草上开始出现一排排棕榈树，都是新栽的，有些还裹着麻布袋。每隔十棵树左右，路灯柱上挂着横幅，上面是城市建成后会有的景象。一条横幅上主要描绘了一个穿着大袍的男人，从游艇上走下，手里拿着公文包，两个穿黑色西装、戴墨镜的男人前来迎接的景象。另一条横幅上，一个男人在草坪上挥动着高尔夫球杆，边上站着一名球童——恐怕又是一个南亚人。有喷枪绘制成的一座崭新的巨型体育馆。有从空中鸟瞰下的海滩线，上面列满了度假胜地。一张照片上，一个女人在教她的儿子使用笔记本电脑。她戴着希贾布，但除此以外，都是西式装束，一身浅紫色。

“如果他们不够真诚，为什么要宣扬这些形形色色的自由？”艾伦问道。阿卜杜拉所冒的风险极大，很可能会把保守派惹毛的。

优素福耸耸肩。

“谁知道？它打动了像你这样的人，所以，它也许有用吧。”

路变直了，再次穿过毫无性格、毫无形态的沙漠。每隔二十英尺左右会有街灯，但除此以外，一无所有，整个景象就像是一个最近在月球上被放弃的开发项目。

他们朝海边又开了一英里，又有树木出现了。成群的工人们，有些戴着安全帽，有些裹着头巾，都聚集在棕榈树下。远处，公路在离水数百码的地方结束，那里有三五座建筑物像旧墓碑那样竖立着。

“基本上，就是这儿了。”优素福说。

沙漠的风很急，尘土弥漫着街道，像雾一样。不过，还是有两个男人在打扫着道路。

优素福拿手指着他们大笑起来：“你知道钱都去了哪儿了吧。他们在沙漠里扫沙子。”

六

整个新城到目前为止由三座建筑物组成。一座淡粉色的公寓楼，差不多已经竣工，但看起来还没人入住。一座二层楼的接待中心，依稀有地中海的风格，四周环绕着喷泉，大多无水可喷。最后一座是玻璃外墙的办公楼，大约十层，矮矮宽宽、四四方方、黑不溜秋。办公楼的正面有标记，写着 7/24/60。

优素福对此不屑一顾："标记的意思是，他们的工作时间是每周七天、每天二十四小时、每小时六十分钟。我很怀疑。"

他们把车停在低矮的接待中心前，接待中心距离沙滩咫尺之间。装饰有形形色色的圆顶和宣礼塔。他们走下车，酷热难耐。气温一百一十度。

"你想一起进去吗？"艾伦问道。

优素福站在接待中心前，似乎在考虑里面是否有什么值得他花点时间看看。

"算在我的账上。"艾伦说。

优素福耸耸肩："说不定有点意思。"

门向两边自动地打开，一个男人出现了，穿着光洁的白色大袍。

"克莱先生！我们一直在等你。我叫赛义德。"

他的脸很窄，胡子很宽，他有一双笑眯眯的小眼睛。

"很遗憾你错过了班车。"他说，"我能理解酒店不太容易叫醒你。”

“不好意思，我迟到了。”艾伦说，目光很坚定。

赛义德笑得很热情：“国王今天不会来，所以你的晚到无关紧要。请进来吧。”

他们走进了房子，幽暗，凉爽。

艾伦四下看看：“瑞莱恩特的团队是在这里，还是在……”

“他们在展示区。”赛义德说，手向海滩的方向挥了一下。他讲话带着英国口音。艾伦被告知，所有这些高级别公务人员都在常春藤联盟高校和英国受过教育。至于这家伙，艾伦猜是圣安德鲁斯①。

“但是，我想也许我可以领你先参观一下，”赛义德说，“你不感兴趣吗？”

艾伦感到他至少应该先和团队一起入住，但他没这样说。参观一下也无妨，再说也不会花多长时间。

“当然有兴趣。我们参观一下。”

“太好了。来点果汁吧？”

艾伦点点头。赛义德转过身，另一名助理递给他一杯橙汁，他再递给艾伦。玻璃杯晶莹剔透，好像圣杯一样。艾伦端着玻璃杯，跟着他们穿过大厅，到处是拱门和未来城市的图像，他们来到了一间大房子，里面有一个巨大的建筑模型，齐腰高，占据着房间。

“这是我的同事，穆贾迪德。”赛义德指着另一个站在墙边、穿

---

① 圣安德鲁斯是坐落在英国苏格兰东海岸法夫行政区的大镇，苏格兰历史上最著名的城镇之一，也是中世纪时苏格兰王国的宗教首都。圣安德鲁斯不但有苏格兰最古老的大学圣安德鲁斯大学，也由于其在高尔夫运动发展中做出的诸多贡献被称为“高尔夫故乡”。

着黑色商务装的人说。穆贾迪德大约四十岁，身材壮实，脸刮得很干净。他点了点头。

“这就是完全建成后的城市。”赛义德说。

现在穆贾迪德开始接手了：“克莱先生，我向你展示的是阿卜杜拉国王的梦想。”

建筑模型上那些微小的建筑物，每个像大拇指那么大，都是乳白色的，白色的道路穿插其中，画出柔和的曲线。摩天大楼、工厂和树木、桥梁和航道，还有成千上万的房屋。

艾伦一向很痴迷于这样的模型，这样的远景，三十年的规划，从无到有的成就——尽管在他自己的经历中，从来就没有成功地使这种远景开花结果。

他曾经委托制作过一个模型。一想到这个，心里就一阵懊恼。布达佩斯的那个工厂不是他的主意，但是他迫不及待地开展了工作，认为它是通往更伟大成就的跳板。然而，把苏联时代的一家工厂改造成施文公司拥有的、有效率的资本主义模式——这简直就是胡闹。他被派往匈牙利去处理这个项目，把美国的自行车生产线带到东欧，试图使整个欧洲向施文公司开放市场。

艾伦曾经委托制作过一个比例模型，开始他的前景很好，希望满满。也许他们能把匈牙利产的自行车送到欧洲之外。也许回到美国。人工成本不值一提，只有工艺是高超的。那些都是假设。

然而，计划破产了。工厂从未有效运行过，工人们根本没法培训好，他们的工作没有效率，并且施文公司也没有资本使机器真正现代化起来。一场大败，从此以后，艾伦在施文公司被委以重任的日子就屈指可数了。

然而，看着眼前的这个模型，艾伦感觉这座城市也许真的可以建成，有了阿卜杜拉的钱，它会建成的。赛义德和穆贾迪德同他一起凝视着它，他们解释着建设的不同时期，同他一样心醉神迷。这座城市，他们说，在二〇二五年前会建成，人口将达到一百五十万。

“真是令人叹为观止啊。”艾伦说。他目光寻找着优素福，发现他在大厅里转悠。艾伦向他示意，催促他进来，但优素福迅速摇摇头，表示不感兴趣。

“这就是我们现在所在的地方。”穆贾迪德说。

穆贾迪德朝他鼻子正下方的一座建筑物点了点头，它看起来和他所处的房子一模一样，不过只有葡萄大小。在模型上，它位于一条长长的临水散步道上。突然，激光笔上的红点出现在二楼上，好像一艘宇宙飞船瞄准了它准备摧毁。

艾伦喝完果汁，然后发现没地方放杯子。里面没有桌子，拿托盘的人也不见了。他用衣袖把玻璃杯底部擦干，然后把它放在一个平面上，他以为是红海，离岸半英里左右。赛义德礼貌地笑了笑，拿起杯子，走出了房间。

穆贾迪德不动神色地笑了笑：“我们看个电影怎么样？”

艾伦和优素福被领到一间天花板很高的多功能厅，镜子和金箔使房间十分明亮，里面有几张长沙发，排成几排，面对着一张占据整面墙的巨大屏幕。他们坐了下来，房间内的灯随之熄灭。

一个女人的声音传来，说话带着英国口音，清脆快速。

“在阿卜杜拉国王影响深远的先见之明和堪称典范的领导才能的激发下……”这座城市模型的计算机合成版出现在屏幕上，在夜色中生机勃勃，光彩夺目。摄影机沿着一道由黑色玻璃和光线组成的华美山脉，忽而向下俯冲，忽而向上飞起。“我们展示世界上第二个伟大经济城的黎明……”

艾伦看着优素福。他想要优素福也感到惊叹。电影一定耗资数百万。优素福在翻动手机上的信息。

“……使中东最大的经济体产业多样化……”

不久屏幕上呈现了阿卜杜拉国王经济城的白天，以街道为平面，运河里有疾驶而过的快艇，商人们在水边握手，集装箱船到港，估计运出了许多在阿卜杜拉国王经济城生产的商品。

“阿拉伯世界间的金融合作……”

几面旗子出现了，分别代表着约旦、叙利亚、黎巴嫩、阿联酋。有一段是关于拟建的清真寺的，它可以一次性容纳二十万礼拜者。有一个大学报告厅的简短镜头，女性们坐在教室的一边，男性们坐在另一边。

“一个不夜城……”

一个可以年处理一千万个集装箱的港口。一个可以为之献身的朝觐目的地，每季都能接待三十万的朝圣者。一个巨大的体育综合体，可以像蛤蜊壳一样打开。

现在优素福有了兴趣。他探过身子对艾伦说：“一个形状像阴道的体育馆。真不赖。”

艾伦没有笑。他被深深地吸引了。电影真是太棒了。看起来它是继巴黎之后最伟大的城市了。艾伦看到到处都是瑞莱恩特公司施展拳脚的地方：数据传输、视频、电话、网络化运输、船运集装箱的无线射频识别标签、医院和学校以及法庭里的科技。可能性无穷无尽，甚至超过了他、伊格万或其他任何人所能够想象到的。终于电影来到了高潮部分，摄影机向天空中上升，显现出整个阿卜杜拉国王经济城的夜景，流光溢彩，烟花在空中怒放。

灯亮了。

他们回到了展示厅，里面还是镜子和几张黄色长沙发。

“还不错吧？”穆贾迪德说。

“相当不错。”艾伦说。

他看向优素福，优素福面无表情。如果他想讲个笑话，表达一下疑问——他似乎真想这么做——他知道在这个灯火通明的房间里，他还是少说为妙。

“让我们看看工业区的模型。”赛义德说。

不久他们来到了另一间房子，里面有一些图画，上面是工厂、仓库和正在装卸着货物的卡车。这里的理念是，赛义德解释说，他们可以使用沙特的石油生产商品——塑料、玩具，甚至是尿布——然后把它们船运到中东各地。也许还有欧洲和美国。

“我听说你做过一段时间制造业？”赛义德问道。

艾伦有点不知所措。

“我们做过调研，克莱先生。我小时候就有一辆施文自行车。我在新泽西生活过大约五年的时光。我上商学院的时候，施文正是我们研究的个案之一。”

总是个案研究。艾伦曾参加过几个个案的研究，但是一段时间过后，他感到太压抑了。问问题的人是一些自作聪明的学生，他们伪装成志在必得的年轻人。你们为什么没有预见到越野自行车的流行？还有山地自行车？你会死在那儿的。把所有的劳工都让中国承担是不是一个错误？这个问题来自于那些小孩子，他们所有的工作经验就是夏天时修剪过草坪。你们的供应商是如何成为你们的竞争者的？那是个不言自明的问题。你想单产成本下降，就得在亚洲生产，但是要不了多久，这些供应商就不需要你了，不是吗？授人以渔。现在中国人知道怎么捕鱼了，现在全部自行车的百分之九十九都在那儿生产，就在一个省里。

“有段时间还是很有趣的，是吧？”赛义德说，“那时候施文在芝加哥生产，兰令在英国生产，还有意大利的自行车、法国的……有一段时间你有来自国际的竞争，你在众多不同的产品中做出选择，它们有着非常不同的传统、不同的感受性，以及不同的制作工艺。”

艾伦记起来了。那些日子是他人生中的辉煌。早晨他会在西城工厂，注视着成百上千的自行车被装载到卡车上，它们在阳光下闪闪发光，呈现出现实中冰激凌的颜色。然后他坐上车，向州南开去，下午的时候他就会在马顿、兰图尔或者奥尔顿[①]检查一家特许经销店。他会看到一家人走进店里，爸爸妈妈给十岁的女儿买一辆World Sport，小姑娘摸着自行车，仿佛它是神圣的东西。艾伦知道，销售商知道，这家人也知道，那辆车是在几百英里外的北方由一大群让人眼花缭乱的工人们手工制成，这些工人大多是移民——德国人、意大利人、瑞典人、爱尔兰人、大批的日本人，当然还有大量的波兰人——同时他们也都知道那辆自行车差不多永远也骑不坏。为什么这点如此重要？为什么他们在五十七号公路以北被生产出来这点如此重要？这很难回答。但艾伦很擅长自己的工作。这也不是什么太艰难的事情，毕竟要卖的是这样的东西，如此货真价实以至于深深扎根于数以千计的童年记忆中。

“好吧，往事不堪回首啊。”艾伦说。希望这个话题就此打住。

---

① 马顿、兰图尔和奥尔顿都是伊利诺伊州的城市。

可是赛义德谈兴正酣。

“现在的问题是把不同的标签贴在相同的自行车上。它们都是相同的几家工厂生产出来的——想贴什么牌就贴什么牌。”

艾伦没什么好说的。他同意赛义德的说法。他想继续参观，可是此时的赛义德是一个专注于个案调查的商学院学生。

“你是否想过当时的你也许能扭转一下乾坤？”

“我？单枪匹马？”

“嗯，不管你当时可以扮演什么角色。它是不是也许能有其他出路？有没有一条路也许能让施文公司生存下来？”

也许能。也许能。艾伦解析着这几个字。如果赛义德继续使用这几个字，他就会给他一大棒。

赛义德在等待回答。

“情况很复杂。”艾伦咕哝着。

艾伦以前也碰到过这种情况。人们对施文公司满是怀旧感伤。他们认为，它一定是被一群经营这一品牌的蠢蛋们以某种方式给挥霍了，就是他这样的蠢蛋。像施文这样占有美国绝大部分市场长达八十年左右的公司怎么会破产，而且还白送一样给卖了？这怎么可能？好吧，为什么这就不可能呢？施文公司的一些老人曾经尝试着继续在美国生产自行车。按照他们中某些人的说法，那是第一号错误。他们在芝加哥勉强维持到一九八三年。艾伦真想抓住这个 MBA 傻瓜摇一摇。你知道坚持那么长时间有多难吗？想要生产自行车，复杂的、劳工密集型的机器，在芝加哥的西城工厂，一家百年老厂，直到一九八三年？

“艾伦？”

艾伦抬起头。是优素福。

“往前走了。你想来吗？**也许**你想来吧？”

赛义德站在大厅的远端。

“我们上楼吧。”他说。

走完两段楼梯，他们来到“在建城市”的上面。这个观察室提供了三百六十度全方位的视角，艾伦沿着玻璃窗踱步。它还有点粗糙，不过从现在这个有利的观察角度看，城市是很美的。现在一切都说得通了。红海是碧蓝色的，轻风带来细浪，水面起了涟漪。沙子几乎是白的，非常精美。一条铺了地砖的散步道蜿蜒地通向远方，把海滨和那粉红的公寓楼，以及艾伦现在看来至少还有几栋公寓楼的地基分开。棕榈树在新的开发区里到处可见，也种植在最近的运河两岸，运河是天蓝色的，非常清澈，河水从海里引来，贯穿城市并向东流去。来的时候，一路上直到进城的景象看起来是彻底的失败，现在再看，目标还是有望实现的。这地方一派热闹的景象，到处都是身穿红黄蓝三色连体衫的工人，这地方正在被建成。任何投资者只要从这个有利的观察角度来看这个项目，都会确信项目正在被完成，并且完成得相当有品位，至少在艾伦看来，速度也令人钦佩。

“你喜欢吗？”穆贾迪德问道。

“喜欢。”艾伦说，“看看那儿。所有的城市都需要河。”

“的确如此。”穆贾迪德说。

优素福也透过玻璃往外看，脸上不见了嘲讽。似乎他也在真心地欣赏这美景。

赛义德和穆贾迪德把艾伦和优素福带到一台电梯里。他们下了两层楼，电梯门打开时，他们来到了地下停车场。

“这边请。”

赛义德把他领向一辆SUV。他们坐进车子。闻起来这车是新的。把车开上坡道，他们又来到了阳光下。车子一个左急转，向大海的方向开去，几秒钟后，车停了。

“我们到了。”穆贾迪德说。

他们开了两百码的距离。此时出现在他们面前的是一顶巨大的帐篷，白色的，拉得紧紧的，是那种在婚礼和节日场合下使用的型号。

“谢谢。”艾伦说完，走下车来，重回热浪中。

“那么，我们下午三点再见？”赛义德说。

在某一时刻，一定提到过约会。

“好的。”艾伦说，“是在主楼，还是在接待中心？”

“在主楼，”赛义德说，“卡里姆·艾哈迈德会来。他是你的主要联系人。”

艾伦站在帐篷前，困惑不解。有个塑胶的门。

“我的同伴住在这里？”他问道。

“是的。”穆贾迪德说，脸上没有怀疑也没有歉意。

“在帐篷里。”艾伦说。

这似乎是不可能的。艾伦确信一定是什么地方搞错了。

“是的。”穆贾迪德说，“你们的展示会在帐篷里做。我相信你需要的东西帐篷里应有尽有。”

然后，他关上车门，开走了。

艾伦转向优素福。

“我想你可以走了。”

“你有办法回去吗？”

“是的，会有面包车什么的。”

他们谈好价钱，艾伦付了车费。优素福在一张商务名片上写下一串数字。

“万一你又错过了班车。”他说。

他们握了握手。

优素福对着帐篷扬了扬眉毛。

“全力以赴。”他说，然后走了。

七

在帐篷里，艾伦没看到人。地方很大、很空，有股汗水和塑料的味道。地下铺着波斯地毯，几十块交叉叠在一起。大约三十张折叠椅在地上散开，好像这里刚举行过婚礼，客人们刚离开。帐篷的一端有个舞台，艾伦的团队会在那儿组装扬声器和投影仪。

在帐篷的远端角落里，模模糊糊地，他看见了三个人蹲在那里，各自盯着自己笔记本的灰色屏幕。他向他们走了过去。

“他来了！”一个低沉的声音响起。

是布拉德。他穿着卡其裤，崭新的白衬衫，袖子卷了起来。他站起来和艾伦握手，尽力地弯曲着体内的骨骼。他矮而敦实的体格，加上腿几乎是弯的，使他看起来像一个摔跤教练。

“嘿，布拉德。很高兴见到你。”

蕾切尔和凯利也站了起来。她们已经脱掉了身上的长袍，光着脚向艾伦打招呼，只穿着短裤和运动背心。帐篷里有空调，但是远达不到使人舒适的程度。三个年轻人身上都是汗光闪闪的。

他们在等艾伦说点什么。他不知道他们期待他说些什么。他同这几个年轻人并不熟悉。三个月前，他们在波士顿，在埃里克·伊格万的坚持下，有过简短的会面。定好计划，明确分工、进度表和目标。他们按要求签下一些文件、沙特王国所要求的弃权声明书，声明他们会遵守沙特王国的所有规定，一旦违反法令被判有罪，他们会和所有其他人一样接受相同的惩罚。弃权声明书明确地列出一些包括通奸在内的特定罪行，其后果是处死，他们签字时，都感到有些眩晕。

“你们在这里过得还行吧？”艾伦问道。

他想不出说些什么会更好。他还在设法消化他们在帐篷里生活这一事实。

“还行，只是我们收不到无线网络信号。”凯利说。

“在黑盒子那里，还有点微弱的信号。”布拉德补充道，并把头偏向那座竖立在稍高地面上的7/24/60办公楼。他们已经为它设计了一个绰号。

“谁让你们住帐篷的？”艾伦问道。

凯利回答：“我们来到这里的时候，他们说展示都在这里做。”

“在帐篷里。”

“我猜是的。”

“他们对你说过什么吗？”蕾切尔试探地问，“就是，你知道，有关我们为什么住在外面，正对着实际上的主楼。”

“没对我说什么，他们没有。”艾伦说，“也许所有的销售商都住在外面的这个地方吧。”

艾伦原本预期有其他十几家公司忙碌地准备着，在对皇家来访的期待中狂乱地工作着。可是，只有他们一家，住在外面这顶黑漆漆的帐篷里——艾伦搞不明白。

“我猜应该是这样，”蕾切尔一边说，一边咬着嘴唇内侧，“可是，这儿就只有我们了。”

“也许我们最先到。”艾伦说，且把语气尽力放轻松。

“瑞莱恩特公司的员工住在这儿，真有点诡异，对吧？”布拉德感到疑惑。他是个以公司为家的人，一个十分能干的年轻人，也许活这么大，还从未偏离过公司交待过的、自己也熟记的游戏规则。

“这是座新城。未知领域，对吧？”艾伦说。“你们有没有问过谁关于无线网络的事？”他问道。

“还没有，”凯利说，“我们想等你来了再说。”

“有段时间，我们有很不错的信号。”蕾切尔补充说。说着，她轻盈地走回帐篷的远端，似乎认为信号由于被人提起会重新出现。

艾伦看了一眼凯利的电脑，看到信号的同心弧线绝大部分都是灰色的，而不是黑色的。想要做全息图展示，他们需要满格的信号，如果没有，至少是强大的信号，绝对不可以是微弱的或者是盗用别人的。

“好吧，我想我会过问这件事的。你们开始安装其他设备了吗？”

“没有，还没有。”布拉德边说，边敛眉蹙额，“我们有点希望这只是暂时的情况。展示在这里可做不好。”

“你们在这儿一直都在找信号？”

“到目前为止，是的。”凯利说完，仿佛意识到他们也许可以多做点什么。

从帐篷的另一端黑暗处，蕾切尔插话道：“刚才有段时间，信号很不错。”

“是的。大约一个小时前。”凯利补充道。

八

艾伦在这里一定是有原因的。他为什么在离吉达一百英里以外的一顶帐篷里？是的。同样他为什么会活在地球上？通常，意义被遮蔽。通常，意义需要深挖。他人生的意义就是地表下数百英尺处那一层难觅的活水，他会定期在井下放一只桶，装满水，提起来，喝上一口。可是这样难以长期维系。

查理·弗仑之死成了全国性的新闻。他在清晨走进湖中，穿得整整齐齐。艾伦见到他时，水才到脚踝，所以不以为意。这个超验主义者沾上了泥泞。

艾伦开车走了。

然而，查理向水深处走去。他走得很慢。其他的邻居，有的看到水到他的膝盖，有的看到水到他的腰部。没人说什么。

终于，当他站在深及胸部的水中时，林恩·马格利亚诺打电话报了警。警察来了，消防队也来了。他们站在岸上，他们对他大声喊话。他们叫他回来。但是没人下去救他。

后来警察和消防队员解释说因为经费削减的缘故，他们没有参加过此类营救的训练。如果他们贸然下水救他，有可能是重大责任事故。再者，他们说，那人当时是站在水中的。

最后是一个高中女孩子划着一个汽车轮胎下了水。当她来到查理·弗仑所站的地方时，他已经肤色发紫，毫无反应了。

她尖叫起来。警察和消防队员找来工具把他拖了上来。他们给他做心肺复苏，可是他死了。

“艾伦？”

布拉德在看着他，眼里露出一丝关切。

“哎，”艾伦说，“我们到外面看看吧。”

他走向出口。蕾切尔和凯利动了一下身子要跟出来，但布拉德制止了她们。

“你们穿成这样，在外面被人看到不好。”他说。

她们说她们很乐意待在里面，里面凉爽些。

艾伦和布拉德一起走了出来。他们在阳光和热浪中眯着眼睛，四下寻找有没有塔台或电缆设备的迹象。

“在那儿。”布拉德说，用手指着那粉红色的公寓楼，在它的旁边安装着一个碟形卫星天线。

他们向它走了过去。

“我们在这里找什么？”艾伦问道。

布拉德是工程师，所以艾伦希望科技方面的事情由他拿主意。

“我猜我们是去看看卫星天线是否插上了电源。”

艾伦瞥了一眼布拉德，看他是不是在开玩笑。他是认真的。

看起来它是插上了电源的。但是它离帐篷大约三十码，所以很可能对他们没用。他们再次站住，眯着眼睛四下张望。他们看到成群结队穿着紫色和红色连体衫的工人们在散步道上铺砖或者清扫上面的沙子。

“那是个塔台吗？”艾伦问。在散步道的中间有一个两层楼高的金属结构，从样子上看介乎于油井架和风标之间。他们走向它，没看到有线从上面拉出去。这东西对他们有没有用，现在还不好说。他们走回帐篷，依旧一筹莫展。

帐篷里面，蕾切尔和凯利待在两个相对的黑暗角落里，俯身看着电脑屏幕，就像两个照顾婴儿的母亲一样。

“有信号吗？”布拉德问她们。

“不算有，”凯利说，“时断时续的。”

“你发出邮件了吗？”布拉德问。

“还没有。”蕾切尔说。

艾伦需要休息几分钟才能从热浪中恢复过来，所以他搬来一张折叠椅坐了下来。布拉德在他旁边坐下。

“我们一直在试图发邮件给卡里姆，他是我们在这儿的联系人。”布拉德说。

“他在哪儿？”艾伦问道。

“应该就在阿卜杜拉国王经济城这儿。”

“在办公楼里？那黑盒子里？”

“我想是的。”

“你想走到那边去？”

“还不想。不到万不得已，我是不会再回到那热浪中去的。”

于是，他们继续坐在帐篷里。

九

埃里克·伊格万和他的那张蠢脸。坐在那张长长的花岗岩桌子前，读着艾伦的报告，噘着丑陋的嘴唇。艾伦很想揍一下那张脸。揍一下他那张虚情假意的脸，直到它对他表现出一些尊敬。

“我真的需要你这次能做到有条不紊。”伊格万曾这样说。

伊格万是有名的吹毛求疵之辈。当事情不是以他喜欢的方式呈现，他的脸就会皱在一起，嘴痛苦地噘着。他对艾伦有关阿卜杜拉国王经济城的报告不满意。艾伦被要求在临行前准备一些材料，审看一下阿卜杜拉国王经济城，预测瑞莱恩特公司的前景如何，艾伦照做了。报告提前完成了，比伊格万所要求的要长很多，也更加详细。

“可是，你的报告里很多问题都没有回答。”伊格万说，脸上的表情很痛苦，“那让我很不舒服。”

艾伦暗自发笑，说报告中之所以有很多问题没有回答是因为他还没去过沙特，无法设想自己知道那片土地的情形——阿卜杜拉的心理状况就知之更少了。

“这就是做生意。”艾伦笑着说，“你做好估算，制定好计划，然后你去了那儿，一切都变了，但是你仍然做成了生意。”

伊格万没有笑，他不赞同这样的说法。

“我需要确信派你去做这件事是正确的选择，”伊格万说，“你已经有段时间没有真刀真枪地干了，我需要知道你宝刀不老，依然是行家里手。”

艾伦看向外面，看着下面的港口。

艾伦的民族在大饥荒[①]时从爱尔兰来到美国。三兄弟从科克郡出发，于一八五〇年到达波士顿。他们一开始生产铜纽扣，从纽扣发家后，在南波士顿有了一家铸造厂，从事着制造管子、活门、锅炉和暖气设备等多种多样的工作。他们雇佣其他爱尔兰人，后来也雇佣德国人、波兰人和意大利人。生意十分红火。兄弟们在海边盖起了第二套房子。他们给小孩子们请家庭老师，教他们拉丁语和希腊语。全波士顿的建筑物上，到处可见他们的名字。教堂和医院侧翼上。接下来大萧条来了，所有人都得重新开始。艾伦的父亲在查塔姆没有第二套房子。他是位于罗克斯伯里的新泰莱工厂的一名工头。他做得很不错，为儿子艾伦积攒了足够上大学的钱。可是，为了去卖福勒牙刷公司的产品，艾伦大学辍学了，然后又开始卖自行车，有段时间生意做得风生水起，后来他和其他几个人决定请人在几千英里之外的地方生产他们所卖的东西，再后来不久他就落得无东西可卖了，所以现在他在这个会议室里，俯视着港口，并注视着紧绷着脸的埃里克·伊格万，他是他的主子，彼此心照不宣。

“我认为这就像灌篮一样十拿九稳。”艾伦说。

“你看，这恰恰是令我担心的。你的过度自信不能使我感到安心。”

---

① 爱尔兰大饥荒是一场发生于1845年至1852年间的饥荒。在这七年的时间内，爱尔兰人口锐减了将近四分之一；这个数目除了饿死、病死者，也包括了近两百万因灾荒而移居海外的爱尔兰人。

十

凯利拉过来一把椅子："那么，你认为他随行会带多少人来？"

"谁？"艾伦问道。

"阿卜杜拉国王。"她说。

"我不知道。我猜大概十二个吧。也许更多。"

"你认为他对这里信息技术的决定有唯一的处置权吗？"

"我会这样期待，当然。这城市里可是写进了他的名字。"

现在蕾切尔也加入进来。"你见过他吗？"她问道。

"我？没有。我大概二十年前认识了他的侄子。"

"他当时是王子吗？"

"是的。现在依然是。"

"他会来这儿吗？"

"不，不会。他在摩纳哥。他不再涉足商业了。他到处飞，为各种事业捐资助款。"

艾伦的脑海里出现阿卜杜拉的侄子贾拉维的画像。他那张奇特的脸。他的嘴是歪的，好像是由一只颤抖的手所画，这使他脸上有种似笑非笑的嘲讽神情。

然而，他为人非常真诚、非常好奇，很容易就会落泪。他整天哭。寡妇、孤儿，任何故事都能让他泪如泉涌、慷慨解囊。贾拉维被忠告与人少些接触。他每遇到一个人，都会参与到他们的生活中并且试图改造他们。有传闻他罹患骨癌，已经不久于人世了。

“不管怎样，”艾伦说，“阿卜杜拉国王今天不会来这儿了。你们应该放轻松点。”

他们沉默不语，坐了一会儿。很明显蕾切尔和凯利想回到她们的笔记本电脑前，但是出于礼节她们需要陪着艾伦说话，毕竟艾伦是团队里的资深成员，似乎来头还不小，想必有些能耐。

“你逛了吉达吗？”蕾切尔问他。

“没有，没怎么逛。”他说。

“你睡得好吗？”凯利问道。

艾伦实话实说，他醒了将近六十个小时，直到那天早晨六点钟左右他才终于睡着。他们都敦促他回酒店去休息。今天剩下的时间他们可以应付的。

“你带着安眠药吗？”凯利问道。

“没有。我想我会在海关被处决的。你有？”

他们没人有。

“我有个想法。”布拉德说。他看着艾伦，好像在检验有个想法这件事本身是否妥当。艾伦试着露出鼓励的样子。

“好吧，我想在做之前能得到你的意见，”布拉德试探地说，“我在想我们是否该打电话给公司，让他们知道这里的状况连差强人意都算不上。”

艾伦看了布拉德很长时间。他怎么才能告诉他这个想法糟糕透顶呢？他试着想个办法。

“好想法，”他说，“但是现在我们先暂缓一下，再等等看。”

“那么，好吧。”布拉德说。

“我与卡里姆·艾哈迈德的约会定在下午三点。”艾伦说，“我肯定到时一切都会解决的。”

年轻人们点点头，他们坐在一起，沉默不语，又过了一段时间。才刚过中午。但看起来他们似乎已经在帐篷里待了好几天了。

“你知道我们在哪里吃饭吗？”凯利问道。

“我不知道，”艾伦说，“不过我会弄清楚的。”

仿佛是为了缓和一下尴尬的气氛，蕾切尔向前倾了倾身子。“我不得不说，”她说，“我认为这一切非常神奇。你们看到酒店里的健身俱乐部了吗？”

布拉德看到过，而凯利没有。

“里面有个健脚器，”蕾切尔说，“是诺德士牌的。”

二十分钟就这样过去了，他们讨论着当下的情形，是新奇的、理想的或者不那么新奇理想。他们想知道会不会有食物送来。他们想知道是不是应该他们自己去黑盒子那里去取。他们想知道是不是他们早就该去取了。

凯利谈论着她刚买的一个新手机，把它给大家看。她说，她花了好长一段时间想找一个扔她旧手机的地方，到最后只是把它扔到了一个乱石堆上。

艾伦很快就失去头绪了。他迷迷糊糊地发现自己正看着外面。帐篷有几个塑料窗子，透过它们，远处的沙滩和大海像披上了一层薄纱。艾伦想出去走到那里，待在阳光热浪之下。

他站了起来。

“该去看看到底发生了什么。”他边说，边整理好衬衣。他答应他们会解决吃饭的问题、无线网络的问题，以及他们为什么要待在海边一个塑料帐篷里这个问题。

十一

艾伦离开了帐篷，冒着热浪无情的袭扰，向黑盒子走去。他沿着散步道走向玻璃大楼，绕开尚未完工的区域，那些地方有一堆堆的泥土或一摞摞的石块，以及三三两两的工具。他越过一株待种的棕榈树，穿过街道来到办公大楼的面前。大约四十级的台阶一直铺到大楼的正门，等他走完后，他已经汗流浃背。

大厅里锃明瓦亮，有空调，地板是浅色的原木。看起来很像一个斯堪的纳维亚机场。

“需要帮忙吗？”

一个年轻的女人，头上松松地裹着头巾，正坐在他右手边一张半月形的黑色大理石桌子后面。

“你好，”艾伦说，“你叫什么名字？”

“我叫玛哈。”她说。黑眼睛，鹰钩鼻。

“嗨，玛哈。我叫艾伦·克莱，来自瑞莱恩特集团公司。我三点钟和卡里姆·艾哈迈德有个约会，同时——”

“哦，你来早了。才刚过两点。”

“是的，我知道。但是我和瑞莱恩特团队一起来的，我们住在下面外边靠近海滩的那个帐篷里，我们找不到无线网络，我们的展示缺它不可。”

“哦，我对那边的无线网络一无所知。我也很难想象他们能在帐篷里有无线网络信号。”

“瞧，这就是问题啊。我能找谁谈谈这件事吗？”

玛哈一个劲地点头：“可以，我想卡里姆·艾哈迈德就是你要找的人。他负责在帐篷里做展示的销售商们。”

“太好了。他在吗？”

“不在，我恐怕他不在。他很可能要到快和你见面的时刻才到这里。他大部分时间都在吉达。”

再讨论这一话题看来意义不大了。艾伦和艾哈迈德的见面只有不到一个小时了。

“谢谢你，玛哈。”他说，然后离开了。

可是，他不能回帐篷。他没有什么好消息可以带给那几个年轻人，他想如果他一直待到见完面再回去，那么在他们看来，这期间他一直都在和艾哈迈德坐下来长谈，期间所有问题一一化解。

他刚回到阳光和热浪中，立刻想起吃饭的事情。他没问吃饭的事。然而他无法再回到黑盒子里了。那样看起来也太悲催了，这个大汗淋漓的男人，问了这么多棘手的问题，居然把吃饭这个最核心的问题给忘了。不行，所有的问题都到三点再说吧。在那之前，几个年轻人只好先忍着了。

他走到下面的散步道上，看着内嵌砖的波纹状设计，认真地考虑着这一切。他五十四岁了。穿着白衬衫、卡其裤，沿着这条路走着，它有朝一日也许会成为海滨小道。他刚刚离开他的团队，那三个年轻人的任务是安装设备并为国王展示全息通讯科技。然而，国王没来，他们独自住在一个帐篷里，并且这一切何时才是尽头，目前看来尚不得而知。

他脚下一个踉跄，身体向前一倾。一只脚踩进了尚未填好砖的坑里。他收住身子，可是脚踝已经扭伤了，一阵剧痛传来。他站在原地，试图摆脱掉那疼痛。

在过去五年的各种事故中，他遍体鳞伤。他已经变得笨拙。他的头经常碰到储藏柜上。手常会被车门夹住。他曾在一个冰冷的停车场摔倒，之后的几个月里他就像木头人那样走路。他已不再优雅。在几十年以前，有个人曾说他优雅。那是个夏日，暖风拂面，当时他正在跳舞。那女人上了年纪，素不相识，然而那个词一直驻留在他的心间，给过他许多慰藉。曾有个年老的女人认为他优雅，这意味着什么吗?

他想起了乔·崔福尔。那是在一起工作的第一天，在他们要进的第一个门前，他告诉艾伦，要让里面的女人知道他们来了。艾伦本能地伸手去按门铃。

“不，不要。”崔福尔说道，然后开始敲门，一段快速的、愉快的、重复的敲打乐。他转过身，看着艾伦。生人按门铃，朋友敲门板。门开了。

一个女人站在纱门后，一脸的茫然。她年约五十，满头白发，一根铜链子上挂着一副眼镜。艾伦看着崔福尔，崔福尔正咧着嘴笑，仿佛偶然碰见他最爱的小学老师一样。

“嗨！你今天好吗?”

“我很好。你是谁?”她问道。

“我们是福勒牙刷公司的代表，总部位于康涅狄格州东哈特福德市。你听说过福勒牙刷公司吗?”

那女人感到好笑：“当然。可是我已经好多年没见到你们的人了。你们还在那儿吗?”

“当然还在，夫人。在今天这样美妙的日子里，我很感激你给我们几秒钟的时间。”

崔福尔转过身环视庭院、树木和头顶的蓝天。然后他走回门前开始擦脚底板。本能地，那女人向后退了几步，把门开大了些。她没请崔福尔和艾伦进屋，但是现在却给他们让出了路——仅仅是因为崔福尔开始擦脚底板。突然，艾伦有了一种和观看催眠师或魔术师一样的感觉——在这个世界上有些人，对于他们来说，这个世界和世界上的人们都是他们施加魔法的对象。

艾伦继续沿着临时的步行道走着。他朝向那粉红色的公寓楼走过去。从近处看，它同他在佛罗里达各处海边看过几百次的建筑物很相似。它平凡无奇，庞然大物；它宽平的正面对着大海，无趣地抵抗着。公寓里大概有三百个套间吧。

从窗户看进去，他看到一些貌似合理的布局。一楼是零售和餐饮，一些未来的租客已经抢到了他们的位置。乌诺比萨，沃尔夫冈·帕克牌厨具。也许会有那么一天，这里面会有人吃吃喝喝、欢声笑语，一派繁华景象。

他还可以做这件事。他想到他那辆银制的自行车，他定制的那辆原型车。它是如此之美。所有的部件都是银和铬，甚至连变速杆和坐垫也不例外。还有人曾制造过比它更美丽的东西吗？你可以从太空看到它，明亮夺目、光彩照人、目空一切。

他曾经带姬特去看过那原型车。

“是你制造的？”她问道。

“嗯，我叫人制造的。我帮忙设计。”

“漂亮极了。”她说，“你能骑它吗？”

“谁都可以骑。”

她摸摸它，向后站了几步，仔细端详着，重新审视着。

“这真是太好了，爸。”

当他回到酒店时，他会给姬特写封信。几天前，她给他写了封精彩绝伦的信，整整齐齐六页纸，信的绝大部分内容都是谴责她母亲露比的，说再也不想和她有任何瓜葛了。现在艾伦发现他自己的位置很尴尬：不得不为一个无数次坑害他的女人辩解，这女人每次把他往坑里推的时候都丝毫不顾后果，以至于每次他都为能找到出路全身而退而倍感幸运。姬特的信是一个最终的控诉，那是一份文件，它标志着母女关系的结束，同时也证明这种结束是正当的，是应加以庆祝的。

艾伦不能收下这份文件。他必须要修复创伤。艾伦不想成为唯一的家长。他很担心——或者说他心里很清楚——如果姬特发现她母亲不值得尊敬，那么使用同样的工具重新评价，她会发现艾伦也是不可接受的。他需要一码归一码。在这一点上，他需要支持露比。

他和姬特几年来一直互通信件。第一封信是在露比酒后驾驶之后。他想要姬特知道事情的前因后果。信很好，爸，她在第一封信后如是说。从那以后，艾伦一直把自己的想法写在信纸上寄给姬特，信通常有三四页，它们对姬特还是有些影响的。她在举棋不定时，会重读那些信，她这样对他说。它们在她恼怒时，可以使她冷静下来，让她的生命之舟在遇到礁石时可以平安返回。时而，她想要离开她的母亲，和她彻底一刀两断。她们天生不同。现在可以很明显地看出姬特拥有更多艾伦的麻木不仁——露比会称之为布尔乔亚——但是不管怎样，姬特对每况愈下的关系感到厌倦，也对她们每次谈话时露比都试图掏心掏肺感到精疲力竭。

首先，事实虽然已经如此，但姬特仍需要一些策略来把这些混乱用警戒线围起来。这样一来可以限制接触。艾伦也是刚刚最近才想出如何应付那些情况的。电子邮件一直是关键。他同露比已经达成协定，他们之间的信息只限于同姬特有关的内容，从未超过三行。这样做的效果不错。艾伦已经两年没有和露比打电话了，终止的战斗也使他的神经不再脆弱，心灵得以暂歇。他不再因为听到大嗓门而惊慌失措了。

“艾伦！”

他转过身。是布拉德。艾伦吃了一惊，但假装镇定。

“那里怎么样了？”他问道。

“还行，”布拉德说，“可是快到三点了。你是去办公室吗？”

布拉德把下巴往后一扬，指向黑盒子。

艾伦看了一下手表。两点五十二分。

“是的，”艾伦说，“只是去练习我的广告词。”

他跟在布拉德后面，沿着散步道往回走。

“别担心吃饭的事，”布拉德说，“蕾切尔的包里有些饼干。所以我们那儿都搞定了。”

弱弱的挖苦。他不喜欢布拉德。

当他们走过帐篷时，布拉德停下了脚步。“好运。”他说道。他的脸上写满忧虑和疑惑。就在那一刻，艾伦知道了几十年后，当他羸弱不堪、无法自理时，当姬特发现他在裤子上便溺、嘴上流着口水时，会是何等的光景。那时她看他的表情就是这样的，就是布拉德现在看他的表情——在那种凝视下的人成事不足败事有余、害多益少、无关紧要，他的存在对整个世界的进步而言实属多余。

十二

玛哈呷着一杯冰茶。

“哦，你好，又见面了，克莱先生。”

“你好，玛哈。卡里姆·艾哈迈德在里面吗？”

“不在，他恐怕不在里面。”

“我该在这儿等他吗？我们三点有个约会。”

“是的，我知道。可是他今天来不了了。我很抱歉，他有事在吉达耽搁了。”

“他会在吉达耽搁一整天吗？”

“是的，先生。不过他说，他明天一准来。明天一整天，你何时想见，悉听尊便。”

“你确定在此期间就没有其他我可以谈上话的人吗？只是有关无线网络和吃饭的事，诸如此类的事情。”

“我想有关那些事你最好还是联系艾哈迈德先生。明天什么时候都可以。一切都会就绪的，我确定。”

艾伦返回了帐篷，他发现大家待在各自的角落里看着笔记本电脑。蕾切尔在看一部DVD，是关于烹饪的，厨师蓄着胡须。艾伦告诉所有人，艾哈迈德先生今天没来。

回吉达的车程很快就过去了，几个年轻人一路谈笑风生，就像夏令营度假者一样。艾伦看着路，似醒非醒，脚踝隐隐地作痛。当他回到自己的房间时，他记不清是否向谁道过别。不过他记得他走进酒店幽暗的大厅，闻到了氯的气味。

他在烈日下待了太长的时间，现在对大厅的幽暗、凉爽、人造和丑陋还是心怀感激的。然而，当他房间那厚重的门一关上，意味着这一天的结束时，他就感觉似乎落入了陷阱，他感到了孤独。酒店里没有酒吧，也没有什么消遣可以满足他的需求，不管是什么需求。才刚过六点钟，就无事可做了。

他想到给三个年轻人中的一个打电话，可是叫他们吃饭这方法不可行。不合适。给两个女人中的谁打电话都不可以。淫荡。可以给布拉德打电话，可是他不喜欢布拉德。如果他们都在吃饭，并邀请了他，他可以去吃。如果他们打电话，他会过去。可是，到七点了，没有人打电话。他叫了房间服务，吃了一份鸡胸肉和一份沙拉。

他洗了个澡。他摸了摸脖子上的那个瘤。

他爬上床，希望可以睡上一觉。

艾伦睡不着。他睁开眼睛，并打开了电视机。是英石油的漏油事件。依然没有什么可见的进展。他们尝试一种“顶部压井”方案，从漏洞的上方浇灌水泥。艾伦看不下去了。漏油事件蹂躏着他。已经几个星期了，油还是没有堵住，他和所有其他人一样，只能眼睁睁地看着汩汩的石油喷射入海。艾伦赞成所有极端的方法，只要能堵住漏油就行。他听到一个想法，是由一名海军人士提出，说可以向井下发射一枚核弹，他想，好的，好的，就这么办，你们这些王八蛋。结束它吧，拜托了。大家都在看着呢。

他关了电视机。

他看看天花板。他看看墙壁。

艾伦想到了崔福尔。

“任何东西都能卖掉，只要从四个角度中选择好一个。”他曾说过。

早晨九点，他们站在街上，面前是一所破烂不堪的房子。离艾伦在其中长大的那个家不过几个街区，可是以前他从来没有对这所向右倾斜的房子看过一眼或有过什么想法。

“首先你得分析顾客，对吗？”

崔福尔穿着一件双排扣的花呢上装。还是九月初，穿这样的衣服，热得离谱，可是他看起来并不冒汗。艾伦从没见过他分泌汗液。

“对每个顾客都需要具体的攻略，具体的投其所好。”崔福尔说道，“总共有四大攻略。第一个是‘金钱’。这比较简单。投顾客节俭之所好。富勒公司的产品会为她们省钱，保护了她们的投资——她们的木质家具、她们的精美瓷器、她们的油毡地板。你一眼就能看出一个人是否讲究实际。你看到一个简约的、收拾停当的屋子，一身实用的着装，一个围裙，一个自己做饭打扫房间的人，你就采取这第一种策略。

“第二个是‘浪漫’。这时你卖梦想。你把富勒的产品加入到她们美好的愿景中去。紧挨着度假和游艇。‘香槟！’我爱说。要是有足部喷雾，我会让她们把鞋脱了，然后我说，‘香槟！’”

艾伦没有理解。“只是没头没脑地说‘香槟’？”他问道。

“是的，不仅如此，当我说的时候，她们会感到自己像灰姑娘一样。”

崔福尔用一块丝质的手帕擦了擦无汗的额头。

“第三个是‘自我保护’。你在她们的眼里看到了恐慌，你就卖给她们‘自我保护’。这也容易。如果她们害怕，不让你进屋，如果她们透过窗户或其他什么和你说话，你就采用此攻略。这些产品会使你健康、远离细菌和疾病，你这样对她说。明白了吗？”

“明白。”

“好的。最后一个是‘认可’。她想要买所有其他人都在买的东西。你挑选四到五个最受人尊敬的邻居的名字，你告诉她那些人都已经买了这些产品。‘我刚从格拉德斯通夫人家来，她坚持要求我下一个就来你家。’”

“这么简单？”

“就这么简单。”

艾伦成为了优秀的销售员，并且是迅速成为的。他需要钱搬出父母亲的房子，他一个月后就做到了。又过了半年，他买了辆新车，手头上也有了更多的现金可花。“金钱”“浪漫”“自我保护”“认可”：他把这四大法宝运用在一切事物上。当他离开富勒公司，到施文公司工作时，他把所学的这些经验带到了自行车销售中。所有的原则都管用：这些自行车很实用（“金钱”）；它们很漂亮，光辉灿烂（“浪漫”）；它们安全、耐久（“自我保护”）；以及它们是任何家庭的地位象征（“认可”）。于是，他便能在施文公司青云直上，从伊利诺伊州南部的零售商做到地区销售经理，再后来在会议桌上也有了一席之地，同芝加哥的执行官们坐在一起，规划着运营策略和公司扩张。然后是瓦解工会运动。然后是匈牙利，中国台湾、中国大陆，离婚，然后就是现在这个样子了。

他又把电视打开。是关于航天飞机的新闻故事。最后的一次飞行。艾伦关上电视。他也不愿看那个。

他发现他在拨打父亲的电话号码。国际长途，会花一大笔钱的。可是，航天飞机让他想起了罗恩，让他想给他打电话。

这是个错误。电话铃开始响的那一秒，他就知道这是个错误。

他在他新罕布什尔州的农舍里给父亲照了张相。艾伦离最近一次见他大约有一年的光景了，他看起来比前几十年都要强壮。他脸色红润，目光炯炯有神。

“看看那只杂种狗。”那天罗恩说道。

他们坐在门廊里，喝着苏格兰威士忌，看着罗恩的狗，一共有三只，都吵吵嚷嚷、污秽不堪。他最爱的是一只澳大利亚牧羊犬类的狗，这只狗一刻也不消停。

“那是只老少皆宜的杂种狗。”罗恩说道。

罗恩生活的农场在白河汇附近。他养猪、山羊、鸡，还有两匹马，一匹他自己骑，另一匹是一个朋友寄养的。罗恩原本对农活一窍不通，然而在他退休后，在艾伦的母亲去世后，他在市郊一片湿润的山谷里购买了一百二十英亩的地。他没完没了地抱怨这块土地："这该死的地方可要了我的命。"但是人人都说正是这块土地让他生机勃勃。

艾伦行动日渐迟缓，遍体鳞伤、疤痕累累，可是他的父亲却不知为何强壮了起来。艾伦想要一个少些对抗的父子关系，这个要求是不是有点过分？他可以不再嘲讽。艾伦，你饿[①]吗？他喜欢用匈牙利事件来刺激他。罗恩曾是协会成员。他们每天在新泰莱生产五万双鞋！他常说。在罗克斯伯里！你无法让罗恩闭口不谈那个地

① 表示“饿”的英文 hungry 和表示“匈牙利”的英文 Hungary 发音相同。

方，以及它所有的创新。第一家为工人提供儿童日托的公司。还有老人照护！他退休领全额养老金。不过，那还是在公司放弃协会，并把生产迁到肯塔基州之前的事。那是一九九二年。五年后，他们把所有的生产都迁到了泰国和中国。所有这一切使艾伦在施文公司的角色更加让罗恩来气。艾伦进入管理层、帮施文公司找到一处非协会性质的场所、同中国大陆和台湾地区的供货商会见，以及在所有使施文公司垮台和一千两百名员工失业的事件上，起的作用“不是一丁点儿大”（罗恩的用词），好了，这些都使他们的交流变得困难起来。绝大多数话题都会殊途同归：引起他们在是什么困扰着这个国家的问题上表达不同的意见，于是这些话题都被禁止了。所以，他们谈谈狗和游泳。

有一座湖，是罗恩自己挖的，从四月到十月，他每天都在里面游泳。湖水很凉，到处都是藻类植物，罗恩的身上也总是它的味道。“沼泽男”，艾伦这样叫他，尽管罗恩从来没笑过。

“你想帮我杀一头猪吗？”他曾问道。

艾伦婉拒了。

“新鲜的培根，孩子。”他说道。

艾伦想到镇上吃一顿真正的饭。罗恩在一定程度上扮演着农夫罗恩的角色。他很懂得法国餐和法国酒，现在却要这种肉和马铃薯的小把戏。在镇上，罗恩色眯眯地盯着街上的女人。“看看那个！我敢打赌她一定刚刚爽过。”

这可是以前没有过的，扮演着洞穴人的角色。艾伦的母亲绝不会容忍这样的野蛮。可是，哪一个才是真正的罗恩？也许眼下的这个才是，那个在他妻子——艾伦母亲面前的他是一个教化好的改良版本？而他现在已经重拾他的自然本性。

电话铃不响了。

“喂？”

“嗨，爸。”

“喂？”

“爸。是我，艾伦。”

“艾伦？听起来好像你在月球上。”

“我在沙特阿拉伯。”

艾伦有什么期待吗？惊奇？赞扬？

电话那头沉默着。

“我想到了航天飞机。”艾伦说道，“我们那次吃午饭的行程。”

“你跑到沙特阿拉伯去干什么？”

似乎起了一个话头，邀请他吹嘘一下，所以艾伦开腔了。

“嗯，这里非常有趣，爸。我和瑞莱恩特公司的团队在一起，我们正在卖一套信息技术系统给阿卜杜拉国王。我们拥有了这套杰出非凡的电话会议装备，并且准备向国王本人展示，一个三维的全息会议。我们的一位代表将在伦敦，不过看起来他好像就在这里的房间里，同阿卜杜拉在一起——”

沉默。

接着——“你知道我在这里的电视上看到什么了吗，艾伦？”

“不知道。你在看什么？”

“我在看有关加州奥克兰市的一座巨大的新桥，正在中国建造。你能想象吗？现在我们连他妈的桥都由他们来造了，艾伦。我不得不说，其他的一切我都预见到了。当他们关闭新泰莱的时候，我预见到了。当你开始在台湾开店卖自行车时，我预见到了。其余的我也预见到了——玩具、电子产品、家具。说得通，如果你是一个雁过拔毛、嗜血成性的行政主管，整天想着掏空经济中饱私囊。这一切都说得通。兽之性也。可是，我怎么也没预见到大桥。苍天啊，我们在让别人造我们的桥。而你现在在沙特阿拉伯，卖全息图给法老。真是棒极了！”

艾伦想要挂电话。为什么不能呢？

他走到露天平台上，看着前面的海，远处数点微光闪烁。空气很温暖。

罗恩还在说着话：“每天，艾伦，整个亚洲，成百上千的集装箱船从它们的港口驶出，满载着消费品，各种各样，应有尽有。谈什么三维，艾伦。这些才是真正的东西。他们在那里制造真正的东西，而我们在制作网站和全息图。每天我们这里的人们在制作网站和全息图，坐在中国制造的椅子里，用着中国制造的电脑，在中国制造的桥上开着车。你觉得这种情况可以持久吗，艾伦？”

艾伦摸了摸脖子后面的那个瘤。

“艾伦，你记住了没有？”

见鬼，他可以假装这只是一个错误。艾伦按下电话上的一个按钮挂断了电话。

十三

早晨八点钟，艾伦又坐上了班车，还是同那几个年轻人一起。他们叽叽喳喳地谈论着酒店，以及他们昨晚所做的事情。

“我在那池里游泳了。”凯利说道。

“我吃了一整个派。”蕾切尔说道。

艾伦一夜未眠。脑子就像忧愁的马戏团，整晚东闯西荡，无法停息。到最后，情形变得有点滑稽了。当太阳钻出海平面时，他的脸沉沉地压在枕头上，他暗自发笑。该死，该死，该死。

当他们到达新城的时候，发现帐篷的门上有人留了张纸条：瑞莱恩特：欢迎回到阿卜杜拉国王经济城。阿卜杜拉国王欢迎你们。请不要拘礼，午饭后我们会联系你们。

帐篷里面，一切保持原样。那些数量颇多的白色椅子依然安放在一片阴郁中。

什么都没被动过。

“他们给我们放了些水。”蕾切尔说道，用手指向六只塑料瓶，它们像火炮一样排列在地毯上。

艾伦和团队坐在幽暗凉爽的帐篷里。几个年轻人从酒店里带来了食物。他们围坐在一台笔记本前，大半个上午都在看一部电影。

午饭后，没人从黑盒子里来这儿。

“我们应该过去见他们吗？”凯利问道。

“我不知道，”布拉德说道，“这符合习惯吗？”

“符合什么习惯？”艾伦问道。

“未被邀请就那样贸然出现符合习惯吗？也许我们就该在这儿等着。”

艾伦离开了帐篷，向黑盒子走去。走到的时候，他已浑身湿透，向他打招呼的依然是玛哈。

“你好，克莱先生。”

“你好，玛哈。今天有机会见艾哈迈德先生吗？”

“我希望我能说可以。但是他今天在利雅得。”

“昨天你说他今天一天都在这儿。”

“我知道。但是他的行程昨晚改变了，我很抱歉。”

“容许我问你一下，玛哈。你是不是确定无疑地认为在这里我们不该同其他人见面？”

“其他人？”

“有没有其他人或许能帮我们解决无线网络的问题，或许能告知我们有关国王和我们的展示方面的一些预测？”

“恐怕没有这样的人，克莱先生。艾哈迈德先生的确是你们的主要联络人。我确信他非常想见你们，只是由于不可避免的原因，暂时推迟了与你们的会面。他明天就回来。他已作出了保证。”

艾伦走回了帐篷，脚踝开始疼痛。

他坐到一张白椅子上，陷入黑暗中。

几个年轻人在看另一部电影。

“我们应该做点别的吗?”凯利问道。

艾伦想不出有什么别的事可做。

“不要,”他说:“你们现在所做的就挺好。”

过了一个小时,艾伦起身走到塑料窗前。

“去他娘的。”他说道。

他离开帐篷,酷热袭来,一阵麻木过后,缓过点劲来,他又走向黑盒子,汗水湿透了全身。

走到了,这次他没看见玛哈。前台没有人。太好了,艾伦暗忖,接着他大步流星地穿过那空旷的大厅。

他乘电梯上了楼,电梯门打开了,他置身于一个看起来十分忙碌的工作场所。不时有西装革履的男士从他身边走过,手里拿着文件。女士们身着长袍,没有裹头巾,匆匆而过。

他沿着走廊向前走,没有看到房号或者姓名牌。

艾伦没有想过,如果他在这儿碰到一个决策者,他到底该说些什么。国王的侄子。提一下这个侄子。当然还有,瑞莱恩特是世界上最大的公司,专门为从事这样的工作而成立的。“金钱”“浪漫”“自我保护”“认可”。

“你很面生。”

一个女性的声音,低沉而响亮。他抬起头。一个白种女人,金发,大约四十五岁,站到了他的面前。她的头没有裹起来。黑色的长袍从肩部像挂帘一样垂下,她看上去就像一个法官。

“我要找一个人见面。”他说道。

“你是艾伦·克莱?”

那声音。它微颤着，仿佛有人不经意间拨动了竖琴下面的琴弦。来自北欧的口音。

“我是。”

“你要找卡里姆·艾哈迈德?”

“是的。”

“他今天不会来了。我在他隔壁办公室工作。他让我照看一下你。”

艾伦重整旗鼓，强作欢颜：“不用，不用。我只是感到惊讶。我完全理解。这儿现在是忙碌的时节，我确信。”

她说她的名字是汉娜。她说话有口音。艾伦猜是荷兰。她的眼睛是冰蓝色的，头发剪得非常短。

“我要去抽支烟，”她说，“一起去?”

艾伦跟着她，穿过一扇玻璃门，来到一个宽露台，在那里KAEC的一些其他员工和咨询人员正在抽烟、交谈，喝着茶和咖啡。

“当心台阶。”她说道，可是为时已晚。他已经失足摔倒在门下面的长条地毯上，他的双臂向前平伸着，似乎想要飞起来。十几双眼睛看到了，十几张嘴巴就笑了起来。这不是简单的失足。它滑稽、疯狂，充满戏剧性。这男人汗流浃背，走了进来，双臂乱舞，被隐身的木偶操纵者拉了一下绳子。

汉娜满怀同情地微笑着，招手示意他坐到她对面的一张低矮的黑皮沙发上。她的眼神近乎挑逗，但那是不可能的。不会这么快的，在他刚刚出完丑后。很可能永远也不会。

“你来自瑞莱恩特？”她问道。

“不久前，是的。”

艾伦揉了揉脚踝。扭得更厉害了。

“你来这儿为了展示？”

“想为这座城市提供信息技术，是的。”

他们这样闲聊了一会儿，他开始左顾右盼。所有的女人，不管是不是沙特的，都没有裹头。露台的两边都有塑料的屏障，使她们除了面前的海什么也看不着。同时，他猜想，也让下面的人无法瞥见这里的世界，平等不设限，就在这黑盒子里。这是这个王国里正在上演的猫和老鼠的游戏。这里的人们被迫扮演着青少年的角色，他们掩盖自己的恶习和癖性，为了躲避藏在暗处的父母大军。

“那么，瑞莱恩特的情况怎么样？”她问道。

他把自己知道的告诉了她，他知道的实际上少得可怜。他提及几个项目，几处革新，但她早就全知道了。原来，他做过什么、有关他的生意以及其他和他相关的一切，她都心知肚明。在这几分钟里，他们相互介绍，以及估测他们的人生道路上可能出现过的交叉点，期间他们谈及了几家咨询公司、在台湾的塑料生意、安达信咨询公司的没落，以及埃森哲咨询公司的兴起。

“所以你来这儿探探形势。”她边说边掐灭了手里的烟，又点上一根。

“我真正想的只是设法搞到一点时间安排上的信息。我们何时才能有希望得到一点国王的消息，诸如此类的。”

“他们是怎么对你说的？我希望他们没给你什么承诺。”

“没有，没有，”他说道，“他们解释得再清楚不过了。只是，我一直怀揣希望，认为也许会很快的。我让自己相信我们的主席似乎是认识国王的。这件事就是他们两个人的事，所以，你知道，就会进入快速通道的。”

她目露异色：“好啊，那样对我们都好。国王有一阵子没来了。”

“一阵子是多长时间？”

“嗯，我来这里已经十八个月了，他还没来过。”

十四

汉娜注意到了艾伦脸色阴沉下来，明显露出失落之情。

“可是，听着，”她说道，“你是瑞莱恩特的人。我确信你们的人比我知道得多。我只是个咨询师。我负责工资单。我确信你们的展示是他很快就会来的原因，对吧？即使国王明天就来，在通晓信息的人员名单中，我肯定不会排名靠前。”

她摁灭第二根烟，起身：“我们走吧？”

她领着他走进了大楼。他们穿过门厅进入走廊，两边排着玻璃盒式的办公室和会议室。几十个男男女女，从不同的方向，在身边快速走过，他们中着西式商务装的和当地长袍的各占一半。办公室和小隔间几乎都是空的，还没有人在这些地方扎根或准备久居的迹象。有些桌子上除了显示屏以外空无一物，电脑主机已被拆下搬走了。散落着一些无主的电话，一些指向窗户的投影仪。整个场景貌似一家新成立的企业，也许它就是。

汉娜的办公室是一间十英尺宽、十二英尺长的玻璃房，看起来好像她刚搬进来没几分钟。一张由刨花板和胡桃皮制成的廉价桌子，两个银白色的档案柜。四面的墙上空荡荡的，只有她的桌子后面的墙上，用胶带粘着一张纸，上面写着“STE 咨询公司”。看出了他的心思，她说：“我同雇佣合同打交道，所有承建商的薪水。我受不了到处都是文件纸张。”

没有任何有关家人的照片，一点人世的牵挂都没有。当她坐了下来，双手握在一起放在身前，活脱脱的法官形象。

“那边的情况还好吗？”她朝窗户的方向点了点头，艾伦看到了他们的帐篷，远远地扎在那里。

“是啊，我刚准备问这件事来着。为什么国王要在帐篷里看这些展示？这难道不有点……”

“嗯，这幢大楼只有这么多完工的房间，我们不能让做展示的人占据这些房间，那样用时间就没个准了。如果你在其中一个会议室里安装了设备，那么这间会议室我们几个星期甚至几个月都无法使用了。”

“那么无线网络呢？我们的信号弱得几乎不存在。”

“我一定会问问周围的人。”

“它对展示非常重要。”

“我理解。我确信这个问题会得到解决的。今天是你来这里的第一天？”

“第二天。”

“以前来过沙特吗？”

“没有。”

“那好，生活在这里有其固有的节拍。最重要的是，你现在身处莽荒之地。你有没有四下看看？”

“我有。”

“无线网络只是我们最小的问题。”

艾伦挤出一丝笑容。他不知道这整件事情是不是同他们所有人开的一个精心设计的玩笑。

“我该稍后再来吗？”

“你为什么要那样做？”

“你说卡里姆·艾哈迈德稍后会来的。”

“也许吧，也许不会。最好还是明天来看一下。”

这想法听起来既让人异常恼怒又让人欲罢不能，他知道这一天剩下的时光里，他绝对无所事事。

她笑了笑：“你来自东海岸？”

他点点头。他一直在试图定位她的脸和口音，现在他认为自己搞清楚了：“你是丹麦人。”

她眯起了眼睛，头往后仰了一下。另眼相看。

“行啊，”她说，“你调整过来了吗？时间的变化？”

“我已经六十二个小时没睡了。”

“悲剧。”

“我感觉好像一块需要被打碎的玻璃。”

“你有药吗？”

“没有，大家都这么问我。我多么希望我有。”

她意味深长地冲他眨了眨眼：“我有点东西。”

她取出一把钥匙，打开桌子的一个抽屉，拿了点什么东西放在地板上。她用脚，慢慢地把它向前推，直到它碰到他的胫骨。

“别向下看。”

可是他眼角已经瞥到了。在一个书包里，好像有一个细细的绿瓶子，长长的，四边是平的。

“橄榄油？”他问道。

“当然。任何人问你是什么，你就这么说。回到酒店后就尝一尝，我保证它会打碎你的玻璃的。”

“谢谢你。”

她起身。会见结束。

“这是我的号码，”她说道，“任何事需要我帮忙，就打电话。”

他返回帐篷，走进去他发现三个年轻人各自待在不同的角落。每个人都盘腿坐着，电脑放在膝部，检查着信号。

“有什么消息吗？”布拉德问道。

艾伦把瓶子塞进帐篷的一处皱褶后面。

“没什么实质性的。”

他解释说，他们的接头人艾哈迈德那天不在，但第二天可能会在。“明天我们就都知道了。”他说。

“你吃了吗？”凯利问道。听她的口吻，仿佛他艾伦在那黑盒子里刚刚享用完一顿美餐，却啥也没带给这些在帐篷里受苦受难的同胞。”

他从早餐后就什么也没吃。几个年轻人似乎很满意，艾伦同他们之前想象的一样没什么能耐。

“那么，我们今天要装设备吗？”蕾切尔问道。

艾伦没了主意。

“让我们等到明天再说吧。”他说道。

他们似乎对这个解释很满意，又纷纷回到帐篷他们各自的角落里继续看着电脑屏幕。艾伦站在帐篷中央，不知道他到底要怎么安放自己。他没有什么特别的事要做，也没有电话要打。他退到帐篷剩下的一个角落里，坐了下来，什么也没做。

十五

时间是七点三十，艾伦觉得是时候把自己药晕了。他六点钟回到希尔顿，吃好了饭，现在准备睡他个半天。他拧开那橄榄油瓶。闻起来是药，有毒。他呷了一小口。一阵酸的灼热划过他的口腔、牙床和喉咙。汉娜陷害了他。她是不是想杀他？

他打电话给她。

“你想把我怎么样？”

“是谁？”

“艾伦。你准备杀死的那个家伙。”

“艾伦！你在说什么？”

“这是汽油吗？”

“你用酒店的电话给我打的？”

“是的。怎么了？”

“通信线路不太好。用你的手机给我打吧。”

他照做了。

她的语气很不耐烦。“艾伦，那东西在这儿不合法。所以，你不该用酒店的电话和我谈论它。”

“你真的认为他们会安排人监听？”

“不，我不这样认为。但是在沙特混得好的人都学会了万事小心，你知道，要避免不必要的危险。”

“所以，它不是汽油，也不是毒药？”

“不是。但它和酒精没多大差别。”

艾伦闻了闻瓶子的顶部。

“对不起，我怀疑你了。”

“没关系。很高兴你打电话来。”

“我想我只是需要睡觉。”

“喝上两大口，然后你就会睡着了。”

他挂了电话，又呷了一口。他的身体颤抖了一下。每一滴都在烧灼他的喉咙，但当它到达胃部的时候，一阵暖意升起，消弭了疼痛。

他拿起瓶子走到了阳台。没有微风从海边吹来。如果有变化的话，那就是从他到达酒店后，天越来越热了。他坐了下来，把腿翘在栏杆上。他从瓶子里又呷了一口。他想起了姬特。他走回房间，找到酒店的信纸，拿了三张回到阳台。

他在膝上写信，双脚放在栏杆上。

亲爱的姬特，你说你母亲一向“感情上不可靠”，现在还是那样。你说的在一定程度上是正确的，然而我们当中有谁一年四季一成不变？我自己这些年来就一直是个移动靶，你难道说不是吗？

不行，他需要更有建设性。

姬特，你母亲的制作材料同你和我的不一样。多了一些不稳定和易燃的物质。

他把这段划掉。关于露比最大的悲剧是，谈论她会让他听起来像个混蛋。她已经伤他够深了，一而再、再而三地——她把他撕开，把各种各样可怕的、毁灭性的东西扔进他的体内，然后再把他缝上——但是不能让姬特知道那些。他又呷了一口。他的脸开始麻木了。他又喝了一口。我的上帝，他想。他喝了两杯的量，已经开始觉得轻飘飘的了。

艾伦走回屋子，打开他的笔记本电脑。他想看看他的女儿。她不久前给他电邮了一张照片，是她和两个朋友的合影，都穿着商务套装，参加在波士顿举办的某个夏季就业介绍会。她依然完完全全是个小孩子，一张天真无邪的脸，比其他任何人的青春时光都要长久。他打开图片集，找到了他想要的这张。照片中，她长着雀斑的粉红色圆脸光彩照人。她的朋友们——她们的名字他该知道的，只是一时想不起来了——靠在彼此的身上，头倚在一起。一个洋溢着青春希望和天真烂漫的金字塔。

他已经进入了照片程序，他人生的巨大网格都在这些缩略图中，所以他向后浏览。一切都在那儿，这让他感到恐惧。为了艾伦的上一个生日，姬特从他的车库里拿出几十本影集并把它们送到一个服务机构，让它把影集中的所有照片扫描下来做成一个光碟。他把它们全部转存在他的笔记本电脑上，所以它们现在全在那里，有他童年时的照片，有他和露比生活时期的照片，有姬特出生和成长的照片。有人（姬特或者是数字转换员）把这些照片大体上按时间顺序排列了，所以现在他可以，以前他也经常这么做，花上几分钟时间浏览一遍这一千张照片，他人生的一份记录。他要做的只是把手指放在向左的箭头上。这太容易了。这样不好。这让他一直陷入一种危险的境地：怀旧、遗憾、惊恐。

艾伦又呷了一口。他关上电脑走进浴室，想刮个胡子。他想冲个凉。他想泡个澡。他不由自主地手抓向脖子后面。长在那里的东西很硬，是圆形的，不过分成了两半，从他脊椎上凸出，像个小拳头似的。

他推了推它，不痛。它不是自己身体的一部分。那里没有神经末端。不会很严重的。可是，那会是什么呢？他用力地推了推，现在一阵痛感自上而下掠过了脊椎。它是连着的。一个肿瘤连接在脊髓上，不久癌细胞就会沿着神经通道上下游走，到达他的大脑，到达他的双脚，无处不在。

一切都事出有因。一个曾经活力四射的人因为它步履蹒跚，一个慢慢生长的肿瘤让他较之从前只剩半条命了。他需要医生。

他打开电视机。新闻在讲述一支小船队从土耳其出发前往加沙。人道主义救助，他们说。灾难，他认为。他又从玻璃杯里呷了一口。这最后几小口，他意识到，已经使他从微酣到头晕目眩了。鼻子四周被麻木感所包围。他抓起玻璃杯，晃出最后一滴，倒进喉咙。

露比笑起来很大声，吵起来也很大声。人行道是她大胆表演的地方。"你不要打那孩子。"她这样对一个陌生人说道。当时他们正从一家玩具反斗城里走出来。姬特五岁。露比从来没有任何口音，但她在说那几个字的时候带着鼻音，艾伦只能猜想，她觉得假装有一点乡下人的血液可以让她干涉别人，会消除他们之间的阶级差别。

艾伦听到了那几个字，马上带着姬特离开了。他知道很快就有麻烦了。他迅速钻进了车子，姬特也坐进她的座椅，在停车场等着。从那个正在打小孩的女人身旁走过时，他就知道，露比一定会说些什么，那女人也会反驳几句，而他什么也不想听。他没想到事情会发展到这步田地。可是当露比走到车前时，她是哭着的，脸上有红印。她被打了个耳光。“你能相信那婊子竟然打我吗？”

他能相信的。那女人看起来恰好是那种会打人的女人。毕竟她在打自己的儿子——一个陌生人指责她这么做，她正好顺手也打打。这样的故事太多了。在杂货店里，从对几根发软的胡萝卜的争论开始，最终导致尖叫、辱骂，上演一出让他们小镇上所有人都终生难忘的闹剧。不久以后，他们不得不多开两英里去另一家超市了。她会从一个简单的就事论事的交谈，转变到有关他们人生和目标的概括性声明。“你们这些该死的失败者！你们这些道貌岸然的家伙！你们这些该死的杂货店僵尸！”

脖子上的这个东西又在召唤着他。如果它不是身体的一部分，那么戳一下就不会痛。这是唯一的检测方法。想要搞清楚，别无他法。如果它就是他——如果它是他脊椎的一部分，长畸形了——那么他用锋利的东西割一下就会很痛的。

他从那瓶子里又喝了一大口，立即来到镜子前，手里拿着就餐时用的锯齿刀。他冥冥中感到他会后悔的。他擦亮一根火柴，尽他最大所能给刀刃消了毒。然后他握紧刀，慢慢地向那个东西里插进去。有些痛，但只是那种正常的穿刺皮肤带来的痛。当他刺到那东西时，他立马就知道戳上了，没什么特别的感觉。只是痛。标准的、迷人的痛。出血也是最少的。他拿毛巾按住了。

他发现了什么？是某种囊肿，里面没有神经。不会要他命的。他没有正确消毒那把餐刀。

那会是个问题。不管怎样，他对自己的手术技能感到高兴，走到阳台上，看着窗外，看向公路和上面渺小的行人。红海就在前方，了无生气，整个的难逃厄运。沙特人为了饮水正在把它吸干。在七十年代，他们就抽出数十亿加仑的海水脱盐化处理，供应他们那善变无常的小麦产业——这整个计划现在被放弃了。现在他们在饮用红海。我的上帝，人类真是属于地球的这块土地吗？若地球是只动物，它会把它身上的虱子都抖落，当它们叮得太深、咬得太狠的时候。它移一下位子，我们的城市就完蛋了；它叹口气，海岸就消失了。我们真不应该在这儿。

亲爱的姬特，关键的事情是你管理好意识，明白你在这个世界上和历史长河中扮演着什么角色。想得太多，你会知道你啥也不是。想得刚刚好，你会知道自己微不足道，但对有些人来说还是重要的。这就是你能做到的最佳情况。

哦，屁话连天，他想。那不大可能会给她什么启发的。他不需要把那些话付诸笔端的。

姬特，你信中提到我们那次去拘留所接你妈妈的事。我不知道你还记得这回事。

她告诉过姬特那次醉驾的事。

你当时只有六岁。事后我们从来没有谈过这件事。是的，她醉驾被发现了。她的车子撞开了一个玻璃橱窗，之后，人们发现她在车子里睡着了。我不知道你是怎么知道这一切的。是她告诉你的吗？

这正是姬特一直在逃避的。承载太多了。她母亲时不时地口无遮拦。

如果她真的告诉了你，就是她的不是了。

当那个电话响的时候，艾伦正在睡觉。“你是艾伦·克莱，露比的丈夫吗？她现在在纽顿市的一个拘留所里。”他没有办法，只好给姬特穿上衣服安顿在车子里，然后开车去领回露比，接她的时候，她依旧烂醉着。“想你会来的。”她对他说道。语气中几分责备，几分蔑视。她对姬特说了声“嗨，宝贝”，然后一路睡回了家。

亲爱的姬特，如果你妈妈是那种循规蹈矩的人，你一定更加愿意她激动人心一点吧？

你的母亲是稀有品种。激动人心，高性能——

他是在描述一辆跑车。小孩子们希望父母亲是跑车吗？不，他们需要的是本田车。他们需要知道车子一年四季都能发动。

姬特，你现在知道理解父母的关键是什么吗？是怜悯。小孩子们长到十几岁，然后成为年轻的成年人，就开始不再宽容了。除了完美，一切都是悲哀。小孩子们在审人判物的方面向《旧约》看齐。所有的错误都不可原谅，仿佛一条完美的契约被违反了。可是，假如对自己的父母也像对人类的其他成员一样，给予相同的怜悯，相同的同情之心，那么情况会怎么样呢？小孩子们的身上需要有更多的耶稣。

现在后背上有什么东西湿乎乎的，一股水流到他的腰部。他抬头看看，还以为下雨了。他于是明白了。血。他忘了给他的小手术清创或包扎了。他返回室内，脱下衬衣，在镜子前扭过身体。没有想象的糟糕——三条红色的藤蔓逶迤至腰。他又拿了条毛巾，把它们擦干。他想到了干洗店员，他们会清除这件白衬衫上的血迹的。他们什么也不会问的。

“我们没有阿联酋人。我们有菲律宾人。”

是再次装满杯子的时候了。这里没人看得到他。不被人看到真好。一整天都在年轻人的队伍里，时不时被他们看到，作为一名长者，假定地要被高看一眼。甚至连掏耳屎这样的动作都要做得非常微妙和迅捷。不过，现在是在这间屋子里。没人能看到他正在擦拭后背上的血迹。没人知道他秘密的手术，还有他那若干发现。他爱这间屋子。那会是真的吗？不过他真的爱这间屋子，他摸了摸墙证明这一点。

他又在杯子里倒进一些那清澈的液体。倒得不是很多。不是很多。瓶子里还有一半。再呷一口，他觉得十分美妙。美妙得无法形容。喝醉是有好处的。他能感到那诱人之处。他又倒了些。瓶子和杯子颤颤巍巍地磕碰着。液体随心所欲地注入杯中。

他站起来。酒店的房间似乎在摇晃。他的身体麻木了。地板是绳索桥，损毁严重，摇摆不止。他要生病了吗？不，不。沙特人会怎么看他这样的人，如此这般地在房间里呕吐？他磕磕绊绊地走到床前，坐正了身体，向镜子里看去。他在微笑。真是美妙。就像是在一个活灵活现的梦醒来后的一天——一整天你都觉得自己刚做完了一件了不起的事，所以你需要这一天的休息，毕竟经历了一场冒险，这也是你应得的。它就是一次充实，一次生命的叠加。此刻他就有类似的感觉。他感觉超然身外。他感觉自己正做着一件了不起的事。这是对这一天美妙的增色，诚然，此刻街上五光十色脉动着，脚下地板也随之变换着方位。

墙壁是他的朋友。这一切，这种独自在房间里痛饮，有着某种意境。为什么他以前从未这样做过？他可以做这一切，没人会说三道四。这一切都是他的。这些床是他的。还有书桌、墙壁，配有电话和坐浴盆的大浴室。他走到另一张床边，看着他的物品，他的电动剃须刀、旅程表、活页夹以及文件夹，平铺着，随用随取。

他看着床头的几只枕头。你们真白，他想。他喜欢那声音，希望枕头也能听到。“你们真白。”他说。现在别盯着看了。

他咽下最后一口，又在杯子里倒了些。这是一场冒险，他想。月光液①使我成了冒险者。然后，他终于明白人们为什么独自喝酒，并且喝过了独自时该喝的量。每个晚上都是冒险者！这真是太有道理了。

他得打电话给姬特。不，不能是姬特。反正，要个人。他拿起电话。上面有个留言。是上一个小时的。波士顿的早晨。他听了电话录音。第一个来自埃里克·伊格万，“嗨，伙计。没听到你的消息，所以我想一切都好吧。明天有空时报个到。我要知道一下工作进度。”

第二个信息来自姬特：“打电话给我。没什么不好的。”

---

① 月光液（moonshine），一种私酿的烈酒。

这使他更加想给她打电话了，但是听着她非常清醒、非常细小的声音——她身形小巧但声音很高，尽管声音总是坚定而清晰——他突然意识到他的声音今天晚上听起来可不会好。他累了，又喝醉了，他现在确定无疑地知道自己醉了，不该在这种状态下给女儿打电话，尤其是在自己试图让她坚信他有能力供养她的时候。

他坐在书桌前开始写信。

亲爱的姬特，为人父母是一场忍耐力的考验。你必须要有铁人三项选手的刚毅。人们说，时间过得太快了。他们长得多快啊。可我不记得时间什么时候过得快过。那是一万个日日夜夜，姬特，那需要军队一样的秩序和准确意识。你从未迟到过，不管是上学还是训练，还是其他任何什么。想想吧！那是多么错综复杂的建筑体系，由一日三餐、约会见面、体格检查、规则的施行和强化、同情的祈求和应允、毁灭性的挫败，以及被践踏的情感所组成。那不是说时间过得缓慢或过于冗长，只是说时间过得并不快。

他大概会把那部分删了。听起来不是那么回事，不管他怎么表达也无济于事。可是，事实如此。养儿育女就是建造大教堂。你无法偷工减料。

那么我自由发挥一下，可以吗？我们都轻松一点。我记得我是什么时候意识到我的父母也像所有其他人一样是伪君子。那时我十八岁。从那以后，那个意识带来的力量令我极度兴奋。可是，我知道了什么吗？我猜我意识到了他们时不时会撒谎。也意识到我妈妈吃药，在我更小的时候，有一段时间吸食吗啡成瘾。所以我在他们面前逞威风。我是他们完美的版本，我想。让你想起了希特勒青年团或者红色高棉，是吧？那些小孩子们自以为是，满脑子都是自己的纯洁，朝着稻田里的成人们开枪。

他撂下笔。他几乎看不见信纸了。

他站起身，天花板在头上旋转着。他倒在床上看着墙。他低估了那月光液。即使在他意识到它厉害的时候，他还是低估了它。汉娜，你这个魔鬼！他想。我真的爱这个世界，他想。这面墙的建造。我爱建造它的人们。他们在这里建造了好东西。

十六

艾伦睁开眼。十点零八分。他又错过了班车。他要打电话给优素福。

他迅速双腿离床，起身站在幽暗的房间里。厚重的窗帘外，他知道，光线明亮，明亮得让人难以融入。脖子后面疼痛剧烈。在淋浴间，他在心里记下要去检查一下。

他站起来，找到桌子上的镜子，看着自己。他的脸醉醺醺的，双颊深陷颌中；颌，有部分突出，下陷进衬衣中。

在淋浴间里，他清洗了头发、身子和思想，这个人到底是谁，竟然在三天之内两次错过班车？这个人到底是谁，再次在十点钟醒来，毋庸置疑没听到起床电话和敲门声。

在那一刻，他清晰地记起有个女人敲门，喊着：艾伦？艾伦？他对他们大声吼叫，赶走了他们，认为喊他的女人是服务员。但是，现在他意识到，服务员不会一直直呼其名的。一定是蕾切尔或者凯利。是蕾切尔。他现在知道了。

他擦干身体，抓起酒店的电话。电话的插头被拔了。他什么时候干的？前一天晚上的许多事情，他记起来了，但是好像在某一点坠入悬崖。他发现浴室门上有块凹痕，齐脚的高度。他的笔记本电脑在床下。灵光一闪：他的房间被洗劫了？也许汉娜担忧有秘密警察是有道理的。宗教警察曾来过这儿。他们收听了他们的对话并且趁他睡觉时进房搜查。不，因为开胃菜，那月光液还在那儿，还剩半瓶。

他打电话给优素福。

“你有空吗？”

“艾伦？你听起来糟糕极了。你被袭击了吗？”

“你能开车送我去阿卜杜拉国王经济城吗？”

“当然没问题。可我必须问一下，你是不是故意错过班车，想多陪陪优素福——你的向导和英雄？”

“你的用词太多了”艾伦说。

“我二十分钟内到。”

艾伦抬起沉重的胳膊穿进一件新衬衣，感到自己在糟蹋完美无瑕的棉花。扣纽扣时，领子擦到了脖子，钻心的疼。他走到浴室的镜子前，转过身，可是什么也看不见。他需要两面镜子，按恰当的角度摆放，来看一下像枪伤的伤口是什么样子。或者说更像他被一只老鼠咬了，一只试图在艾伦后背上挖个洞的老鼠。微弱的记忆丝丝游到眼前：他是不是对脖子上长的这个东西动了刀子？有可能吗？于是一场战役开打了：一方是今天早晨他认识的那个有担当的自我，这个自我会花大价钱雇一名司机送他去海边沙漠上的那个未来之城履行职责；另一方是那个会在酒店房间里痛饮的自我，那个自我用刀刺进幽灵般的肿瘤、用脚踢门并且写那些无法寄出的信件。这两个自我哪一个应该牺牲？这问题永恒存在。

艾伦在浴室里四下寻找，想找到绷带或消炎药之类的东西。什么也没有。他扣好衬衣，希望没人会看到他所做的事。

他走下楼。他坐在中庭里，点了杯咖啡。在服务台那里，电子显示屏上发布着酒店那天要举办的事件。

新未来：麦地那房

阿拉伯贸易储备：夹层楼面

银行原则：希尔顿厅

成功步骤，第一部分：上午十点

成功步骤，第二部分：上午十一点

到中午时分，他就能成功了，就在希尔顿酒店这儿。那么，为什么他还要前往海边的那个帐篷？

艾伦刚喝第一口咖啡，这时优素福出现了。

“艾伦。”

“艾伦挤出一丝笑意。你好。”他说。

“你看上去比我预期的还要糟。发生什么事了？

“只是一晚上的……”艾伦没有说下去。尽管他们很友好，但是艾伦不知道优素福在酒精这一问题上持什么立场。

“只是时差原因。从未这么糟糕过。”

优素福幸灾乐祸地笑了。“我在阿拉巴马上过大学。什么叫宿醉我一看便知。你在哪儿搞到酒的？”

“我还是不说的好。”

优素福大笑。“你还是不说的好？你以为你偶然发现了一些稀罕物品？会置你的上家于危险之中？”

“你认为这好笑。”

“是的。”

"我做过承诺。"

"不说出来?"

"我不违背诺言。"

"噢,上帝。好吧。不过听着:你不需要去阿卜杜拉国王经济城。今天国王不可能来。他在也门。看。"

优素福拿过艾伦的报纸,指给他看第三页:一张阿卜杜拉在也门机场停机坪上的照片。没人告诉艾伦这一切。

"我还是应该去,做做样子。"

"你先吃点东西吧?反正已经迟了。"

他们走到室外。日光,艾伦害怕的日光,四下散开,宽宏大量。他感到被眷顾,仿佛天空和太阳会涤净他的身心,会荡除昨夜的放浪堕落。

那酒店侍应,一个有着海象般胡须的大块头,笑嘻嘻地看着优素福。

"萨拉姆①。"优素福对他说,并且摇了摇头。"他来我父亲的店里,"优素福解释道,"买很多拖鞋。"

艾伦坐进车子,优素福在引擎盖下检查。一分钟后,艾伦又走下车来到优素福身边帮忙。

"我们在找什么?红色的炸药?"

"我不敢肯定,"优素福说,"也许某种不寻常的导线?"

艾伦刚才是在开玩笑。"你真的不知道?"他问道。

"我怎么会知道?我和你看一样的电视节目。"

---

① 阿拉伯语的招呼、问候。

这两个男人，他们谁也没看到过炸弹，开始一起看着优素福的引擎，查看里面是否有一个炸弹。

“我什么也没发现。”艾伦说。

“我也没有。”

他们上了车。优素福把钥匙插进点火器。

“准备好了吗？”

“别太夸张了。”

优素福转动钥匙。引擎轰鸣。艾伦的心脏怦怦直跳。

他们驶离酒店，又一次开过悍马车，车顶上还是那个士兵，他的脸遮在头顶上沙滩伞的阴影里，双脚泡在婴儿游泳池里。

“这么说，你爸爸开了一家店。”

“在老城区。他卖拖鞋。”

“等等。你爸爸卖鞋？”

“是的。”

“我的爸爸也是。真难以置信。”

艾伦看向优素福，半真半假地把这当做一种玩笑。巧合有点太出乎意料了。

“你不相信我？”优素福说，“你在这儿的时候，我带你去看看那个店铺。那是我工作、成长的地方。我们都得工作，我的兄弟们和我都一样。但是我的爸爸是个独裁者。他不愿倾听我们的想法。尤其是我。我可以大幅度改进那个店面，使它现代化。可是他已年迈。任何新东西，他都充耳不闻。”

优素福的兄弟们都从事了其他职业。一个在约旦做医生。另一个在利雅得做伊玛目①。最后一个在巴林上大学。

他们现在上了公路。

“讲个笑话吧，”优素福说，“为了好运。”

“那是沙特的习俗？”

“我不知道。我对我们的习俗一窍不通。或者别人怎么看我们的习俗。我不敢肯定我们有什么习俗。”

“今天我没有笑话。”艾伦说。

刚说完他就想到了一个。

“好吧。丈夫和妻子正准备睡觉。妻子站在落地镜的前面，仔细端详着自己。‘你知道，亲爱的。’她说，‘我看着镜子里面，看到一个老女人。我的脸上皱纹密布，我的头发已然花白，我的双肩不再挺拔，我的两条腿臃肿不堪，我两只胳膊肌肉松弛。’她面对着丈夫说，‘给我一些正能量吧，让我自我感觉好一些。’她的丈夫认真打量了她片刻，斟酌再三，然后用温柔体贴的语气对她说，‘好的，你的眼神没问题。’”

优素福大声地笑了出来。太大声了。

“请保持安静。”

“你的头痛得厉害？一定是某种不好的‘西迪基’。”

“什么是‘西迪基’？”

“它的意思是‘我的朋友’。也就是你所喝的那玩意儿。”

① 伊玛目，清真寺内率领穆斯林做礼拜的人。

“我不承认。”

“艾伦，我不是宗教警察。你也不是我开车接送的第一个生意人。等一下。”

前方有个检查站。两个年轻的士兵站在中央分离带上，拦停车辆。在路边，三个穿着制服的人坐在警车里。优素福摇下车窗。士兵低声问了优素福一个问题，优素福回答了，士兵挥手放行。就这样搞定了。优素福继续开车。

“这么简单？他事实上连看一下都不想？”

“有时候会看一下的。”

“他们在找某个特别的人吗？”

“也许吧。都是作秀。没有人想在这儿当兵。他们可以的话，工作都给外国工人做。”

他们离开城市，不久又上了那条荒芜的公路。一辆运输棕榈树的卡车超过了他们，灰尘满天飞。

“你饿不饿？”优素福问道。

“我不知道。”

“迟到太多比迟到一点要好。我去年开车送过一个来自得克萨斯的家伙。他这样对我说。如果你迟到了半个小时，看起来是犯了个错误。如果你迟到两个小时，那么看起来你就是有意为之。”

优素福选择了路旁一个在公路上方几英里的地方。他们停下车。餐馆是露天的，一连串矮墙房间。他们走进主楼，鱼味扑鼻。海产品不是艾伦在醉饮私酿烈酒后，脑海里想象的第一顿食物。他想要面包和培根。

优素福领他来到一个宽大的陈列柜，成百上千条鱼冰冻着。

艾伦差点吐了出来。

“你有什么偏爱吗？”优素福问道。

艾伦最不想要的就是这些了。他想要离开，吃点干爽的东西。咸饼干、薯条。但是他已经习惯有什么就吃什么了。“听你的。”他说。

“要一对这个，”优素福说，冲着一对一尺来长、银色和粉色相间的鱼点点头，“我们称它‘纳杰勒’。不知道你们英语怎么称呼。”优素福点了两人份的。

他们坐在外边，尽管那里没有座位。习俗是斜倚在地板上，每人背后都有一只硬垫可以靠着。

苍蝇飞落在他们的膝盖和胳膊上。艾伦挥手赶走它们，可是不一会儿它们又回来了。想到像这样在户外吃鱼，他的食欲被赶跑了。一个动物的声音使他转过了头。矮墙顶上，一只猫，看上去有千年之寿，已然盘踞良久。它的左眼浑浊，一颗下齿从嘴里向上突出，是颗倒置的牙。看起来这样的生物多活一天都是不可能的。优素福冲领班大嚷，领班走过来，手里拿着一把小扫帚把猫吓得跃过另一面墙跑到走廊里。

优素福的手机震动了。他的两只拇指开始工作。

“我女朋友。”他说。

艾伦搞不清楚优素福有几个女人，就直说了。

“我会解释的。”优素福说。

他和一个女孩订婚了，她名叫阿明娜，十几岁时就相识了。当他们把想法向她的父母提出时，她的父亲不同意把女儿嫁给他。优素福的情况很不妙：他的家庭是贝都因人[①]，对于一些沙特上层社会

① 贝都因人，在北非、阿拉伯半岛的一个阿拉伯游牧民族。

的人来说这是不可接受的。他们认为我们是野蛮人，优素福解释道。他的父亲是小店主、村民、未受过教育的人。他做得很不错——他挣得了成百上千万的第纳尔[①]，优素福指出，并且他在家乡的村庄里建起了一个超大的房子，为了造房子还夷平了一座山顶——可这些都不重要。

“所以只能作罢了？”

艾伦的脑海里涌出多种可能性：难道他们不能离开国家一走了之？私奔？

“毫无办法。不过没什么关系。我也不再那么想她了。不管怎样，我的父母为我重新找了一个。”

“他们选择的女人贾米拉是极好的。”优素福解释说，他见过的最美丽的女人，就这样突然成了他的女人。他们几个月后结婚了，然而尽管他爱看着她，爱注视她在屋里走来走去，但是他们并不能完全合得来。

“闷得像只山羊。”

一年后，他们离婚，他又回到单身。

“我和女人总是合不来。但是和诺儿却不是。”

诺儿是他的女朋友，如果可以这样说的话。她比他稍微小点，二十三岁，是名研究生。他们是在网上认识的。

“她太出色了。”他说，“她每天都把我收拾得服服帖帖。并且她是先知穆罕默德的后裔。我发誓这是真的。”

“同诺儿的进展不错。”他说，于是他俩正想着用什么方法告诉双方父母他们的打算，就在这时他开始收到前妻贾米拉的短信。她现在嫁给了一个四十几岁的有钱人，优素福怀疑他是一个顶级的国

---

① 第纳尔，一种货币单位，有十几个国家使用，价值不等。

际淫棍。

“他到欧洲去和男孩子发生性关系。”

“他是同性恋？”艾伦问道。

“同性恋？你认为那样就说明他是同性恋？”

艾伦还没有足够清醒，理解不了这一逻辑，所以并未细究。

食物送来了。几只盘子里装满了切碎的莴苣、黄瓜、土豆、糙米以及“胡贝兹”——像印度飞饼一样的面包——然后是鱼。优素福用手指把饭菜捏在一起。“‘西亚德亚’。”他说。鱼是油炸过的，除此以外，鱼还是他们在玻璃下面看到的那个样子，眼睛、骨头，一切完好。艾伦撕下一块面包抓了一点鱼肉。他咬了一口。

“不错吧？”优素福问道。

“完美。多谢。”

“什么东西一炸，味道总是不错的。”

那只猫又出现了。优素福向那只瞎眼的、年事已高的动物踢了一脚，它喵的一声叫，被激怒了。它飞速地逃开。

“与此同时，她每天给我发十条短信。有些短信很无聊，比如‘你在做什么’这样的废话。有一些还真是，怎么说呢，很性感。我希望能给你看一些。”

优素福滚动着手机上的信息，艾伦发现自己想要看那位无聊的主妇所发出的性感短信。

“但是我一收到就得立即删去。”

贾米拉差不多能够证明她婚姻生活的每分钟身在何处，并且她的丈夫不会读到这些信息本身，但是他依然会疑神疑鬼。

“如果他读过它们，”优素福说，“我就死定了。她也绝对死定了。她及时删除它们。他打电话给电话公司，想要查出它们。真够荒唐的。”

艾伦惊骇不已。他对沙特司法系统的理解也许不够彻底，可是这样做似乎获利甚微，但危险巨大。

“她的这些短信实际上危及了她的生命，对吧？她不会被政府或者什么机构处以石刑吗？”

优素福看了他一眼：“我们这里没有石刑了，艾伦。”

“对不起。”艾伦说。

“我们把他们斩首。”优素福说，然后大笑起来，满嘴的米饭。“但是也不常见了。不管怎样。她现在换了部手机。她有两部手机——一部日常使用，他可以监察到，还有一部专门用于我。”

“所以已婚妇女都有第二部手机。这在沙特阿拉伯可是一个大生意。”优素福解释道。

整个国家似乎在两个层面上运行，官方的和实际的。

“她闲暇时间很多。她的家务有印度尼西亚人做，所以她能做的就是购物和看电视。她在浪费生命。‘你是我一生挚爱。’她上周给我写的。我不知道她是从哪儿学到这种表达的。所以她丈夫想我死，而我得忍气吞声。虽然我不知道情况有多严重。有些日子里，我彻夜难眠，想着他真要来杀我，你知道，就是随时都有可能的那种。也有些日子里，我一笑置之。不是什么好局面。”

艾伦突然对优素福产生了一种父爱。他情不自禁。和那个丈夫之间的全部纠缠看起来再简单不过了。简单问题简单解决。

“你需要和他坐下来谈谈。”

“什么？不。”优素福摇摇头，往嘴里又塞进一块鱼肉。

“和他坐下来，”艾伦继续说，“并且看着他的眼睛告诉他你和他妻子清清白白的。因为你没做什么，对吧？”

“对。什么也没有。即使我们离婚之前也没发生什么。”

“那么就这样对他说，通过这种方式，他也知道你讲了真话。因为你看着他的眼睛。否则你也不会愿意约他面对面相见的，对吧？如果你和他妻子真有一腿，你永远也不会面对他的。”

现在，优素福开始点头了：“那样还行。那……那是个办法。我喜欢这个办法。不过我不知道他是否讲理。他现在也许已经疯了。他在我手机上留的那些短信，那些不是一个讲理的人会发的。”

“这是处理问题的方式，”艾伦说，“我是过来人，在这些问题上有些经验。这样做会一了百了。”

优素福看着艾伦，仿佛相信他所说的是真实有理的，仿佛艾伦真是个经历了几十年的风霜而变得睿智的人。艾伦不敢肯定他所获得的就是智慧。他所获得的是一种理解：没有多少事情是很重要的。没有多少人可以让你害怕。所以，现在当他面对所有此类的局面时，都会散尽虚华、以不变应万变，并且所有的事情他都是直面相对。除了露比，他差不多总是避而远之。艾伦选择不告诉优素福其实在有关爱情的事项上他一贯拙手笨脚，并且他现在是独身，形单影只。他已经多年没有以任何有意义的方式接触过女人了，很多年了。他选择让优素福相信他现在是并且一直都是成功男人，在美国那些性欲横流的城市里过着声色犬马的生活。一个功成名就的男人，有着强大的欲望和不尽的选择。

十七

等他们到达目的地的时候，已经中午了。优素福在帐篷附近的小路上让他下了车。

“我在想我会再见到你的。”优素福说。

“似乎很有可能。”

艾伦转过身，优素福“啊”的一声叫了出来。

“艾伦。你的脖子。”

艾伦摸了摸后面，一时忘了他的自助式手术。他的手指摸到了一片湿漉漉的血斑。

优素福走到近旁。“这是什么?”

艾伦不知从何说起。“我剥了一块痂。很糟糕吗?”

“它沿着你的后背一直向下流。昨天就有吗?”

“有一点。昨天不一样。”

“我们得去看医生。”

艾伦对沙特阿拉伯王国的医疗系统如何运作一无所知，但是他想，是的，他应该检查一下。所以他和优素福约好第二天去检查。优素福会安排的。

“你总是想出法子来见我，”优素福说，“真是温馨啊。”

说完他离开了。

帐篷里面，三个年轻人现在都待在远端，远离大海，在幽暗中盯着他们的电脑屏幕。

“嗨!”艾伦大声地喊道。他感到莫名的乐观。

他大步走向他们，在一条地毯上坐下。四下看看，一切看起来都和前一天一模一样。

“又出发晚了?”布拉德说。

找不出说得出口的理由。艾伦也没解释。

“还在等待无线网络信号。”蕾切尔说。

“我会再多问问的，”艾伦说，“两点四十分我有个约会。”

根本就没有这样的约会。现在他开始杜撰虚拟约会了。至少，可以找个借口离开帐篷，并且尽快离开。

“好消息，不管怎么说，”他说，“国王在也门。所以我们无须担心任何突然的造访。”

年轻人们似乎很高兴，接而有点泄气。国王在另一个国家，所以没有理由做任何事，即使有，没有无线网络，他们无论如何都无法测试他们的全息图。

“打牌吧?”蕾切尔提议。

艾伦想做的是躺在沙滩上，把脚放在水里。“好啊。”他说。

他们打扑克。艾伦的父亲教过他十几种玩法，他玩得也很不错。但是他不想和这些年轻人玩。不过，他还是玩了，并且听他们谈话，知道昨天晚上蕾切尔和凯利一起待在蕾切尔的房间直到深夜。布拉德打电话给妻子，一直打不通，终于找到妻子时，他获悉他的侄女得了百日咳，还有人会得百日咳?他们讨论着那病，还有其他死灰复燃的几百年前的疾病。佝偻病和带状疱疹又回来了，并且也许小儿麻痹症也要回来了。由此开始了新一轮的讨论，由蕾切尔首先发动，她爆料说她有些朋友有着恐怖的生小孩经历——因为心急的医生拉得太快，导致小孩子的残疾、死胎、抽吸引起的事故。所有这一切仿佛来自另一个时空。

他们坐着，沉默不语。一阵风吹过，帐篷的壁荡起了波纹，他们四人都注视着，仿佛希望风力加大把帐篷整个掀翻。这样他们就有事可做了。或者回家。

艾伦在施文公司的时候，会发现自己无论在堪萨斯城的哪个酒店里，都会有六七个年轻的销售代表围着他转，他知道他有听众，他们想听听在圣诞季卖新产品哪些方法可行，哪些方法不行，为什么刺鳐大卖而台风[①]不行，工厂里是什么景象，研发部门在做些什么。他们听他的笑话会大笑，他的每一个字他们都会认真听。他们尊敬他，并且他们需要他。

如今，他已经没有什么东西可以教给这些年轻人了。他们可以在沙漠中的一顶帐篷里安装全息图，晚到了三个小时，他就不知道如何接通设备了。他们对制造东西不感兴趣，对他终其一生尽力完善的那种人对人的销售方式也不感兴趣。这样的事情他们三个人连影子都没见过。他们也没有人，像他那样，从把真实的物品卖给真实的人开始。艾伦看着他们的脸。凯利和她那向上翘起的鼻子。布拉德和他那洞穴人般的眉毛。蕾切尔和她那没有嘴唇的小口。

---

① 刺鳐（Sting-Ray）和台风（Typhoon）都是施文公司生产的自行车品牌。

再问一下，是否有过那么一个时期，年轻的美国人想要向年长的美国人学习，或者向任何人学习？很可能没有。美国人天生就无所不知和一无所知。生下来就向前移动，迅捷非常，或者自以为是这样。

“自由女神像在移动，老兄！”

那是飞机上那男人所说过的——也许是他所说的话中艾伦唯一认为是有意义的或有寓意的。那家伙刚去过纽约，刚参观了埃利斯岛。

“所有人都认为女神像静止地竖立在那儿，可是她正大步向前！”

那男人吐沫横飞。他没意识到或者不以为意。

“当我看到她本人时，我高兴得抓狂。下次回去时你好好看看。我绝对不是糊弄你，她在向前走，长袍飘飘，软鞋已经弯起，一切就绪，仿佛她准备跨越大洋，重回法国。我高兴得抓狂。”

打了几手牌后，艾伦迫不及待地想要出去。他在帐篷里，幽暗，人和物品的气味越来越强烈，而外面，不过五十码的距离，就是红海。

“好了，我还是出发吧。”他说。

他们没有挽留。他起身向帐篷门走去。

“我朝这个方向走，”他说，指着北方，“所以如果你们见到了国王，就往这边找我。”他笑了笑，年轻人们也笑了笑，他知道在他们眼中，他根本无用。

帐篷外，他抬头望着那幢公寓楼，看到窗边有一个侧影。起初他并不相信。然而，那是人的身形，在四楼的窗边移动。接着又一个身形。接着他们都不见了。

他产生了一个想法：要前往那幢楼，想办法进去看看，并且听听声音。他并没有多想。他绕着公寓楼走，差点掉进一个地坑里。它有一个采石场那么大——有一英亩，确定无疑。他们挖了一个地基，显然是要在上面造一个建筑让它陪着那佛罗里达式的公寓楼。它约莫五十英尺深，差点成了他的葬身之地。

那里布好了一些线框，有柱子的，有大型输送管道的，将来输水供热。有一个临时的木头和泥巴制成的阶梯。身不由己地，他决定走到下面去。他往下爬，空气开始凉爽起来。感觉美妙。每十英尺，貌似一层楼的高度，温度下降十度。他继续下行一直来到底部，那里的空气温良驯化。地面是水泥的，尽管是这里一片沙，那里一堆土的。地基的一角，他发现一把简易的塑料椅。似乎是为他，为此时的他准备的，所以他坐了上去。在红海之滨的这座城市，他坐在一个地基底部的一把塑料椅子上，空气凉爽，万物灰白，他心满意足。

他坐着，凝视着混凝土墙。

他聆听着自己的呼吸。

他试图物我两忘。

“我原谅你。”查理·弗仑说。

他说过无数次。他原谅艾伦帮安妮特从家里搬出。他们没日没夜地吵，并且查理说了狠话，安妮特如是说。艾伦每天都要听这些话，双方各执一词。公说公有理，婆说婆有理。不过，当安妮特决定要离开，在一个查理外出的周末，她请艾伦帮忙，艾伦没有拒绝。他帮她拿走了家里的绝大多数东西。

第二天查理打来电话：“那疯婆子卷走了我们的一切。”

艾伦过去了，在那屋里走了走。似乎风卷残云，家里的东西荡然无存，除了散落的纸张、几卷胶带和几只枕头。

“我对她真是佩服得五体投地，”查理说，“我万万没想到。你能相信她效率会这么高？我一天不在家，房子就空空如也。她真是他妈的聪明娘们，一向都是。”

查理不知道艾伦助了她一臂之力，艾伦也不好告诉他。所以他装着糊涂。告诉他有什么好？

终于，纸包不住火。安妮特很可能透露给了他。查理生了一段时间的气。但是过后，他说他能理解，并且说他已经原谅艾伦了。

“她有种力量，像你我这样的软蛋，她吃得死死的。”查理说。

艾伦离开椅子，站了起来。他沿着四周走了一圈，数着步子。这幢楼会是庞然大物。一边两百英尺，另一边一百二十英尺。艾伦感到在那里真好，感到参与了一个项目真好。没有什么能和这媲美：见证事物的从无到有。当这座城市成为第二个迪拜，第二个阿布扎比或者内罗毕，他会说他曾徜徉于那些大楼的地基里，他为整个这该死的地方的信息技术打下了基础。可是，他不能操之过急。

他又坐回到那张白色的塑料椅子上。

特里·韦恩就操之过急了。

“天呐，艾尔，感觉太棒了。”

几年前，艾伦在经过匹兹堡时曾见过特里。艾伦和特里，从伊利诺伊奥尔尼的日子算起，已经相识二十年了。特里从自行车转到钢铁再转到玻璃，当时就职于PPG工业公司，一家位于匹兹堡城外的大型玻璃制造公司。看起来前程似锦。还有什么生意比玻璃业更能抗御经济衰退？房屋开工率有高有低，但是窗子的玻璃总是要坏的。

他们在三河体育馆[①]旁就餐，特里欢呼雀跃。PPG已经拿到了合同，新建的世贸中心大楼前二十层的玻璃将由他们提供。二十层的防爆玻璃，该项科技就是在宾夕法尼亚州这里被艰苦卓绝地研发出来了。

"仿佛我们就是为此而生的。"特里说，嘴里塞满了牛脊肉，手里的叉子就像胜利时举起的一把剑。

特里为了获得这份合同，可谓殚精竭虑，现在他等不及要大干一场了。工厂里的人们也摩拳擦掌，跃跃欲试。参建自由塔[②]！这就是你每天早晨上班的理由。

"我们做的最大一单买卖，"他说，"工作时，我们会一丝不苟、时不我待。"特里在上装的翻领上别着一枚美国国旗像章。这一切都意味深长。直到毫无意义。

艾伦再次见他的时候，一切都结束了。他们当时都在纽约，PPG已经被踢出局了。特里濒临崩溃。他们约好一醉方休。艾伦想特里会痛哭的。

认真复一下盘，这一切几乎不可能会发生。显而易见，纽约港务局接受了另一家公司的报价，索莱拉建筑公司。似乎很公平。他们的竞价更低，并且他们是纽约当地的公司。一开始特里认为情况就是这样，直到他挖得更深，才知远非如此简单。

"哦，上帝。真是他妈的窝囊。艾伦！"

---

① 三河体育馆位于美国宾夕法尼亚州匹兹堡市，是美国最著名的铁人橄榄球队和海盗棒球队的比赛主场。2001年因为两座新建的橄榄球和棒球体育馆，匹兹堡市决定并炸毁了三河体育馆。

② 自由塔，即世界贸易中心一号楼，坐落于"9·11"袭击事件中倒塌的原世界贸易中心的旧址。该建筑已在2013年竣工，于2014年对外开放。

后来发现索莱拉公司把玻璃业务外包给了一家拉斯维加斯的企业。特里很恼火，但他依然认为它们是普通的平板玻璃。他不熟悉拉斯维加斯的那些人，但是他推断他们一定是在内华达沙漠中的某处廉价的房产里加工，很可能雇一些无证工人以降低成本。

“很公平，对吧？”特里说，杯里的酒洒在衬衣上。

可是，真实情况是拉斯维加斯的那些人压根就没有生产玻璃。他们挂个名而已。玻璃是在中国生产的。用在新世贸中心大楼上垂直高度六十英尺的防爆玻璃正在中国生产。

“‘我们接受了报价最低的良心企业。’那就是港务局发言人的公开声明。”

“该死的。”艾伦说。

“你能相信会他妈的这么操蛋吗？”特里说。

但是，接着又来了当头一棒，一大棒：中国的玻璃生产商使用的正是PPG的专利。PPG研发了这种玻璃，申请并取得了专利权，并且就在竞标开始不久前，公司向全世界的多家企业授予了专利使用权。其中一家就是三鑫幕墙产品有限公司。所以，事实是三鑫幕墙公司会为自由塔生产玻璃。所以，PPG发明了一款新型的防爆玻璃，只是让中国的一家公司使用该科技来生产玻璃，价格更便宜，然后再卖给港务局，而港务局至少试图重建一种类似自豪和韧性的情感，就建在这一切由美国组成的白热的中心的正中。

艾伦踱着步。他绕着这新大楼的地面走走路，出出汗，还想要打打墙。

也许特里不管怎样都要退休了。他六十二岁。可是，世贸中心大楼的那桩交易使他的一生都完了。从此，了无生趣。

“叫我傻瓜吧。”特里说，“可是我在意那‘自由’玻璃。我他妈的在意我们成为那大楼的一部分。”

特里隐退之时，艾伦的耐心也消耗殆尽。他倍感羞辱。不光是生意的层面，关键是港务局一直拖着 PPG，曾不下十次表明，PPG 作为这项技术的创始者，理所当然会成为供应商。然而，事实是他们去了国外洽谈此事，却同时故意诱骗着 PPG——为了能够生产这种玻璃，花了数百万美元用来设备升级和机器改装——哦，上帝，这一切太卑鄙了，简直是懦夫的行为，毫无原则性。这是羞辱。就在世贸遗址上！就在这尘埃中！羞辱！就在这尘埃中！羞辱！羞辱！羞辱！

“老兄！”

艾伦四下看看。他停止了踱步。谁在对他说话？

“老兄！说你呢！”

艾伦向上面看去。两个工人，身穿蓝色的工作服，向下面看着他。“老兄先生！不可以！不可以！”他们说，带着指责的语气。他们手舞足蹈，做出巨大的向上舀的动作，仿佛要把他从地下变出来，让他“上，上，上”。他们的脸上写着，你不该去那里的，在地底下五十英尺，这样走着路，踱步，愤怒，重述着不只是属于你个人的过去，而是整个国家的过去。

不过，艾伦心知肚明。他顺着阶梯爬了上来。所有他不该做的事，他都清楚。

十八

一天结束了，艾伦同年轻人们一起坐在面包车里返回吉达，一路上三个年轻人都在睡觉，或者假装睡觉。旅程很安静。回到酒店，他们下车，几乎一言不发，艾伦回到他自己的房间，独自一人，七点钟。他叫了份牛排，吃了，然后来到走廊上。他可以看到几个人影，在数百英尺的楼下，他们试图穿越公路到达海边。他们试了几次，又退了回来。车辆开得太快了。终于他们成功通过了，用猛冲和迂回相结合的方式，艾伦并没有学到什么。

他快速翻看着酒店的入住指南，看到蕾切尔提到过的健身中心的几张照片。他对锻炼不感兴趣，但还是乘电梯来到地下室，一位健身中心员工在一个弯月形的桌子后向他打招呼，脖子上挂着一条松软的白毛巾。艾伦告诉他，他只是看一看。“计划一下他的养生之法。”他真诚地说，于是他得以穿着正装在里面行走。

有五个人正在锻炼，清一色男士，有的在跑步机上奔跑，有的在与诺德士健身器材搏斗。一股化学品清洗过的味道，电视上放着CNN 的节目，声音很大。那位健身中心的员工朝艾伦这边看着，于是艾伦在看着一台机器的时候严肃地点了点头，仿佛说：好的，明天我穿上健身装在这上面练练。

然后他离开了。他在大厅里漫无目的地走了会儿，决定还是坐下来观看。他叫了杯冰茶，注视着反光的地面上沙特人和西方人悄悄滑过。他倾听着喷泉的声音，偶尔，随着水在中庭里喷到一百英尺的高度，声音会提高。这家酒店真是一丝一毫的特色都没有。他喜欢它。可是，酒店里没有酒吧，楼下没有消遣之处。楼上，那酒瓶在等待着。所以他走回那玻璃电梯，飘回了他的楼层。

在室内，他倒了几指宽的酒，开始了。

亲爱的姬特，我和以前不一样了。要么是我脖子上的东西正在使我失去理智，要么就是我早就失去了理智。

不，他告诉自己。别再唠叨了。做点有用的吧。他呷了一口。它灼烧着他的舌头，牙龈也麻木了。泪水涌入他的眼睛。他又喝了一大口。

亲爱的姬特，我犯了一些错。这就是为什么这个秋季你不能上学了。很简单，真的。我搞砸了。可是，他们不让我这样的人日子好过。

他重新开头。

首先，让我告诉你好消息。看起来这桩沙特的买卖进展顺利。秋季你可以登记入学。我会有钱的。我会有足够的钱一次全付清的。全年预付，如果那帮混蛋想那样的话。

他在撒谎了。她不该承受的。她没有过错。是的，经济这个样子，世界那个样子，这些学校收费过高，高得荒唐——我的上帝，他们是不是凭空想出一个学费的数字再加上百分之十？——但是，她依然没错。要是他当初计划周详，要是他不那么没用，他本可以拥有她所需的一切。他有二十年的时间去积攒二十万。那能有多难？一年一万而已。还不用计算钱的利息。他之前要做的不过是攒下六万块，然后不去动它。可是，他没有不去动它。他花了这些钱。他投资，投在自己和他人身上。他想他能够随心所欲地赚二十万，任意哪一年都行。他如何能料到这个世界对他这样的人已然开始失去兴趣了？

一年前，他有了那个想法，就是开创一条自行车的新出路——经典、耐久，为收藏家、小工匠以及那些需要坚不可摧之物的家庭打造。所以，他四下寻求贷款。他想，有五十万就可以租一间仓库、一些机器，聘请几位工程师和设计师，请人做几款原型车，再买几辆卡车。他知道他需要什么——结实简便、线条清晰的自行车，大量的铬合金，一切部件都打造得能用上一千年，并且看上去永远不会厌倦。

他拟出一个可行的商业方案，但是银行嗤之以鼻，一笑了之。“你想要制造什么？哪儿？”“我想制造自行车，”他说，“在马萨诸塞州。”所有人都觉得好笑。给那些手上有钱的人带去了大量的乐趣。一个做风投的家伙在电话里真的笑了出来，笑得肆无忌惮、真心实意——笑了好长一段时间。“艾伦，如果我给你五千块，不要说五十万了，那么你我二人都完了！他们会定我们罪的！”

向银行借钱来做一个他们认为是堂吉诃德式的项目，现在可不是好时候。最友善的信贷官员叫他找政府。“你听说过中小企业管理局①吗？”他们问道，“查一下网址。上面有很多信息，很好用。”

所以，艾伦向小银行、更小的银行求助，他们的官员对艾伦所谈的一头雾水，这一点就更让他们感到好笑。他们从未听过类似的项目。银行员工中有些人很年轻，从来没见过有商业计划要在马萨诸塞州制造东西。他们想他们刚出土了某个古代的萨满教巫师，身上全是通往被遗忘世界的线索。

“现在他想成为一名工会的人！”罗恩窃笑不已。艾伦犯了一个错误，把他的计划告诉了父亲。他原本想会给他留下深刻印象的。也许是一次救赎的机会？罗恩并不支持。

“太迟了，小伙子。”

当他说“小伙子”，他的意思是“熊包”。

“我不这样认为。”

“你亲手帮忙把一切都搬到了中国。你无法把妖怪再装回瓶子里的。可是，你为什么要听我的。为什么不找一些咨询师让他们告诉你该怎么办？”

罗恩一向对咨询师不屑一顾：“我自己的生意，他们能告诉我什么？他们拿着见不得人的钱去曲解数据表格。”

艾伦不再向父亲寻求建议了。

有那么几次机会，艾伦被邀请开始填写借贷表格，事情急转直下，从希望变成悲剧。看起来，使他计划的等级从有风险降到有毒害，其罪魁祸首不是美国的基础设施，不是美国制造商品的市场，也不是来自中国的竞争。是香蕉共和国②。香蕉共和国正在扼杀像他

---

① 美国联邦中小企业管理局（Small Business Administration，简称 SBA）于 1953 年创建，1958 年被美国国会确定为“永久性联邦机构”。资金扶持是其主要职责之一，主要任务就是帮助中小企业创业者获得贷款。

② 香蕉共和国（Banana Republic），指美国一家时尚服装品牌。

这样的人推动国家前进的能力。香蕉共和国扼杀了他的信用，而信用已经扼杀了美国。

艾伦从来没有检查一下自己的信用评分[①]，也毫不知情，但是他被每个银行甚至还有几家风投公司告知，他的分数不够格。他的分数，六百九十八分，离值得信任的或者有人性的标准还差五十分左右。

经过几天的探查，他明白了，是六年前他在香蕉共和国的某次购物，决定了他此时的金融生活，阻碍了银行考虑他任何一切的借贷计划。

他需要一件夹克，售货员告诉他，如果他登记一张香蕉共和国的赊账卡，当日购物享八五折，不久的以后他就可以注销这张卡。但是，不知为何，在他注销了卡后，这张卡却没有被注销，账单还是不断送来，但是因为他已经注销了这张卡，所以他根本就没打开过那些信封，以为它们是垃圾邮件。

所以他的账单逾期三十天，然后达到九十天，再然后一百二十天，讨债公司上门来了，在那个时间点他付了三十二美元的应付款，是某种金融费用，然后他彻底杀死了那张卡，再一次。

但是这一切已经使他的信用评分低于七百分，而任何一种贷款，更别说是第三次抵押贷款——在香蕉共和国灾难以前他已经贷过第二次抵押贷款了——都遥不可及了。

银行人员会用手指一指分数，然后举起双手。当他解释说他已经偿还了抵押贷款，付清了所有真正的信用卡，三十年来尽职尽责

---

① 信用评分是利用数学和统计方法、根据中小企业和个人的还款记录等信息对其信用状况进行的量化评价。评分系统根据借款方的借款与还债历史、债务状况等信息给予不同的分数，用来决定是否核准新贷款或信用额度。

时，他们似乎很在意，好好评估了一下，然后就不了了之了。分数摆在那儿。

艾伦尝试着和他们讲道理。

“你们看到了我真实的信用报告。”

“是的，先生。”

“你们看到了唯一的污点就是这张香蕉共和国的卡。”

“对。主要就是它，我很肯定。”

“那么你承认一张六年前收费七十二美元①的香蕉共和国卡，相对于三十年来在偿付账单和抵押贷款上的完美表现来说，不是什么重要的指标吧？”

“你说得对，我同意。”

艾伦认为他取得了突破。

“所以，我们可以通融一下？”

那人大笑了起来：“哦，不。我很抱歉，先生。分数达不到我们的门槛。我们不能批准贷款，如果申请人的分数低于七百分。”

“我的是六百九十八分。”

“是的。不过即使低于七百四十分也会引起最高等级的评估。”

“但是你们自己甚至都没有编算过这些分数。”

“对。”

“某个外面的机构做的。益百利②。”

“是的。”

“你知道他们是怎么测算什么样的卡或者付款方式会导致你信用评分相应降低的吗？”

---

① 前文是三十二美元，可能原文有误。

② 益百利是向组织和客户提供信息、分析和营销服务的公司，是一家协助客户管理制定日常商业和财务决策的风险及报酬的公司。

“不知道，不知道。那是专有信息。”那人窃笑，似乎他们两人在思考上帝本人的动机一样。“他们对那样的信息严加保密。”那人说。

艾伦试着给香蕉共和国打电话。他们也不知道怎么办。“我们不处理那个级别的信用卡问题。”一个代表说。她向他提到一家位于亚利桑那州的公司。那家亚利桑那公司总是挂断他的电话，似乎是故意的。

机器统治人类的年代已经来临。这是一个国家的衰落，也是那些为摒弃一切人类接触、人类理性、个人意志和决策而设计的体系的胜利。绝大多数人不愿意做决定。在能够做决定的人中，有很多人决定把决定权让渡给机器。

艾伦站了起来。房间里的线条纷飞，就像挑棍游戏。他找到了床，并让它把自己吞没。床像纸风车一样旋转着。“也许我喝得太多了。”他说，暗自发笑。他把手平放在墙上，旋转放缓了，然后停了下来。

“还行。”他说，想着自己很滑稽，也很能干。他想要旋转停止，就办到了。“祝贺。年轻人！”他说。

艾伦看着桌子上方的镜子，然后又看了看电话。当他看着电话的时候，电话响了。

“喂？”

“我是汉娜。”

“我很好。你呢？”

她大声笑了起来：“我没有问你好不好。”

“我猜我只是觉得你应该知道。”

她又大笑起来，她的笑声漫不经心：“你已经上床了？”

“没有。怎么了？”

“今晚大使馆有个派对。”

“丹麦大使馆？”

“是的，可以纵酒狂欢。”

“我已经醉了。那月光液。”

“很好。你会融入进来的。你来吗？”

十九

他叫了一辆出租车去大使馆，不到二十分钟，他目睹了两个女人正在舔一个男人穿了孔的乳头，如同野蛮嫔妃跨骑在他的身上。到处可见没穿外衣的人和大量的药丸。成桶的月光液。不顾一切，错乱迷狂，甚至夹杂着愉悦享受。

一名肥胖的男人在水池边跳着舞，跳得很好。裤子紧，人更大。汉娜走了，去了酒吧。

艾伦孤身一人，漫无目的地走着。他不想喝酒。

那肥胖男人的裤子闪闪发光，像鱼鳞一样。艾伦最初不相信那男人，心里纳闷为什么会有女人贴近他，被他吸引，不过，当那肥胖男人开始跳舞时，一切变得理所当然了。他太出色了。还是加拿大人。一个肥胖的加拿大舞蹈天才。

水池里正进行着一场游戏。人们潜到水中寻找药丸。派对上没有大麻——也许那样太容易被邻居发现，味道会顺风传播的——所以代之以药丸。药丸多得数也数不清，还有红酒白酒装在未标记的瓶子里。真是私酒商的天堂。

那高个子的男人，体格像维京人，麦秆色的头发扎着马尾辫，他把药丸扔进深水的一端，成百上千的药丸。他扔药丸，人们潜水。“你们必须得吃下去我才能看见。”他对参加派对的人说，这些人穿着内衣往水里钻。你必须等到浮出水面，当着他的面吞下药丸，才能接着游戏。于是，众多的人跳入池中，潜到水里寻找药品——白色的、蓝色的药丸，夜色中的池底很难找到。它们是什么东西？

有人说是伟哥[①]，有人说是安必恩[②]，可是实际情况很可能不是那样的。不久，有人裸着身子从水里冒了出来，人群一阵骚动。水池里，男男女女交杂在一起，律动的肉体闪闪发光，还有那些药丸和月光液，可是那男人赤身裸体从水池里冒出来，这点还是明显越线了。有人迅速给他盖上毛巾领进室内。

汉娜在哪里？

行为举止如此这般的人他以前见过，但是都没有现在的这帮人年龄大。上了年纪的人们，他这个年纪的人们，大庭广众之下，穿着内衣。上了年纪的人们拿着药丸，把它们往嘴里扔，然后就着巨大瓶子里的自制酒吞下。内心关押的某个东西得以释放。那露着事业线的女人在干什么？她挺着胸像端着一个托盘一样。只是在派对上走来走去，一遍又一遍，看起来漫无目的、毫无计划。似乎不与任何人说话。仿佛她是被雇来专门做她现在所做的事：走来走去，赚足眼球。这种事情在纽约和拉斯维加斯是司空见惯，可是在这里？

艾伦喝了十几个透明瓶子里的东西，它们总是看起来像水，喝起来像破机械。

艾伦碰到一名美国建筑师。他说他已经设计了阿卜杜拉国王经济城的一部分，就是金融中心。他至少已经设计了世界上几座最高

① 伟哥，美国辉瑞公司生产的一种治疗勃起功能障碍的药品。
② 安必恩，一种治疗失眠的处方安眠药。

的建筑物。他来自一个令人吃惊的地方，地势非常平坦。爱荷华州？他一直非常温和、谦逊，也许有点憔悴。他们交流了一下有关缺乏睡眠的情况。那建筑师刚从上海来，在那里他正在建一座新塔楼，比他之前建造的都要高。他在迪拜、新加坡、阿布扎比，以及中国各地工作已有十年了。

“我很久没有在美国工作过了，哇，我都想不起来最后一次在美国工作是什么时候了。”他说。

艾伦问为什么，尽管他心知肚明。一切都是因为钱的缘故，毋庸置疑，还有见识、勇气，甚至还有一点争强好胜之心。

“倒不是因为争什么最大或者最高，但是你知道，在美国现在根本就没有这种梦想会发生。都搁置了。现在这种梦想，是在其他地方完成的。”那建筑师说。然后，他离开了派对。

“来跟我说说话。”

是汉娜。

“你一直在哪儿？”她问道。

艾伦说不上来。

她拉起艾伦的手。艾伦跟着她。

“让我们犯个错吧。”她说。

他们走进车库。三个冰箱尚未拆箱。

她的脸埋在他的胸部，一双小眼睛向上看着他，试着表现出媚惑的样子，但是实际上看起来更像是探求。他感到了目光，于是看向了别处。

但他们接吻了一会儿，然后他停了下来。他假装这是一种骑士风度。事关尊严。

“好像有点傻，这么急匆匆，是吧?”他说。

她向后退了一步，看着他，似乎他说出了一个可怕的秘密：他年轻时是纳粹党卫军的一员。然后，她大笑起来：“这把年纪，如此小心，令人好生钦佩，艾伦!”

他一把拉她过来，搂着她很长时间。他吻了吻她的头顶。那样太过分了，他心里明白。现在他是她的父亲。他的牧师?他就是个蠢蛋。

她推开了他：“不要对我降尊纡贵。”

他道歉，然后对她说他是多么喜欢她，因为事实如此。

“你伤害不了我，你知道，”她说，“我坚不可摧。”

这等于在说放马过来吧：一方告诉另一方自己心思澄澈，他无须担心她会爱上他甚至会记得他。

她是不是残忍了点?人们有了欲望，不想受到阻拦。特别是当欲望触手可及时。那会让人倍感愤怒。很显然，汉娜认为她是在施惠予艾伦。他倒好，尝点甜头然后拒绝了她。整个晚上剩下的时间里，她没和艾伦说一句话。

不过那时候派对也接近尾声了。这一切发生在结束的时候，临近结束的时候，至少是在他即将离开的时候。那太空人!一个穿着太空服的人。太空服是戏装，不过很好，很真实。像是阿波罗①和库布里克的《2001 太空漫游》②中太空服的混合体，有着那样的尖角和带棱纹的四肢。他穿着太空服走来走去，模仿失重状态，然后

① 1969 年，阿波罗 11 号宇宙飞船首次实现人类登月活动。

② 斯坦利·库布里克（Stanley Kubrick，1928—1999），美国著名电影导演。《2001 太空漫游》是库布里克拍摄的一部太空题材的影片。

他返回室内。过了一会儿，他重新出现，没戴头盔，原来是一位六十五六岁的人了。他是喝了什么酒还是服了什么药？六十多岁的人在派对里用慢镜头走路，同人们打着哑剧，假装要抓那事业线女人的乳房。

地下室里开着音乐，像个舞池，锡纸装饰的迪斯科舞厅。全是摩城唱片公司[①]的，狄安娜·罗斯和谢利斯合唱团。还有杰克逊五人组。已过不惑之年的男男女女们扭腰弄臀，拍着屁股抓着裆部[②]。简直不忍直视，他们怎么做得出来？艾伦不得不离开地下室。

有一些光鲜的年轻人。在外面的水池边。

他们手里端着月光液，用红色杯子盛着，向舞池走去，去唱一两首歌，艾伦发现自己置身于他们之间，坐在躺椅上，注视着那药丸与潜水游戏。有三个人。一个年轻的女人，来自埃塞俄比亚，但是讲一口美式英语；出生于迈阿密，现在为埃塞俄比亚大使馆工作；头发向四面八方逸出，薄薄的鼻子很挺拔，一双眼睛大得出奇，眼睑似乎用蓝烟描过。她身边的那两个年轻男人十分热情。他们看起来十六岁，脸庞像成熟的水果，小眼睛炯炯有神。一个是荷兰人，另一个是墨西哥人。他们对艾伦、阿卜杜拉国王经济城，一切事物都很感兴趣。

“这地方即将爆开。”那埃塞俄比亚女人说。

“这地方即将爆开？”艾伦以为她的意思是某种战争。某种恐怖

---

① 摩城唱片公司签约的主要是黑人音乐家。下文的狄安娜·罗斯、谢利斯合唱团、杰克逊五人组都是其旗下著名的艺术家。

② 抓裆部是迈克尔·杰克逊舞蹈的经典标志性动作之一。

活动。就像一九七九年的麦加事件[①]，所有朝圣者都死于非命。

“不，不，”她说，“是女人。那儿的女人已经得势了。她们已经受够了那些狗屁不如的东西了。阿卜杜拉试图敞开大门，希望女性们精诚努力，出人头地。他认为他是戈尔巴乔夫[②]。他摆好了多米诺骨牌。男女同校的大学是开端。阿卜杜拉国王经济城是后续。”

艾伦转身看着另外两位：“你们同意这种说法吗？”

另外两个点点头。他们很可能知道的比他多。

有桌上足球比赛。某种锦标赛的形式，非常认真，黑板上写着名字，单败淘汰制。一个巨大的平板电视上放着罗斯·梅尔[③]的电影。那宇航员正在观看电影，身子前倾着，头盔放在膝上。

---

① 指 1979 年 11 月 20 日麦加大清真寺（禁寺）被武装分子（沙特阿拉伯内政部称之为伊斯兰“极端分子”）占领，朝觐穆斯林群众被枪杀的事件，至少造成数百人死亡。

② 戈尔巴乔夫（1931—　），最后一任苏联共产党中央委员会总书记（1985—1991），第一位也是唯一的苏联总统（1990—1991）。是苏联改革和“公开性”的创始人。

③ 罗斯·梅尔（Russ Meyer，1922—2004），美国著名导演，以拍情色片著称，影片中总是充斥着大胸脯的女性。

二十

整个第二天早晨，在艾伦洗澡、穿衣和读他的那份《阿拉伯新闻报》[①]时，杂乱的记忆和启示一直困扰着他。洗脸池边的是什么东西？又一瓶非法酒。是汉娜把他送了回来，并给了他一瓶酒。汉娜在乎他，这个傻瓜。他想起了在她头上的那个吻。真是恐怖。睡眠不足，加上还没有从丹麦大使馆的夜世界中完全清醒过来。他知道接下来的一天他会精神恍惚的。他喝了咖啡，迅速浏览了一下报纸，看到了阿卜杜拉国王的一张小照片，上面的文字表明他回到了沙特阿拉伯王国。

于是，这是第一天国王或许会来阿卜杜拉国王经济城。不管他去经济城的可能性有多小，也不管艾伦觉得昨晚他像是在汽车后备箱里度过的，他和瑞莱恩特公司的团队还是必须准时到场，做好准备随时展示。

"优素福？"

"不敢相信你居然醒来了。还不到十点呢。等一下。才七点！"

"你想开车去阿卜杜拉国王经济城吗？"

"什么时候？现在？"

"我希望八点半之前到那儿。"

---

① 《阿拉伯新闻报》是沙特阿拉伯一份英文日报，是面向吉达、利雅得和达曼地区同时发行的报纸，读者主要为商人、高级管理人员和外交官。

“九点半好了。九点之前那儿不会有人的。那样的话我可以带你去看个医生，看看你脖子上的那个玩意儿。”

艾伦在酒店的转角处同优素福会面，然后钻进了那辆凯普瑞斯。

“你的睡眠时间令我担忧。”

“我度过了一个很诡异的夜晚。”

艾伦知道他不该提及大使馆的派对，可是他非常渴望对优素福讲讲。优素福会觉得好笑的，并且要么感到惊奇这一切居然能够发生，要么会说，哦，这一切稀松平常的。不管是哪样，都是令人满意的。但是他对所有那些人都作出了承诺，包括那穿着太空服的男人，这些年他从未违背这样的承诺，不论是多么小的承诺。

他们经过那在坦克上打着沙滩伞的人，这一次优素福向右转弯，而不是向左。

“医生在哪里？”

“几英里外。诺儿认识在接诊台工作的女人。”

“非常感谢你所做的这一切。”艾伦说。

“很容易的。”优素福说完，点上了一根烟。

“嗯，我昨晚听到了一个笑话。”

“乐闻其详。”

“你知道什么是外籍兵团吗？”

“当然。就像法国外籍兵团①那样？”

“是的。笑话是这样的，外国兵团里有一个上尉，他被调派到一个沙漠前哨里。在第一次熟悉情况的出行中，他看到士兵的军营后

① 法国外籍兵团自1831年组建起，是法国武装力量中一个独特与卓著的单位。正如它的名称所示，所有兵团的成员都在外籍人士中招募。

面拴着一只十分倦怠和肮脏的骆驼。他问领着他出行的下士，‘嗨，这骆驼是干什么用的？’下士说，‘嗯，长官，我们这里前不着村后不着店，男人们有自然的性欲求，所以当他们有需要的时候，骆驼就派上用场了。’上尉大吃一惊，但是他是新来的，不想破坏现状。所以他说，‘呃，如果这有利于士气，那么我想我能接受。’他开始忙碌于自己的工作，在这个要塞驻守了大约半年后，上尉终于无法忍受了，于是他告诉那名下士，‘把骆驼牵来！’下士耸耸肩，把那只骆驼牵到上尉的营房。上尉搬来一只脚蹬，站了上去，和骆驼干了一场。完事后，他从脚蹬上走下来。他一边穿戴，一边问下士，‘士兵们都是那样干的吗？’下士盯着自己的鞋。他有些茫然，不知该说什么好。最后他终于开腔了，‘嗯，长官，他们通常是骑着骆驼去镇上找女人。’”

“哦，上帝！”优素福大笑起来，不断拍打着方向盘，“我还担心了一小会儿——我以为它会是反阿拉伯的。你知道，奸淫骆驼什么的。不过那笑话很棒。是我的最爱。诺儿会喜欢的。”

优素福把车开向一个大型医院，医院四面高墙环绕。他在大门口停下车。

“大门是针对我的，对你没用。”

优素福向门卫打招呼，像往常一样朝艾伦点点头，嘴里说了几次亚美利加①，直到被挥手放行。

他们停好车走进医院，不一会儿艾伦就坐在一间漆成暗绿色的房间里。里面的杂志有美国的，也有沙特的，混在一起。不久，一

① 亚美利加是阿拉伯语对美国一词的译名。

名护士走了进来，独自一人，测了一下他的脉搏和其他器官。她走了出去，表示医生马上就会来。

艾伦盯着地板，心里想该怎么和医生解释他决定用一把牛排刀自我手术的事。他觉得没必要撒谎。这种伤口，只有动物才干得出来。

一个人影使身下的地板变暗，他抬起头，看到一名穿着白大褂的小个子女人。

“克莱先生？”

“是的。”

“我是哈卡姆医生。”

她伸出了手。他握了握。她最多一米五二。她的希贾布扎得很紧，头发几乎看不见，除了有一缕头发逃逸出来，沿着脸颊肆意垂下。她的一双眼睛似乎占据了大半张脸，也填满了整个房间。又一次，他的旅行指南不够准确。他被明确告知，尽管在这个王国里有很多女医生，她们都穿着长袍，并且不给男人看病，即使有也极其罕见。只有在紧急情况下，事关生死时，并且附近没有男医生。也许，他想，她的在场证明了他已命不久矣。

“你后背上长了某种东西？”

“是在我的脖子上，其实。我不敢肯定是不是……”

他说话时，她走近他，飘飘然移到他的背后，在他还未说完之前，把双手放在他身上。她用手指在伤口四周画了个圈。他的镇静落入悬崖。

“哎哟，你对它做过什么没有？”她说。

她的口音不完全是沙特的。看起来其中夹杂着五六种其他口音，从法国到俄罗斯都有。

他选择不说谎："我做了一点调查。"
"用什么做的？"
"一把刀。"
"是企图谋杀自己吗？"
艾伦大笑。他搞不清楚她是否在同他开玩笑。
"不是的。"他说。
"你在服什么药吗？百忧解或者什么……"
"我没有抑郁。我很好奇。我只是试图去看一下是否……"
"看起来似乎是一把锯齿刀。"
"是的。"
"你消毒了吗？"
"我尝试过。"
"嗯。有点轻微感染。"

她向后退了一点，看着他的眼睛。她的脸是心形的，下巴很小，双唇饱满、粉红。他发现这样看着她是不对的。他想要从她那里得到的太多了。
"好吧，只是个脂肪瘤，很可能。"
"不是太严重？"
他盯着她的胸牌：扎赫拉·哈卡姆医生。
"是的，只是长了个东西。就像囊肿一样。"
"那么它是……"
"良性的。"
"你确定吗？"

现在看着她的双手，小小的，指甲被咬得很短，艾伦问它距离自己的脊椎有多近，以及有多大可能性是因为它，导致他笨拙、缓慢、缺乏精力，以及他能感到的所有其他的不适和虚弱。

“没有可能。我看不出它和那些事情中的任何一个有关。”

“我只是想确认一下。它能解释一些事情。”

他列举了他的病痛，以及他那些纷乱无序的烦心事。

“所以你感觉这个肿块是这一切的罪魁祸首。”

她看着他，仔细打量着，温暖地笑着。

“不可能吗？”

“依我看，不可能。”

“我只是需要有人对我说，我没什么问题。”

“你没什么问题。”

“可是你还没看到里面。”

“是的，不过我知道它是什么。”

似乎是为了尊重他的担忧，她又看了一眼那个肿块，戳一戳它，似乎在用手指做测量。

“真的不会是什么别的东西，就是个脂肪瘤。”

“好的。”他说。

她转到他的面前，坐了下来。她直愣愣地看着他，眼睛睁得大大的，仔细打量着他。

“这东西让你担心了，是吧？”

他清了清嗓子。突然有什么东西堵住了。

“我担心太多事情了。”他说。

她起身，在记录簿上写下了点什么。

艾伦突然产生一个想法，这想法以前没有浮现脑海，但是一定一直就在那儿：如果那肿块是癌症，并且他就要死了，那么他就不需要再担心什么了。破产不是问题。姬特的学费也不是问题了。毫无疑问，父亲死了，他们是可以免除学费的。

哈卡姆医生从一个抽屉里取出一些物品，然后回来处理他的脖子。她在他的身后，他深吸一口气。他希望能闻到一种轻而薄的阳光般的气味，可是她的气味却是别样的。他无法言说它是什么。他想到树木和大地。它是麝香味的，很浓郁。他想到了雨后的树林，一抹野花香。

“几年前我经历了相同的情况，她说。胸部有紧张感。像是恐慌，一种心脏病的感觉。我确信当我做完心电图什么的，就会发现有些杂音，或者是心律不齐，这样就能解释我的疲劳和一切。”

她在绷带上涂了点药膏，贴在他的脖子上，然后回到他面前，坐在她的小凳子上。

“后来呢？”他问道。

“后来什么事也没有。”

“那太糟糕了。”艾伦说，然后他们都大笑起来。

“我们被我们愚蠢的好身体所套牢，”她说，他笑得愈发大声起来，“不过老实讲，我能明白它为什么会困扰着你。搁在任何人身上都会产生一些困扰的。所以我们把它割除，那样我们也能确定了。你看如何？”

他依然看着墙。他不知道他是否应该转过来面对着她。他朝她的方向扫了一眼，发现她直愣愣地看着他，两只眼睛坚定、巨大。它们是棕色的，带着绿色、灰色和金色的条纹。她的年龄不好说。可能四十，也可能五十，也许更大。由于受不了她的凝视，他看向了地面。她的鞋很时尚，低跟、系着带子。他移开目光，聚焦于那面墙，以及墙上那捆电线，像动脉一样缠绕在一起，离开房间通向走廊。

“大约一周之后我可以给你做个手术。可以吗？”

艾伦原本满腔热血地要在一周内离开这个国家，可是现在他发现自己欣然同意了。他们做好预约，然后她站起身。

“很快就能再见你了，艾伦。”

“谢谢你。”

“别担心。”

“好的。”

“见到你很高兴。”

“见到你也很高兴。”

回到大厅，优素福在踱着步，像一个准爸爸。当看见艾伦时，他睁大了双眼。

“是什么东西？”

“良性的。什么也不是。脂肪瘤。”

“不是癌症。”

“她认为不是。”

优素福握了握艾伦的手：“我很高兴。”

“我也是。”

“阿卜杜拉在利雅得。从收音机上听到的。”

艾伦不知道他是释然了还是不释然。

他们离开大楼。

“给你看病的是个女医生？她从哪儿来的？”

“我不知道。”

“沙特？”

“我没问。”

“阿拉伯人？”

“我想是的。我不能肯定。”

“但是很可能是阿拉伯人？”

“我猜应该是的。”

优素福觉得这太神奇了。有大量的女医生，他解释说，不过，第一次看病艾伦就遇到一位，这样的几率真是太低了。

“她戴着面纱吗？”

“只有希贾布。”

“她一个人见你的？”

“是的，一个人。”

他们走到车子边，优素福旋转着钥匙。他似乎很高兴。

“有意思。有意思。”

二十一

帐篷里，看起来三个年轻人好像中了毒气。他们躺在帐篷中央，四肢张开，腿叠在一起，胳膊向外伸展着。好像琼斯镇①。

艾伦冲向他们。

“凯利？蕾切尔？布拉德？”

他们慢慢睁开眼睛。他们还活着。

“空调停了。”蕾切尔勉强说了几个字。

他们慢慢站了起来，口里哼哼唧唧。

布拉德看了一下手表：“睡了大约一个小时。不好意思。”

凯利抬起头来向上看，睡眼惺忪：“等一下。你的脖子怎么了？”

艾伦说了一下他去医院的经过。他给他们看了绷带，讨论了诊断，他们似乎和他一样满怀希望——折磨着他的东西不管是什么，也许都能找到医学解释。

“所以你认为等你把它切除了，你就会好起来的？”凯利问道。

一种令人不舒服的沉默。

“今天信号很强。”蕾切尔说，缓和了气氛。她打开笔记本电脑，可是不久就发出一声反感的嘲笑。“现在又没有了。”

---

① 1978年11月18日，人民圣殿教教主吉姆·琼斯协迫九百多名信徒集体服毒自杀，引起国际社会的震惊，琼斯镇也成了该恐怖事件的代名词。

“今天国王有可能出现吗？”布拉德问道。

“恐怕没有。他在利雅得。”艾伦说。

布拉德又躺回到地毯上。蕾切尔和凯利也照做了。艾伦俯视着他们一段时间，他们都在想一些可以说给彼此听的话，可是，双方都想不出，所以什么也没说。

艾伦决定让他们睡一整天。他走到外面，环顾左右，该做什么，没有头绪。

他沿着散步道往前走，直到路的尽头，他碰到一个沙丘。他向水边走去。他非常渴望踩在沙滩上，但是又担心那几个人在看着他。帐篷上有那些轻薄透明的窗子。

沙滩的远处，艾伦看见一个高高的沙堆，边上还有一个无人的拖拉机和一台斗式装载机。如果他能越过沙堆，消失在它的后面，那么他涉水就没人会发现了。

他沿着海岸迅速前进，绕过沙堆，坐在它的阴凉处。到达目的地后，艾伦偷偷地从沙堆上向后看，确信他不会被白帐篷和黑匣子里的人看到，也不会被粉红公寓楼里的人看到。除了海里的鱼，谁也看不见他了。

艾伦，一而再、再而三地，对自己的行为感到疑惑。他只要一做完某件事，比如像现在这样躲在红海边的沙土堆后，他就会想：这个离开了展示帐篷，躲到一堆沙土后面的人到底是谁？

他脱下鞋，快步走到离水更近的地方。清风徐来，海面上泛起涟漪，像发际线一样。沙，同白色只差一个色度，和贝壳的碎片混杂在一起，仿佛有人一百年来不断地打碎碗碟。

沙滩很窄，不久他就能感到细小的浪花轻拍着脚背。艾伦卷起裤管，把脚浸入水中。水同上面的空气一样温暖，但是水越深就越凉爽。他站起身，小心谨慎不让自己暴露得太多。又一次他灵魂出窍，怀疑自己心智不健全。在这里信步走走是一回事，想方设法来到沙滩又是另一回事。可是脱下鞋子，卷起裤管，蹚入水中算怎么回事？

面前的大海完整地呈现着，不见帆影，也不见任何船只。似乎是一片明显未充分使用的海域，至少在他看来是这样的。在驱车来到这儿的八十英里左右的路上，艾伦没有看到什么开发的迹象。这么长的海岸线，怎么会利用得这么少。他想着在这里买一块地。可以买一到两块，出租半年，依然是盈利的。他心里打着算盘，突然意识到他可不是能做这种事情的人。他没钱可用。

他把手伸到水中，捞起一只看起来完好的贝壳，仔细查看着。它很完整、未受腐蚀，似乎是一只扇贝。他把它放进口袋里。他又找到一只，这只是玛瑙贝，半透明玻璃状，棕褐色，像花豹一样，数十个白点布满全身。他以前曾有过玛瑙贝，很可能现在家里某个盒子里还藏着五六个。但是他从未在水中找到一个像这样的。同时，它太完美了——他把它转过来转过去，发现它非常完整，没有划痕。它的锯齿光滑，色彩斑斓。它如此美丽，毫无理由。

年轻的时候，他曾经收集过贝壳。玩票性质的，不过他知道一些基本分类的名称。他有过一本书，他还能记起那本书和它的重量，上面列出全世界最有价值和最珍贵的贝壳类。上面记着一种贝壳，

叫 *Conus gloriamaris*，“海之荣光”，据说价值数千美元以上。今天他还能想出它的样子，一个长的圆锥形，上面有成千上万的小半圆，令人神往，似乎是手绘的一般。这种贝壳已经极其罕见了。传说在一九七二年，有一个收集者拥有一个在世界上屈指可数的标本，他在一次拍卖会上又买了一个，目的只是把它砸烂，这样他一开始拥有的标本就弥足珍贵了。艾伦过去经常仔细阅读那本书，他的母亲认为收集东西、记住图形、专注于市场的起落这些东西会培养他敏锐的商业意识，所以又给他买了一些书，他也记住了它们的名称，以及它们分布的海洋。

他把裤子卷到膝盖，弯腰时，他在脸上拍了些水。他舔舔嘴唇，尝到了盐的味道。

当姬特很小的时候，他们会坐在沙滩上，在科德角①，在缅因州海岸，有时在新港②。她坐在他膝上，他们会在岩石和沙子中间翻检，寻找海玻璃③和有名的贝壳以及海胆。他们比较着各自的收获，把其中最好的放进一个清空了一分和五分硬币的罐子里。他非常怀念那个年纪的她。她小小的身躯，她坐在他膝上的重量。那时她三四岁，他可以举起她，可以把她整个地包住。他可以紧紧地抱住她，完整地抱住她，在她哭泣的时候，用鼻子嗅她浓密的头发、在她耳朵后面蹭。他太喜欢蹭她了，他知道。直到她七岁、十岁，他还是停不下来。露比会用眼神制止他，可是他就是停不下来。当她

① 科德角，位于美国马萨诸塞州东南部，向大西洋突出的科德角半岛的顶端。
② 新港，美国罗得岛州东南部港市、避暑胜地。
③ 海玻璃是在海滩或大型湖泊边发现的碎玻璃残骸，它们经过水流和砂石的打磨，表面锋利的棱角被磨平，变得非常光滑。

十四岁时，他还是想要把鼻子埋在她的脖子里，闻着她的体香。

他想到可以给姬特写这样一封信。他可以告诉她，她对她母亲的期望是不公平的。他不知道姬特是否知道露比是自然分娩生下她的，没有用药，没有硬膜外麻醉①。这会使姬特感动吗？很可能不会，在她自己亲身经历以前。

姬特，你说你母亲从未改变，可是她改变了。她已经改变了一百次。重要的是要知道，对于成年人来说，尽管一直在发展，但并不是总有进步。有改变，但并不一定是成长。

这样说可能有帮助。也许他错了。露比一直就没怎么改变。她一直都是这样不可理喻。太强势，太精明，也太冷酷，并且一直以来，太焦躁不安了，一个卖自行车的男人是很难满足她的。自从他们第一次见面以后，一切都是令人失望的。

他曾为了生意去过圣保罗。是施文公司的业务。打算在那里开一家工厂，推出六七种模型，销往南美市场，规避关税。可是，圣保罗之旅最终一无所获。

当地的联络人是个疯子、小偷。他认为他们会预先支付他一笔天文数字的费用，艾伦确信他只要一兑现支票，就会立即消失得无影无踪。所以，他给芝加哥打电话，告诉他们在那里他们要从头开

---

① 硬膜外麻醉，即将局麻药注入硬膜外腔，阻滞脊神经根，暂时使其支配区域产生麻痹。临床主要用于腹部及以下的手术，包括泌尿、妇产及下肢手术。

始。他们耸耸肩，整个计划就束之高阁了。但是艾伦的返程航班还要再等上八天。

他本可以一走了之。但是艾伦已经两年没有度假了，再说不管怎样施文公司给了他一周以上的出差时间，所以他返回酒店，看到大厅里的一张广告牌上有一个内格罗河①的河船之旅，他登记报名了。他走上楼来到自己的房间，在晚上剩下的时间里，坐在走廊里，注视着马路上和人行道上的车辆，街上穿着校服的小孩子们，一直到十一点。有一个小时，他看着一个小女孩，不超过八岁，瘦得像只乡下猫，推着装满白玫瑰的手推车在街上漫步，独自一人，未遇到危险。她一枝花也没卖出。

早晨，他乘飞机很快来到玛瑙斯②，内格罗河的入口，他第一眼看这条河，很难把它同密西西比河下游，或者任何其他什么河区分开来。它很宽，棕褐色。他登记报名参加旅行时，心里期待着稠密的、遮天蔽日的丛林，一条小河在其中蜿蜒，从水中可见到猴子，鳄鱼和食人鱼的牙齿咯咯作响，粉红色的海豚在跳跃。然而，现实是他来到岸边，踏着泥泞，穿过一座由小木桩组成的临时桥，不久上了一条江轮，三层高，看起来似乎是一座老式的隔板教堂漂在水面。

船上的日子简单，因其简单而荣耀。乘客们日出则醒，然后打上一个小时的盹，然后再花一个小时，随心所欲地在甲板上闲逛，

① 内格罗河，亚马逊河北岸最大的支流，位于南美洲西北部。
② 玛瑙斯，巴西北部城市。内格罗河穿过巴西在此处进入亚马逊河。

百无聊赖地观看一路的风景，慵慵懒懒地说着闲话，打牌，写日志，读有关灌木修剪的书。八点钟左右供应早餐，总是新鲜的东西——鸡蛋、大蕉、甜瓜、刚出炉的面包、橙子和芒果的榨汁。早餐后，又是一段自由时光，十点或者十一点，船可能会抵达一个有趣的港口。有一天，那地方是一个古老的村落，在泛滥平原高处建起的一些茅草屋，另一天是在森林里徒步旅行，寻找蛇，还有蜥蜴和蜘蛛。

在船上艾伦睡的觉比自己认为可能的要多。空气中氧含量较高，船员们这样说。北方人头几天都会睡得很多，他们说。他发现自己什么地方都能睡着——在他的客舱里，在二层甲板上，在他的椅子中，任何地方。并且每次睡得都不比他所知道的之前任何一次差。

船上有十二位爬虫学者，大多数年过六旬，还有艾伦和一位同他年纪相仿的女性。她就是露比。她身材高挑、苗条，裹得紧紧的，黑色的短发。船员们都爱上了她，虽然他们都有家室，还是不断向她示好，而她则宰割着他们。“你那可怜的妻子，”她对其中一个船员，一个在吃饭的时候摸她手的已婚秘鲁人这样说。“你配不上她，”露比继续说，“不管她是谁，不管她身在何处。”

从那以后，艾伦就待在她的近旁，只是听她说话。

一天的徒步旅行之后，船再次起锚，顺着水流缓缓下行。午后的时光显得绵长，没有计划，也没有任务。晚餐总是令人陶醉，喝着啤酒，风卷残云。晚餐后，他们坐在甲板上玩扑克或打多米诺骨牌，听有两个妻子的船长兰迪和有更多妻子的助理船长里卡多讲故事。之后，大家鸟兽散各回自己的客舱，艾伦会坐在顶层甲板上，几乎总是一个人。从那儿，他可以看到无限广袤、无法想象的天穹，树梢从左右两边飘过，鸟类啁啾鸣啭，藏匿的猴子在远处啼叫。

艾伦没指望会在船上发生什么浪漫的事情，但是他发现自己吃饭的时候总是坐在露比的边上，然后在徒步旅行的时候总是和她走在一起，就这样不久他们成了朋友，似乎配上了对。也许很简单，毕竟在这艘全是老人的船上，他们两人年龄相仿。并且他是唯一愿意一天听她讲几个小时话的人？与河中的空气、开阔的天空相关的事物让她谈兴大发，她大声笑着。“你听我絮絮叨叨不烦吗？”她问道，于是他说：“不烦，不烦。”

他们穿过了丛林，她谈论了她想要做的工作，听起来好像是拯救世界之类。

“不，不！”她说，“我的意思恰恰相反。那是非正常人类所做的和所说的。我所谈的事情要严肃得多。”

她言辞激烈地说有一些人才华横溢、悲天悯人，却把大好时光挥霍在细枝末节上、小问题里以及琐屑事物中。她有一个有关动物权利的想法。她为之困扰的倒不是什么大熊猫或者鲸鱼，而是那些把猫卵巢切除的人、拯救仓鼠的人。

“好吧，好吧，善待它们。”她怒气冲冲地说，指的是那些动物，“可是，所有这些钱，这些律师、广告宣传，以及为实验室兔子和老鼠而发起的抗议！如果你能把这些精力转移到世界上食不果腹者的拯救上，那该有多好！”

艾伦会直点头。他不知道这里面还牵扯到零和方程式。但这恰恰就是她的观点。把精力花在非本质性事务上，于是最为急迫的问题反而得不到任何进展。如果不算她的愤怒，她的才气和精力都令艾伦敬畏不已。冥顽不化的全球危机使她十分恼火，因为这些危机在她看来不需时日就能得以解决。她写信给参议员们、州长们，以及国际货币基金组织里有头有脸的人。她坚持要他读每一封信，而她坐在对面，整个神色恰如房事方毕。她每次都认为，是她写下了《自由大宪章》[1]。过后，他的工作就是告诉她，参议员 Y 或者参议员 Z 只有精神失常才会看不出她论证的逻辑，同时也劝她不要期望太高。

然而，他的工作不可能完成。在她对世界、自身以及丈夫的要求中，没有中间地带。

一台机器轰鸣作响。艾伦转过身，只见一台小型推土机里面坐着一个男人。附近还另有两个男人。他们准备在附近的散步道路段上施工。

艾伦脑海里闪过一个将来会流传于这些阿卜杜拉国王经济城工人们中间的传奇，那美国男人的奇异故事，他一身正装却在沙滩上漫无目的地游荡，时常藏匿在土堆后和大楼的空地基里。他以前身上发生过这样的事——想要人间蒸发，却欲盖弥彰。

他走回帐篷，发现几个年轻人在塑料的幽暗里进入了梦乡。他卷起一块地毯，垫在头下。

他只身一人来到江轮的船顶。临近午夜，船悄然无声地漂行在一条狭窄的支流上，头顶的那片天空，星星最为密集，热风里近旁不见苍蝇。露比凭栏而立，穿着一件很旧的衬衫，艾伦走到她的身后。在艾伦还未碰到她之前，她就向后靠去，倒在艾伦的怀里。艾

---

① 1215 年（一说 1213）6 月 15 日英王约翰被迫签署的宪法性的文件。这份书写在羊皮纸卷上的文件在历史上第一次限制了封建君主的权力，日后成为了英国君主立宪制的法律基石。

伦双臂环抱着她的胸部，她迅速转过身，他扑倒在她的身上，她的嘴巴里有啤酒的味道。他们摸进她的客舱，余下的日子，他们经常在那里幽会。

他们结婚了，快得让人喘不过气来，然而艾伦很早就感觉到她在调查他。他是谁？他卖自行车。他们不般配。他的格局不大。他努力要提高到她的境界，拓展思维，像她那样看待事情，可是他成天打交道的是那些粗鄙的工具。工作中可以弥补缺憾的就是旅行了，为施文公司打开新市场的那些旅程，露比非常看重。在早期去日本、中国大陆、中国台湾以及匈牙利的旅行中，露比全程陪同，风姿绰约。她真是迷死人了，浑身放电。没有一件事逃得过她的眼睛，没有一个人她不要会见。她是吸引眼球的客人，对会见她的每一个人来说，她是他们所见到过的美国人里，最刚愎自用、求知欲望最强，同时也最为活跃的。

但是，她为艾伦感到难为情。她谈及的人物——那些异见者、哲学家和逃亡领袖——他竟然有一半都不认识。他想在桌子上的那些丈夫中，找到一位熟知单位成本和发货日期而不太了解斯里兰卡公民社会之可能性的实业家。有时，他运气不错，他们就偏安一隅，置身事外，避开理想主义者，不听他们事无巨细地争论无法操作的计划和无法资助的任务。

她理想的伴侣，艾伦渐渐明白，应该姓肯尼迪或者洛克菲勒。也许亚里士多德·奥纳西斯①或者乔治·索罗斯②。她需要一个有

① 亚里士多德·奥纳西斯（1906—1975），希腊船王，有着传奇的创业经历和婚恋经历，被称为“风流船王”。1968年与美国前第一夫人杰奎琳·肯尼迪结婚。

② 乔治·索罗斯（1930— ），匈牙利出生的美籍犹太裔商人，著名的金融投资家、慈善家和社会活动家。

政治影响力的金主，他拉开权力的帷幕向她展示其中玄机。他会资助她的计划。当她深感沮丧时，当她把他看成拖累时，她就会言语刻薄。

“根本就没什么‘真命天子’。”她曾经说道。他们在台北用餐，同桌的还有一名供货商和他的妻子。这对夫妇结婚已经四十年了。“说什么在这世界上你注定只有一个真命天子同你相濡以沫，真是不合乎逻辑。”她这样说道。她几杯酒下肚后，眉飞色舞、口无遮拦。“这在数学上通不过！你和谁搞在一起，只不过是近水楼台机缘巧合罢了。”

艾伦在海边的帐篷里睁开了眼睛。年轻人们还在酣睡。他们不把他当回事，一个无关紧要的人而已。他们可晓得他曾在内格罗河里同鳄鱼共泳？他们可晓得那个早晨，他差点就被撕碎，而他那终日残酷的前妻，在那一天或者其他任何一天，是唯一为了他以命相拼的人？

艾伦以前看到过一些船员偶尔跳进河里，随即会引发有关鳄鱼的讨论，当时和过后都会有人发表高论，说什么袭击极其罕见，它们对人肉不感兴趣，除非水很浅，除非出现极端情况并且它们通常的食物源变得稀少或断绝。

所以当船停泊在那个村头时，五六名乘客经不起诱惑下了水，无忧无虑地游着泳。“没事的。”他们说。他们站在浅滩上，村童们在附近泼溅水花，大家都在水里，没有人成为那些爬行巨物的口中餐。甚至，这片水域里看起来根本就没有它们，直到几分钟后，在船的另一端传来一阵骚动。一名船员一直在钓鱼，刚刚钓上来一只鳄鱼幼崽，一只鞋的大小。艾伦和露比冲过去看个究竟，它看起来同他在书上看到的那些简直纤毫不爽。它有着难以置信的反颌，并且看起来似乎恼羞成怒了。

他本无意游泳。但是看到它在甲板上扑腾，同浅滩上的乘客和孩童们如此近距离地相安无事，在露比看来，这证明了没有危险，所以她跳进水里，四下拍溅水花，想把艾伦也引诱下水。他婉言谢绝，不久之后，她回到甲板站在他的身边，肩上披着毛巾，向他的身上靠去。

“你该试一下。”她说。

这就是他需要的全部。不过，他决定走得远一点，于是他在船上找到一条划艇，放入水中，自己坐了进去。他想他可以划到水深一些的地方，然后从船上跳进深水处。

划艇非常小，离水面很近，在这方面更像是独木舟。他划着，双脚直直地伸在前面，一切仿佛再正常不过了。可是，不久在露比的下一层甲板上就聚集起了一群人，包括所有的船员，他们注视着他，他向前划着，他们似乎很开心。于是，露比也开始兴味盎然地观看了，很快她就知道他们是因为什么而开心了。艾伦选的船是经不起航行的，上面全是洞，正在下沉。船员们看着他慢慢向河里沉去，笑声越来越大，当艾伦觉察到他在下沉时，开始努力调转船头，向主船划回，在到达之前，船完全沉了，他们看着这一切，笑得越发大声起来。

艾伦已经被告知来自鳄鱼的危险是可以完全忽略不计的，它们只有在饥饿难耐加上水很浅的时候才会攻击人形动物的，不过，在动物和人类的缓和关系中还是会有一些异常情况——每个星期都会有某个动物管理员的助手虎口失臂、一些驯象员象脚挨踩——而此时的艾伦，正沉入内格罗河，离船大约三十码，这个距离足够远了，如果事情变糟，如果鳄鱼决定对他大快朵颐，是没有人能及时伸出援手的。

艾伦努力让自己看起来不慌张，努力地记牢遇袭这类事是多么不可能，简直就不会发生，可是话又说回来：万一呢？当他还剩大约二十码的时候，水漫过了划艇，以令人惊恐的速度涌入船舱。他的前行停止了，船的大部都消失在褐色的水中，很快他也就地下沉，沉入河中，看来不可避免要成为鳄鱼或者其他什么的美味佳肴了。

他十分渴望游回到船上，越快越好，可是又担心溅起的水花会给自己摆动的四肢招来血盆大口。同时，他还想把那小木舟带回大船，因为是他自己的主意要划划小舟的，真是个蠢得精妙绝伦的主意，现在他知道了。他双腿夹住划艇，不想让它沉入水底。与此同时，他知道河里那些肉食者很可能正在充满兴致地注视着他晃荡的双腿。那些脸还是笑着的。这些脸中有一些甚至露出倦色。它们转身离他而去。

艾伦看着江轮，有那么一瞬间，他想，好了，大概真的就这么着了。它会是我最后所见之物。它是如此漂亮，在它的上面，可爱的露比，身子前倾着，现在突然尖叫起来。

"救救他！"

她说到做到，真要跳进水中。她在顶栏那里弯着腰，试图吸引下一层甲板上船员们的注意。

"快他妈的救救他，你们这些该死的混蛋！"露比再次大声吼着，重复着这个指令以及它其他的版本，直到一分钟后，三名船员划着划艇抵达艾伦，把他拖了进去。

二十二

当艾伦返回他在希尔顿酒店的房间时，电话上的红灯在闪烁。有一条来自汉娜的留言。

“打电话给我。”她说。

他拨通了电话，她在第一声铃响时就接起了电话。

“你今天晚上有什么事吗？”她问道。

艾伦想着他的房间，要在这里不顾一切地冒险。那床，那镜子，那月光液。

“没事。”他说。

“来我家吧。我会做点什么。”

“我能那样做吗？”

“我生活的地方，他们不在乎。”

“你不必亲自下厨。我可以带你出去吃。”

“不，不。在我家里吃更有趣味，也更简便些。”

他打电话给优素福。他收到了他的电话留言。

“给我打电话。我要去一位女士朋友的家里，我需要接送。”

优素福会乐意前往的。艾伦期待随时接到回电，可是三十分钟过去了，杳无音讯。优素福以前都是随叫随到的。一阵隐约的不安在心中油然升起。艾伦给他发短信，没有任何回复。

艾伦让门房安排了另一位司机，在大厅里买了一些花，不到一个小时他来到了汉娜家的门口。

他按响门铃。他看见楼上有个人影移动。

门开了，她站在那儿。她穿着一件无袖的丝质短衫，黑色的裤子。她皮肤光滑，神情镇定，脸色红润。

"一些花。"他说。

"我看到了。"她说。

房子和她的办公室相差无几——仿佛她几个小时前才刚搬进来。里面不超过五件家具。一只长沙发、一个桌子、几只硬木椅。他们走过厨房，里面一只锅正在炖着什么。

"我做了炖肉。"她说。

艾伦对她说闻起来真香，尽管除了新油漆，他闻不到多少其他的味道。

"我有点葡萄酒。你能否赏光？"

汉娜手里拿着一个热水瓶和一个儿童水杯，上面有一对卡通鱼的图案。艾伦笑了笑，她在杯子里倒出浅桃色的液体，直到半满。

"这幢综合楼里的一个朋友最近开始制造它的。他是南非人。他们是葡萄酒专家。"

艾伦尝了一口，敛眉蹙额。不知为何，它又淡又苦。

"不错吧？"

"不，不错。谢谢。"他说，一口气喝了三分之一。

"我给你弄了更多的西迪基。"她说着，从柜台的对面推过来一个橄榄油瓶。

"感激之情，无以言表。"他说。

她大笑起来："人们在这儿喝得比在芬兰还多。"

她走到起居室。

“过来坐下。有段时间没人来过这地方了。”

他们坐在长沙发上，各据一端。

“这儿一定很奇怪。”他说。

“是太奇怪了。不过，这儿如此的安静，绝大多数时间里我爱这个地方。完全免除社会责任。你没有家庭责任，也没有真正的朋友让你负责任。我很幸运，每月有客人来访一次。活得清心寡欲，实属解脱。”

艾伦点点头。他知道。“还有大使馆的派对。”他说。

她点上一根烟：“没错。我有没有丢人？”

“完全没有。”他说，“大家都有疯狂的时候。”

或许这样说可行，他想，把她的企图归类于无厘头的范畴，一种正常人不会相信的事。

听他这么说，她眼神里的一线亮光仿佛就此隐去。

不过就在一瞬间，她恢复了神色，勉强笑了笑。

“嗯，我要告诉你国王的消息。下周他会去巴林。所以你自由了。”

“噢。”他说，失望之情难以掩饰。这种自由不是艾伦所要追求的。他想要自由地做展示、拿下订单、打包回家。他想要自由地离开沙特阿拉伯王国。

汉娜把食物摆放在塑料餐垫上，很快她就知道他一切明面上的事实，他对她也是如此。他以前就猜她离婚了，她的确离婚了，但是他猜错了她有孩子这点。她没有孩子，她和前夫结婚时就达成了这个协议。汉娜不想要孩子，他也不想要。可是，过了五年，他想要了。所以他们产生了分歧，渐行渐远，然后他让另一个女人怀孕了。当时他们还没离婚。

从那以后，整个局势变得非常简单，她说。她让麦肯锡公司知道她愿意执行远途计划，几个月后，她就去了首尔。然后阿鲁沙。然后吉达和阿卜杜拉国王经济城。

不久晚餐结束，盘子也收拾好了，当艾伦期待她邀请他重回沙发，或者打着哈欠把他送到门口时，她说："你想泡个澡吗？"

"泡个什么？"

"澡。只是我的一个想法。"

"你的意思是一起泡。"

她大笑起来，表示她没这个意思："只是脑子里临时起意的。"

但是接下来她就准备放弃这个想法了。

"我们可以假装这是热水浴缸。"

他想过这点，只是想得不够仔细。他只是想他宁愿和她在一起使夜晚变长，也不愿孤身一人。

"为什么不呢。"他说。

"太好了！"她欢快地回应，然后三步并作两步地走进了浴室。浴缸里开始哗哗地放水。水放满时，她返回沙发，拿起酒杯一饮而尽。

"你有计划做徒手潜水、水肺潜水或者诸如此类的事情吗？"

艾伦说他没想过。

"在这里做这类事很不错的。很少有人做，所以没有破坏。几周前我去了阿卜杜拉国王经济城沙滩边上的海域。事实上，我穿着比基尼，不过我不应该穿的。一小时后，一艘海巡艇开了过来。在那里穿这么少是哈拉姆[①]的。”

“所以你被捕了，还是……”

“没有，他们只是告诉我下次要先提醒他们一下。他们在吉达境内，你知道的，对西方人是非常通融迁就的。大多数情况下，他们视而不见，不过他们想知道你是在什么地方做着什么样的事情。再喝点吗？”

她又倒了点葡萄酒，然后去查看浴缸的状态。

“看起来一切就绪了。”

于是他们赤裸着身子，面面相觑，两人都不知道接下来该干什么。她先脱光了衣服，轻手轻脚地踏进浴缸，仿佛对它一点也不熟悉。他注视着她，认为她是可爱的，她的身材丰满，皮肤苍白，有雀斑，后背晒伤了。他一直等着，当她忙着摆弄身后的几支蜡烛时，他迅速进入，在她看到他的全身以前。

稍后，他们坐在浴缸里，膝盖抬起，手里端着酒。现在他杯中的酒已经远远不够他喝了。

“你经常泡澡吗？”艾伦没话找话地说。

“不是经常。”她说。

汉娜想用洗洁精制造点泡沫，可是结果不尽如人意，不久泡沫就消失了。

“太热了？”她问道。

“正好。”他实话实说。他欣赏她，羡慕她的勇气，对整个情形

① 哈拉姆，阿拉伯语音译，意为“禁忌”“被禁止的”“非法的”“违反教律的”。

感到满意，就这样和一个新朋友坐在舒服的浴缸里。可是，再想一下，他妈的他到底在这女人的浴缸里干什么？

这个问题是会得罪人的。他不想得罪人，所以像这样的邀请他往往来者不拒。他以前在婚礼上、洗礼上，身边总有一些女人，她们对他不止于朋友之情却又坚持以礼相待。他就是个傻瓜。

脖子上长的那个东西一定不是善物，他想。那东西离脊髓太近了，改变了从大脑到身体其他部位的信号传输通道。这就解释了他在阅读人类信号时的无能。

她正在给他的膝盖擦肥皂，轻轻柔柔地，仿佛在给栏杆抛光。他对着她微笑。她皱起了眉毛。

“我让你那么兴奋。”她说。

他没被激起性欲，他知道她感到受辱只是时间的问题了。假如一开始他就不进入浴缸，那么他会好过很多。在对面这位赤裸的、和蔼的丹麦女性面前就一定会勃起的。

“不，不，”他说，“你太美了。”

“如果我试一下不会冒犯你吧？”

她伸手去抓他的下面。

“我不感到冒犯，不过我更喜欢你不去尝试。”

她放下手，瘫倒在她那边的浴缸里。

他试图向她解释，他无欲生活的轻松、他所感到的简单纯洁，以及现在的生活是如何比以前有条不紊。她的脸扭曲成了一张恐怖的面具。

“你为什么想要那种单纯？”

“那位彻底离开欧洲的女人如是说。”

“我可没有完全离开人性。”

“我也没有。我现在和你同在一个浴缸里。”

“可是你生活在条条框框里。太多的规矩了。”

“只有一个规矩。”

他们在安静的水中坐了片刻。

“这对我来说太令人沮丧了，”她说，“我想不出为什么这样。”

艾伦知道为什么。她认为她今晚在施惠于他。那个晚上也是如此。他不是这世界上最帅的男人，她认为他手到擒来。可是现在他却咫尺天涯，她感到很恼火。他对这一切心照不宣。

他只是说：“这种事以前在我身上发生过。”

她静默地坐了几秒钟，然后发出一声短促的尖叫。它与其说是情绪释放，还不如说是滑稽表演，也仿佛让她重新找回了好脾气。

“那么你为什么来吃饭？”她问道。

“因为我喜欢你。因为我们身在异乡同病相怜。”

“因为你感到孤单。”

“也算是。”

“我认为你绝对是心灵空虚。”

“我也是这么对你说的。”

“也许不是空虚。更像是被生活打垮。”

艾伦耸耸肩。

“是什么使你变成那样的？这里没有光。”她倾过身子，用手指敲打他的太阳穴。她的乳房在他的膝盖上，停留了片刻，他内心一阵悸动。

艾伦在十年的大部分时间里也一直在思考这个问题。离婚后，他好几年里都很生气，但同时他是活着的。生活中有笑声，有女人约会，享受了他该享受的事物。但是，现在的他完全不同了。他站在相同的地方，那个地方他以前会因为某件事而深感愉悦——酒吧里一名堂兄唱着爱尔兰民间小调，一位朋友的年轻女儿展示着滑轮车技巧——他会微笑，希望在别人看来他的微笑很温暖。但是他感觉不到暖意。他只是想回家。他想要一个人待着。他想要看他那红袜队的DVD，同时喝着汉娜的月光液。

“有些人会从理论上推论你还没有越过你前妻的影响。你停滞在过往无法自拔。”

艾伦对理论不感兴趣，就对汉娜如实相告。

“你至少可以摸摸我吧？”她问道。

艾伦看着汉娜，她的目光没有闪躲。

“当然。”他说。

她在浴缸里站了起来，转过了身，重新坐下，后背抵着他的前胸。她靠在他的怀里，感觉她像牙医的铅围脖一样重。他的手伸进她湿漉漉的双腿之间，她的手指引领着他的。

“能摸到吗？”她问道。

“不太能够。”他说。

她向上移了移。

“这样好点了吗？”

“是的。”

她又向后靠去。

他挖到了。迅速的一声吸气。然后一声呻吟。他才刚刚开始，但她叫得更响了。她的叫声很美，全是喉音，有些怪异，他再次感到一阵悸动。他想他是否会获得性冲动。他感到一丝难过，不过这感觉稍纵即逝。

她引导着他的手指画圈。然后是“8”字形。她双目紧闭，他知道她已经魂游太虚，正躺在一个少年的卧室或者沙滩上，并且在她的脑海里，他是另外一个人——一个更强壮、更年轻的男人。一个血气方刚的男人，一个积极主动的男人。他继续画圈，继续轻捏，继续摆动。她的呼吸变得紊乱和响亮，她的身体越来越重地靠在他的身上。

他刚读了一本杂志，上面全是未来主义者们的预测，其中包括一个确定的事实：不久我们的隐形眼镜里就会有计算机，这样我们光凭眼睛就能获取全世界的信息。还有，我们可以设计更好的人体器官，纳米科技可以让我们在体内制造杀死癌细胞的介质，那样我们就可以活到两百岁。人们担心我们会过渡到一种机器人状态，殊不知我们已经在很大程度上，就像机器人一样被编好了程序，并且易于操控了。我们有按钮，我们有电路，所有一切都可以被映射并加以解释，可以重新编程和校准。上下移动阴蒂这奇物，在其周围画圈，就能激起最强的快感，这完全是简单的机械性运动，看起来轻松得让人感到好笑。于是我们就这样做了，因为它能产生某种幸福感。我们按下能给我们带来奖赏的按钮。此外，一个人最大的用处就是要有用。不是去消费，不是去观看，而是为他人做一些事情，改善他们的生活，哪怕只有区区数分钟。

“现在快一点。”她上气不接下气地说，她的口音突然变得更加明显。

他加快了速度。他弹拨着，画着圈，她的呼吸更加急促。她的一只手紧握他的手，另一只手抓住乳头，先抓一边的，然后另一边。

他的抚摸持续着，她几近尖叫了。多年以前，他做这件事还是有些手段的。露比欲仙欲死，她前后摇摆着头，嘴里肆无忌惮地喊着“不要不要”，她的头发随着每一次剧烈的摇头都鞭打在他的身上。

很快汉娜开始弓起背来，喊出了一系列的“就这样就这样，快一点快一点”。水漫过了浴缸。她的后背成了拱形，她达到了高潮，然后平息下来。

她转过身来，摸摸他的脸颊，他的嘴唇。她看着他的眼睛，意乱情迷，想要寻找一丝她取得进展的迹象，来说明她已经改变了他。没有找到此类迹象，她又转过身，脸对着贴了瓷砖的墙。她用后背压在他的身上，大笑起来。会有那么一天，那时这个世界会制造出一些比他们强壮的人。那时所有这一切都被编制出来。但是在那以前，还是会有像汉娜和艾伦这样的男男女女，他们不完美，也没有通往完美的道路。

二十三

这是沙特的周末，这段毫无规划的时间对艾伦来说并不美好。太多的时间，却无所事事。他大半个上午都在看电视，然后去了健身房。他上了三个器械，推呀，拉呀，感到了麻木，三十分钟不到就返回了房间。还未来得及吃饭，下午就到了，所以他叫了煎蛋饼和葡萄柚。他在明亮的阳台上吃，注视着下面远处码头上那些小小的人在钓鱼。

回到室内，艾伦查看了语音留言，又花了一百美元得知吉姆·王开始咨询律师了，他欠了吉姆四万五千美元。

“只是以备万一，”吉姆说，“我知道你没问题的，不过我想知道我有哪些选择。”

这是第一条留言。第二条更糟糕。

姬特已经决定秋季学期在牙买加平原①的一家食品合作社里打工了。她现在就不想回学校了，她说。

真是糟透了，艾伦想。

查理·弗仑的寡妻安妮特有条留言，她想要知道艾伦以前是不是从查理那里收到过信件，如果有的话，可不可以给她一些复印件。他如何才能告诉她他早就把它们扔了？我认为这个人正失去理智，艾伦可以这样告诉她。不，他不会那样对她说的。

他查了一下邮箱，发现瑞莱恩特公司的那几位年轻人已经去了

---

① 离波士顿市中心以南几英里处的一个社区。

利雅得。“希望你不介意！！！”蕾切尔在邮件中这样写道。“我们想要四下看看这疯狂的地方！”布拉德这样写道。

很快艾伦看了一下时钟，它带来了好消息：六点钟，正是打开西迪基的好时候。汉娜已经补充了他的供应，他心里想着她的好，一边从浴室里拿出一只新杯子，倒下了第一寸的酒。

他呷了一口，这调和酒喝起来顺口。几天前，尝起来还是很辛辣，难以下咽，不过现在它几乎很柔和了，在他喝完第一剂量后，它轻声地向他呼唤，“我的朋友，我的朋友。”

他站了起来，发现他的头已经变得更轻，四肢则更重。这次的比上一批要猛烈。在他们分手的时候，汉娜在她家的门廊里警告过他，当时他头发还是湿的。

“校园里见。”她曾这样说。

艾伦又倒了少许，端着杯子进了浴室。他喝下一半，然后撕下哈卡姆医生贴上的绷带。伤口感觉像原来一样，发炎了，他突然意识到那医生很可能搞错了。这样的事情他们经常搞错，不是吗？一个医生看着一个斑点、一个肿块，然后说没事的，但是后来，它会化脓、生长、变黑，然后死人了，再然后诉讼接踵而至。

艾伦喝完杯里的西迪基，又倒了一些。感觉最好的总是这第二杯。起飞的感觉。飘飘然的感觉。现在天旋地转。现在事物纷至沓来。他回到阳台，感觉醉意袭来，心旷神怡。

查理·弗仑正濒临崩溃，艾伦对此一直深信不疑。在他的信箱里放那些超验主义的书页？真是怪人所为。所有那一切，信件、剪报以及复印件都是关于上帝的，与自然的同一性[①]。就是那些让查理感动不已。宏伟、宏伟——那就是他所喜爱的词。宏伟、敬畏以及神圣，还有交往，和外部世界的交往。“艾伦，所有的答案在空中、在树上、在水里，不言自明。”他在布鲁克农场宣言的这页或那页空白处写下这些。接着，他走进冰冷的湖水让它夺走自己的生命。那也是交往的思想，同一性的思想？

查理有两个女儿，菲奥娜和另外一个。艾伦想不起另一个的名字。她们岁数都比姬特大，大到玩不到一块。她们的头发是直的，她们的眼睛分得很开，都把头伸在身前，低垂着，好像挂在钩子上的帽子一样。

有过那么一次，他同菲奥娜打过交道，树上那奇怪的火。那是一个午后，天色阴暗，下着小雨，伴随着阵阵不大却歇斯底里的风。艾伦早早地就开着车回家，这时他看见菲奥娜站在街上，抬着头在往上看。她那时大约十六岁。他停下车，摇下车窗。

“你现在还在外面，很勇敢。”他说。她手里拿着手机，手机面朝天空。“你在做什么科学实验吗？”

她微微一笑。“嗨，克莱先生。那棵树起火了。”她说，用手指着街对面的一棵高大的橡树。

艾伦走下车，看见那棵树，在离地大约二十英尺高度的一个角落里，有一团很小的火苗在闪烁。那团火苗约有松鼠般大小，位置也很像松鼠待的地方。

“电线杆倒了。”她说。

---

① 超验主义者强调万物本质上的统一，万物皆受“超灵”制约，而人类灵魂与“超灵”一致。

在树的旁边，那根电线杆已经裂为两半。在此过程中，一根电缆线断了，裸露着，一个火花点燃了一堆枯死的叶子。

她已经打电话给消防队了，所以他们两人只是站在那里，看着火苗借助阵阵轻风发出白光。

她们都是成年人了，菲奥娜和另外一个。她们现在在哪儿？艾伦在葬礼上见过她们，看起来相差无几，看起来都太年轻了。只是她们已经足够大了。她们曾有过一个父亲，他坚守了足够长的时间。“父亲之道害死父亲。”某个人曾在一场高尔夫球赛中如是说。但是他付出的足够多了，查理付出过。那才是关键所在。她们曾有过一位父亲，她们成长得很坚强，现在他走了。这一切看起来十分公平。或者也许并非如此。

一个善良的人，一个和蔼的人，一个冻僵的人，就在那座湖的泥泞的岸上，周围都是穿着制服试图营救他的人。

艾伦走进室内拿出一张纸。

姬特，生活得足够长，你就会使所有人都失望。人们认为你能够帮助他们，但是通常你却做不到。于是，生活就变成一个过程，在其中你选择一两个人，你竭尽全力不让他们失望。在我人生中我决心不让失望的人就是你。

不，不。傻缺。屁话。他大口喝下另一份月光液，开始重写。

姬特，我整天在外面跑的那些日子里，有时我回家的时候你已经上床了，并且我知道在你早晨醒来之前，我又会出门。那时候你大约三岁。我们住在密西西比的格林威尔。有一阵子你很喜欢那里。我们有个大农场。十英亩。你母亲厌恶它。我的上帝，她厌恶密西西比。但是，我回家会很晚。工厂里一团糟。工人们全然不知他们在做些什么。我们已经把施文公司全搬到了那里，简直就是灾难。你还戴着尿布，尽管也许你本来不应该戴的。但是，有那么几次，你醒来，尿湿了，我会起床给你换尿布。我会先确认你母亲同意我换，然后我就换了，尽管我不想你醒来，受到惊吓，但是我还是会希望你睁开一下眼睛，正好能看清那个人是我。睁一下眼睛吧，我会想。正好知道那是我。这就是我所想的。睁开一下眼睛正好能看清那个人是我。

不，不。很可能没什么帮助。所有这一切。不过，今晚已经足够了，艾伦想，于是又奖励了自己一大口。

很快他心满意足，对西迪基的劲头感到如此的心满意足。宏伟。这就是宏伟。他把自己安放在床上，在有线电视网里找到一场以前的红袜队的比赛，到九点时就完全昏睡过去了。

第二天早晨，他终于在电话里找到了优素福，于是问他想不想一起吃个饭。“不，不行，”优素福说，“这段时间不行。”他躲在一个表弟的家里，不敢露头。那个丈夫以及他的随从发来的短信比以前更高了一个恐吓级别。

艾伦在酒店餐厅里吃午饭，浏览着《阿拉伯新闻》，同时注视着走道对面桌上的一群生意人，有欧洲人，也有沙特人。他听到一阵欢快的哈哈大笑，于是环顾左右。一对女人，西方人，正对门房说着什么。她们头上戴着头巾，但是其他的服饰并没有因地制宜——紧身裤和高跟鞋。她们的声音太大了，阵阵大笑，格格乱颤。她们在问沙滩的事。

午后，他去了健身房，在那儿度过一个小时，装模作样地练了练多种器械，然后奖励自己一份三角肉牛排，并且喝光了剩下的所有月光液。

当他感到心情愉悦、不再作茧自缚时，他尝试着同姬特讲通道理。他尝试着一一解决她的忧愁和抱怨。他疯狂地打着字。

姬特，你在信中提到了与那条狗有关的事情。

姬特当时六岁。他们一家三口刚刚离开教堂，那女人从旁边走过，她的狗在前面带路，是一条比格猎犬。露比问那条狗是否友善，那女人说是的，就在那时，那条狗直奔姬特的面部咬了一下她的下巴。“该死！”艾伦大叫道，牧师和整个教众应该都听到了。他吓退那条狗，它畏缩着、呜咽着，仿佛已然知晓了自己的罪过和下场。

血湿透了你的嘴巴和蓝裙子，你在成百上千的人面前尖叫。是的，你母亲说：“那条狗周三前会死。”我就在那儿。我也听到了。那条狗也的确在那个星期被杀掉了。我知道你认为那是她残忍或者虐待症的某种迹象，但是……

艾伦停了下来。他又喝了一大口。

她说那句话的方式令人毛骨悚然，精确得像临床诊断，对吧？但是一条狗如果突然像那样袭击人，咬一个小女孩，他们是有必要把它杀死的。露比何罪之有？难道是判断正确？

艾伦回想着那些字词的恶毒。“那条狗周三前会死。”没有方寸大乱！在狗咬后的几秒内，艾伦惊魂未定，慌作一团，不知是应该立即抱起姬特飞奔十二个街区前往医院，还是应该拨打911，又或者应该把她放进车子然后开车送她到医院。可是，露比已经判决那只动物死刑了。是那般的深谋远虑！

那只动物死后，主人们寄来那条狗的一张照片。或者是专程送来的。艾伦和露比的信箱里有一个信封，里面是一张那条狗的照片，照片上那条狗的境遇不像现在这样凄惶，脖子上系着一条大围巾。

但是，狗的事已经说够了。狗的问题他已经解决了。他又倒了一些，又喝了一些。现在剩下的问题只有酒后驾驶、乘姬特在校时把她所有的东西清除、露比男友们怪模怪样地出现在姬特最珍惜的仪式上，例如坚信礼[①]和毕业典礼等。

尽管有这些信件的纷扰，他感觉心情还不错。他感到轻飘飘的，柔软灵活。他想要去跑步。他站了起来。他不能去跑步。他叫了房间服务，点了一篮面包和糕点。为了在侍应生面前还看得过去，他刷了刷牙，捋直了头发，当他站在镜子前时，他有了一个想法。他用得着一个安全别针。

他找遍房间的抽屉，一无所获。他在壁橱里找到一个针线包。这样更好。

面包送来了，他签字，屏住呼吸。他不想惹上宗教警察的麻烦。艾伦刷过了牙，是的，不过也许那侍应生还是知道的。在他把盘子放在床上的时候，艾伦瞥了他一眼，不过那侍应生的眼神是良性的。

---

① 坚信礼，一种基督教仪式。根据基督教教义，孩子在十三岁时受坚信礼。孩子只有被施坚信礼后，才能成为教会正式教徒。

他对艾伦不感兴趣，他离开了，于是艾伦关上门，感到舒服极了。他躺在床上，吃着他的糕点，看着他目前为止给姬特所写的内容。简直是胡说八道。

“我不会步查理的后尘，这么说是怕你多想。”他写道，然后又把它划掉。姬特首先就不可能会想这样的事情。别东扯西拉，他想。

哦，上帝！姬特，我为格林威尔的时光感到抱歉。那个愚蠢的决定，我难辞其咎。我们受到了芝加哥工会的挤压，所以我们决定整体搬迁到密西西比，在那里我们将不会受到任何组织的侵扰。哦，见鬼，真是一团糟。那里生产的自行车全是垃圾货。我们抛弃了上百年的专门技术。我们认为那样会更加有效率，然而适得其反。我整天在外奔波。我已经在中国台湾和中国大陆有所进展了。我错过了几年的时光。我不想待在台湾地区，对吧？但是，别人都待在那里。我错过了你人生中重要的几年时光。我真该死。没有工会更加有效率，把他们踢出去。没有美国工人更加有效率，就这么简单，把他们踢出去。我为什么就不能预见随之而来的几乎是顺理成章的现实？没有我，也会更加有效率。见鬼，姬特，我们让一切如此有效率，以至于我变得可有可无了。是我把自己变成无关紧要的。

但是你母亲在那儿。不管她做了什么事让你很不愉快，我想你应该知道你之所以是你现在这个样子，是因为有你的母亲，是因为她的力量。她知道何时应该充当拖船。她发明了那个词汇，姬特。拖船。她内心坚定，尽管水下危机四伏，她穿梭自如。你认为我现在内心坚定，可是你可知道在所有的那些时日里，内心坚定的是你的母亲？

刚刚写完，他立即明白，他不会发送这一切的。他一塌糊涂。可是为什么他觉得自己很强壮？

他走到镜子前，找到了针。他脑子里想的是烤蛋糕时用的小窍门——插一根牙签，看看有什么粘在上面。如果它拔出来时上面干干净净，说明蛋糕可以出炉了。

他要找一根火柴。他没有火柴。他喝醉了，不想找东西了。这根针看起来足够无菌了。转过身来背对着镜子，他用左手固定住那肿块，用右手拿着针瞄准。他知道会有什么样的感觉，他之前刺穿过那块皮肤。不过这次他需要刺得深一些，要足够深，这样不管那儿有什么癌症，都能粘到它。当然它会粘到。异物粘附异物。

下手要快，他暗自想着，于是他猛地把针插进。一阵剧痛，贯彻心扉。他感觉他会昏倒在地。不过，他还是站立着，把针往深处再插了插。他知道他需要至少一英寸。他向前推进，捻动，而疼痛居然神奇地减轻了。现在感到麻木，全身震颤，心脏在震颤，指尖在震颤，感觉如此美妙。

他取出针，凝视着它，期待见到某种物质，呈灰色或绿色，贬值的颜色。但是他只看到红色，黏性的红色，这时血从他的后背汩汩留下，就像上次一样。

他轻轻摸着后背上的血，感觉不错，感到心满意足，然后把针洗干净。这就是进步，他想。

第二天早晨，沙特的工作周将拉开帷幕。他依然半醉半醒，不过已经准备好安排他的行动了。他打电话给吉姆·王，叫他滚蛋，钱很快就能到手，如果他需要钱的话，他需要插上双翅，并且记住他们本应该是朋友的。他做了十个开合跳，然后打电话给埃里克·伊格万，告诉他国王下周会来，一切事情都会妥善解决的。伊格万无法证明他说得不对，艾伦总是可以变卦的。不管怎样，伊格万可以操一根布满病菌的电话线杆。艾伦感觉很强大。他做了两个俯卧撑，感觉更加强大了。

他换了绷带，喝完月光液，然后上床。宏伟，他想，然后对着自己大笑起来。他四下环顾着房间，看着电话、托盘、镜子，以及浸透血液的毛巾。“这就是宏伟。”他大声说，对这一切感到无比愉悦。

二十四

早晨，艾伦感到生气勃勃，同几个年轻人一起坐班车。太阳，比到目前为止的任何一天都要炎热，从天上大声尖叫着污言秽语，不过艾伦避而不听。他大声对年轻人们说话，做出计划。今天，他对他们说，他至少要获得一份类似于时间表的东西。要一些保证、一些尊敬。他不但会检查无线网络信号，还会检查帐篷里的空调。他感到今天无所不能了，因为他有一阵子没麻烦过黑盒子里的任何人了，所以他会大摇大摆走进去，提出要求，问些问题，想要多少就多少。

“哇，艾伦，这等威风从何而来？”蕾切尔问道。

艾伦不知道。

他把年轻人留在帐篷里，大步走向那黑盒子。

“你好。”玛哈说。

“你好，玛哈。过得怎么样？今天卡里姆·艾哈迈德来了吗？”

艾伦发现自己讲起话来好像是来自另一个区域的推销员。他的嗓门很大，信心满满，几乎有点骄横跋扈。

金钱！浪漫！自我保护！认可！

“没有，恐怕没有。”

“他会来吗？”

玛哈似乎现在对他另眼相看了。现在他嗓门很大、活力四射、满怀期望。她表现得有点畏首畏尾。

“我想他不会来的，”她说，语气谦恭，“他现在在纽约。”

“他在纽约？”现在艾伦差不多大喊大叫了，“汉娜来了吗？”

“汉娜？”

艾伦意识到他并不知道她姓什么。

“丹麦女人？金发碧眼？”

他本意是带着疑问的，可是实际上的效果却是一种命令：金发碧 眼！

玛哈如坠雾里，所以一言不发。

艾伦看到了自己的突破口。

“我直接上楼去找她。”

到底发生了什么？看了一趟哈卡姆医生，他获得了某种奇异超能。他身健体康！他强劲有力！不久他会做个简单手术，然后他就会愈发强健，再然后就能征服世界，征服世界！金发碧眼！

于是他走进大楼，直奔电梯。玛哈也没有阻止他的意思。他感觉他可以飞到三楼，不过他还是乘了电梯。走进电梯后，仿佛它是某种氪星①小屋，他又变回原形，超能一点一点丧失殆尽。

当他到达汉娜的楼层时，他找到她的办公室，发现里面空空如也。他没看到里面有她那天来过的任何迹象。

---

① 氪星，原是科幻作品中虚构的一个星球，超人的故乡，但超人在氪星上是没有超能力的。2012 年 11 月，美国科学家发现了现实版氪星（距地球 27.1 光年）。

“需要帮忙吗？”

艾伦转过身，发现自己正看着一个年轻人，不超过三十岁，黑西装，紫领带。

“我在找汉娜。”

他努力要像在大厅里的那个自我一样说话，然而却找不到那时的声域。“那位丹麦的咨询师！”

还是喊出来了。也许有理就在声高？比文明人高一度，那么你说话就像一位总统。那男人的态度立马发生了转变。他站直了身体，脸上的表情也更为正式。是被别人当做无名小辈那样对待，还是当做可能是重要人物那样对待，要看音量的大小之分。

“恐怕她今天在利雅得。我能帮你什么吗？”

艾伦伸出了手：“艾伦·克莱。瑞莱恩特。”

那人握了握它：“卡里姆·艾哈迈德。”

真是踏破铁鞋无觅处，得来全不费工夫。

“你不在纽约。”艾伦说。

“是的，我不在。”艾哈迈德说。

他们就这样站了片刻。艾哈迈德端详着他。艾伦眼都没眨一下。终于，艾哈迈德面部柔和了下来，露出圆滑的笑意：“克莱先生，我们聊一聊，好吧？”

会议室里，整个项目进展状况一览无遗。运河清晰可见，接待中心还有远处的水面。艾哈迈德为延迟了的见面道了歉，并把艾伦迎进了会议室。

“苏打水？果汁？”

艾伦要了一杯水，心里依然揣摩为什么这位难得一见的人明明在大楼里，而前台却要说他不在。“你的前台说你今天外出了。”

“我很抱歉有此差错。”

“过去两天你都在这儿吗？”

“我不在。”

艾伦看着卡里姆·艾哈迈德。他年轻帅气，异常光鲜，仿佛是用铬和玻璃雕刻而成。他的牙齿亮瞎眼睛，他的皮肤上看不到毛孔。如他这般的外貌，如此靡颜腻理，干净利落，如他这般的讲话，漂亮优雅的英国口音，很难使人把他往好处想。电影里的坏人就是按照他这个样子被塑形的。似乎洞悉了艾伦的心思，就在那一刻艾哈迈德的脸一动，露出一丝歉意的笑容，使他的帅气稍减了一分。

“这些天你们受到这样的待遇，实在是难以接受。”

艾伦喜欢这个说法。是难以接受。

“我向你保证，对于我们来说，没有供货商比瑞莱恩特更加重要了。”

艾伦决定对他的话信以为真：“很高兴听到你这么说。但是我们碰到了一些难题。”

“我在这里就是为了解决它们的。”

艾哈迈德拿出一个皮封的笔记本和一支自来水笔，取下笔帽，摆好了姿势。这一出戏演得很是牵强，不过艾伦还是坚持配合下去。

“我们不能在那里组装我们的展示系统。”

“为什么不能？”

“我们需要一根直通线。”

“那个我办不到。”

“我们至少需要无线网络。”

“我会找人把它修好。还有别的吗？”

“空调坏了。我的员工正在遭罪。”

“马上就解决。还有别的吗？”

“我们吃饭怎么办？我们一直从酒店里带饭来吃。”

“从明天开始，每天都给你们提供膳食。”

艾伦感到无比强大。这一切是否会真的实现，他心里一点底也没有，但是假装一下还是很好玩的。他开始问所有问题中最重要的那一个了。

“我们还要多长时间才能等到国王？”

“那我就不知道了。”

“大致有个谱吗？”

“有个什么？”

“对时间期限的一个估计。”

“不，我没有。”

这时艾哈迈德开始把笔记本收起来了。

“几天？”

“我不知道。”

“几个星期？”

“我不知道。”

“几个月？”

“希望不是。”

艾伦没有其他地方好去。那人已经答复了他的所求，他也不指望他会知道国王的事情。他已经不得不接受这个事实：这儿没人知道阿卜杜拉国王的任何行动。艾伦对结果满意，迫切地要把这些消息带给他的员工，所以他起身，向艾哈迈德伸出了手。他们握手时，艾伦看到一个奇怪的景象，就在下面运河的远端。

“那是游艇吗？”

“是的。昨天抵达的。你是水手吗？”

几分钟后，艾伦和艾哈迈德被开车送到外面的运河那里，来到这条船上，是三十英尺的海钓艇，参观其工艺构造，船身白色，原封未动。上面记录航行了三英里。船是崭新的。

“你驾驶过这样的东西吗？”艾哈迈德问道。

艾伦掌过舵的东西中最接近这条船的是一艘三十岁高龄的游艇，价值要少几百万，不过他还是想在这条船上试一把。

“家常便饭。”他说。

“棒极了。”艾哈迈德说。

照管这艘游艇的男人身形小巧，叫做马哈穆德，他同艾哈迈德用阿拉伯语简单交谈了一下，这期间，艾伦推测艾哈迈德正在说服马哈穆德同意让艾伦掌舵这艘游艇沿运河开一下。这种特权，在艾伦还是执行官的时候是习以为常的——或者说当初早已习惯。那时有阿斯顿·马丁①可以试驾，有螺旋桨飞机可以短时间内过把瘾。不过，最为常见的是钓鱼。施文公司的家伙们形成了一种钓鱼文化，就在密歇根湖上以及其他任何地方。有过多次的周末时光在日内瓦湖上度过，同行的还有那些副总裁们，以及在最好的销售商中遴选而出的翘楚。艾伦非常怀念那时的一切。

---

① 阿斯顿·马丁公司以生产敞篷汽车、赛车及豪华跑车闻名，总部坐落于英国盖登。此处指该公司生产的汽车。

艾哈迈德把钥匙递给他。

“我托付你做我们的船长。”

艾伦把钥匙插进点火装置，转动。引擎轰隆隆地发动了。艾伦不知道在这里，在这条长度未知的运河里，怎样的速度和路线是严谨的。运河会在一定的深度时延伸到大海，在那里他可以离开城市驰骋到开阔水域吗？

“只要没有隐藏的沙洲，我们就没事。”艾伦说道，他们都笑了，因为这条运河如同游泳池一样平坦清洁。

艾伦向后拉动油门杆。他们离开泊位，不久他们就巡航在绿松石般的水面上。一路毫无瑕疵——水里不见一丁点杂物，河底不见一条刮痕。

空气，直到片刻之前都是令人窒息的，现在有幸迎来一阵美妙的风，吹得他们头发向后飘扬。艾伦转身看着艾哈迈德，他满脸会心的笑，眉毛扬起，仿佛在说：“我没有陷害我们吧？”艾伦爱上了这个人，爱上了这条船，还有这运河，以及这初生的城市。

他们驶过右手边更多已经开始建造的建筑物，看到前方头顶上有一座人行天桥。艾哈迈德解释了这部分的开发计划。

“你生活在芝加哥，对吧？”他说。

这里会有点像那里，他解释道，又会有点像威尼斯。水的两岸都有散步道，泊位繁多，下阶餐厅①云集，水上的士来往穿梭。一种美学存在，同时也是环境选择。吉达周边的天空很容易产生雾霾，并且塑料厂房会有排放，所以他们试图降低一切的污染物和所有的排放物。人们可以划着小船上班。

---

① 下阶餐厅（step-down restaurant），一种进门后下几级台阶的餐厅。

“骑一辆水上自行车，雇一位船夫，什么都行。”艾哈迈德说，“这边转弯。”

运河从中分开，进入一条小一点的支流，艾伦顺流而下，不久就看到一些设施。它们属于金融中心，那位美国建筑师在大使馆派对上谈论过的地方。现在那里还没有什么像样的建筑，只是水中央一片巨大的土地。但是它依然令人目眩神迷。那些玻璃塔楼平地而起，在晶莹剔透的水中粼粼发光。

艾伦想待在这里。他想见证这座城市成长，并且他想成为一名特许权拥有者。也许就在阳光海景酒店。他们在那里要公寓房干什么？此笔交易一旦达成，他就买得起。交易，现在看来，稳操胜券。只是一个等待的游戏。艾哈迈德喜欢他，足够信任他，允许他掌舵这艘亮闪闪的白色游艇穿梭于这座城市纯洁的运河中。艾伦已经是此地的开朝元老之一了。他环绕金融岛两次，三次。

他们都是幸福的男人，有远见的男人。自从来到这儿之后，艾伦第一次感到，他属于此地。

回到帐篷，艾伦夺门而入，发现三个年轻人中有两个已经醒来，正在笔记本电脑上工作。凯利在角落里睡觉。当他叫醒她，并把他们召集在一起告诉他们那些消息时，他们，几乎是一瞬间，变成了有动力有才干的人，正是瑞莱恩特公司雇用他们时所期望的那样。

不到一个小时，无线网络信号的强度就足以应付工作了。艾哈迈德没有食言，并且证明自己是一个能办成事情的人，这一点很是让艾伦欣慰。不久以后，技术人员就来到帐篷，忙着检修空调。才过午后，室内就是凉爽的六十八度①，并且年轻人们也已经组装好了所有的设备——数块屏幕、几只投影仪，以及若干扬声器。他们已经在舞台上固定住了标记，已经做了一个简单的彩排。

到四点钟的时候，他们就准备好测试全息图了。他们和伦敦的办公室连上线，它是瑞莱恩特公司有能力用此技术的最近一家外派机构，到五点钟，就在班车到来的时候，他们已经从头到尾完成了两次的二十分钟全息展示。进程很流畅。效果很震惊。他们在伦敦的一位同事看起来仿佛正走在他们红海之滨帐篷的舞台上，能够回答现场提问，能够和舞台上的蕾切尔或者凯利互动。这是一种只有瑞莱恩特才有的技术，只有瑞莱恩特才能够把它作为商品提供从而获取利润。在美国生产设备原型的代价昂贵得成了灾难，不过他们在韩国找到了一家供货商，可以为他们的相机提供镜头，价格大约只有美国的五分之一，如果外包给一家中国工厂价格还会更便宜。瑞莱恩特在每个单品上都会利润颇丰，不过更重要的是，远程呈现技术是构成瑞莱恩特基础电信能力主宰地位的一个部分，这种能力要联网整个城市，并且在更高的层面让人叹为观止。艾伦对展示信心满满，阿卜杜拉一到，协议就会立马达成。

当第二个演示结束时，艾伦煽动大家互相击掌庆贺，年轻人们对他的热情报以大笑。不过他们的笑声里带着对他最新的敬意。他重获新生，活力四射。他们知道他完成了使命。需要搞定的他都搞定了，他为他们的成功铺平了道路，他再次成为了船长。

---

① 相当于二十摄氏度。

二十五

接下来的几天如云一般飘过。但是在周三，当他们到达阿卜杜拉国王经济城的岔道时，眼前喧闹异常。艾伦过门岗以来，这是第一次发现此处有了车流。在他们班车前有十辆车子——有几辆SUV、几辆装载棕榈树的卡车，还有一辆混凝土搅拌机，以及数辆出租车和小面包车。所有人都在按喇叭。

帐篷里，年轻人们行动如风，他们排列椅子、固定扬声器、调试话筒。

蕾切尔首先看到他。“今天就会发生吗？”

艾伦毫不知情。“看上去有点像。”他说。

布拉德在投影仪的地方抬起头。“我们一切就绪。”

沿着帐篷的一边，立起了一张巨大的桌子，保守估计有四十英尺长，上面铺着白色桌布，摆放着十几个银色的加热盘。包办膳食已经送来，冷热搭配，沙特的和西式的，从蚕豆到意大利调味饭再到土耳其烤肉，不一而足。有一批白色长沙发，一队巴基斯坦人正把它们面向舞台摆成几排。

艾伦离开帐篷，跑向黑盒子去看看他能否获悉来访的确切时间。他听到直升机的声音，抬起头发现有两架，飞得很低，正降落在接待中心附近的某处。他一路小跑来到大门。

玛哈端坐在前台，她一向于事无补，现在却迫切地要对艾伦说话。金发碧眼！她告诉艾伦如果国王哪一天要来，那么国王的人会提前二十分钟告知的。否则的话，瑞莱恩特应该立即做好准备并且全天待命。

艾伦返回帐篷。布拉德在舞台上，盘腿而坐，在笔记本电脑上飞快地打着字。蕾切尔和凯利站在台下，用手机打着电话。艾伦走近布拉德。

“我们准备好了？”

“两分钟。”

不到两分钟，就在布拉德宣布他们准备好同他们的伦敦团队一起测试全息展示的时候，一个他们从来没见过的男人走进了帐篷。他是沙特人，个子高大，穿着白色大袍，拎着一个皮制公文包。他站在门口，似乎有点不情愿侵犯他们的个人空间，他举起双手来吸引所有在室内忙碌的人们的注意。

“女士们先生们，我很抱歉地说国王今天不会来了。你们被误导了。”他告诉他们信息传输线路的某个地方出现了理解错误。国王通信部门的某个人把未经授权并且不准确的信息传达给了埃玛尔公司的某个人，这个消息被错误地并且广泛地散播开。国王的阿卜杜拉国王经济城的行程尚未敲定，不过现在他事实上在约旦，并且接下来三天都在那儿。

年轻人们的情绪至少有那么一时半会儿近乎绝望。艾伦看到布拉德灰心丧气，感到这会是他一生中较为重大的一次失望。蕾切尔和凯利稍微哀怨一下以后，就回到她们的笔记本电脑前，并且看起来足够愉快，因为现在帐篷里有沙发、美食，还有很强的无线网络信号，所以她们坐下来安然自得地吃着东西，而另一边，布拉德躺在舞台上各式各样投影仪的中间，双腿弯曲，就像一只玩具熊。

艾伦走到帐篷外面，他看到一如早先的热闹景象，只不过发展的方向正好相反。运货卡车正在离去，出租车和面包车不见了，整个地方正在关闭。

他漫步走在这片开发区的几个地块上，注意到他们那个早晨所做的各式各样的改进。在黑盒子前突然出现一圈宽阔的摆花，如同护城河一般。散步道上棕榈树密布两旁——也许那天就补栽了一百棵。远处，他能看到环绕接待中心的喷泉正把清亮的水柱喷向高空。

站在通往黑盒子台阶的底端，他发现一辆黑色的 SUV 从地下车库冒了出来。车在他身旁停下，后窗落下，露出一头金发，一张笑脸。是汉娜。

“万分刺激。”她说。

“我想是的。”

“很遗憾空欢喜一场。”

“没必要。我们练习一下，没准是个好事。”

“我要回吉达。你要搭个车吗？”

艾伦考虑了一下。他待在这里也没什么用。但他不想和汉娜单独待在一起。

“我不能抛下团队。”他说。

“你没问题？”

“没有。”他说。

她扬起眉毛，表示如果他已经提供理由让她认为他对邀请是求之不得的，她会一探究竟。他没有再说什么，她挥了挥手开走了。

他刚准备离开，听到有人叫他的名字。

“艾伦！”

他抬起头看向黑盒子。一个熟悉的身影正迅速拾阶而下。艾伦一时想不起是谁。那张脸及时聚焦在脑海里。那男人已经来到身前，伸出了手。

“穆贾迪德。参观的时候。想起来了？”

“当然。很高兴又见到你，穆贾迪德。”

“今天有很多激动人心的事吧？”

艾伦表示是让人很激动。

“我一直在找你，”穆贾迪德说，“我碰巧和卡里姆·艾哈迈德谈起，他告诉我你们的运河之行，以及你对开发进展的极大热情。”

“我当时深感折服。我现在也深感折服。”

“好极了。嗯，你知道，我负责私人房屋销售，所以我认为你也许想在阿卜杜拉国王经济城的市场里寻找一处住家，希望我的想法不是很冒昧。”

艾伦能抗议之前，穆贾迪德已经解释了自己拥有两套住房——他使用“歇脚处”① 这个词——在阿卜杜拉国王经济城这儿的种种好处，特别是像他这样的男人，很可能要在此处逗留时日以便落实他们信息技术的方案。听穆贾迪德说得这么言之凿凿，似乎暗示瑞莱恩特信息技术的成功推销会雷打不动，艾伦心里鼓起一阵信心。他同意去参观一下公寓楼。

“你是否意识到我们中有些人已经住在这儿了？”穆贾迪德想

① 原文为法语 pied-à-terre。

知道。

艾伦还没意识到这点，但是这就解释了他以前为什么会偶尔在高窗里看到人脸。

他们走进那幢楼，穆贾迪德在巨大的门厅处让艾伦和他停下脚步。天花板三十英尺高，上面是玻璃圆形大厅。

“这里很大气，还很热情，难道你不这样认为吗？”这里鲜艳夺目让人却步，不过艾伦开心地点着头。

“此刻，你知道，大楼里有一层已经完工，一些员工现在就住在那些单元间里。我想带你参观一下他们的房间，这样你就可以领略到可以享受的奢华和便利达到了什么程度，尽管在最初阶段的开……”

穆贾迪德收声，拿出手机看着屏幕。某事的提醒，所以他接了电话。接下来是一段简短的阿拉伯语交谈，当他结束时，他带着歉意微笑着。

“能失陪一会儿吗？我从办公室那儿收到一个紧急消息，他们要我赶快跑过去开个会。恐怕实难推却。”

“没问题。”

“我去去就回。”

艾伦一定是露出了为难的神情，也许事实上他的确这样感觉，因为他不想独自一人待在这里。穆贾迪德想出一个新计划。

“你为什么不自己上五楼呢？按五〇一房间的门铃。我会告诉屋主你要去，他会带你参观那个单元间的。事实上，这样最好不过了。他从一开始就住在这儿，比我能更好地现身说法。他的名字叫哈桑。”

穆贾迪德再次道声歉，然后走了。

艾伦在一楼晃悠，穿过未来的沃尔夫冈·帕克厨具店，未来的乌诺比萨店。地面覆盖在灰尘和沙子里。整个楼层唯一的一件家具是一个巨大的钢冷却架，孤零零地立在地板中央，就像一个摩天大楼的框架，移动着、寂寞着。在空寂的大楼里晃悠，他感到很傻，可是他又不想没有礼貌。他不得不上楼看看。也许局面就像某种交换条件。他买栋公寓房，他们给他信息技术的合同。退一万步来说，这样做也是一种示好。

他走到大楼的另一端，在那里找到另外一个楼道，幽暗，水泥制成。当他来到三楼时，他听到有声音，走近一点，就在防火门的另一边。穆贾迪德说五楼，其实是指三楼吗？

艾伦打开防火门，一阵回响轰鸣而过。他眼前一个很大的毛坯空间，里面全是男人，有些穿着内衣，有些穿着红色的连体衫，都在大喊大叫。看起来就像他曾经看到的由监狱健身房改造而成的宿舍照片一样。有五十个床铺，铺间拉着绳子，绳子上挂着衣服。不过，床上没人——所有人都聚集在房子的中间，吠叫着，推搡着。艾伦以前制止过某类的打架。这些就是艾伦在这里四处所见的工人们。优素福说过他们是马来西亚人、巴基斯坦人，以及菲律宾人。

艾伦打算离开是非之地，一刻也不停留，可是却挪不动脚步。发生了什么？他需要至少搞清楚他们为了什么而打架。正中间两个人，他们的手臂缠在一起。其中一人手里握着什么东西。艾伦看不到是什么——它正好合在那人的手里。钱？很小的东西。钥匙？

外围有一个人看到了艾伦，提醒他边上的人注意。他二人都盯着他，呆如木鸡。其中一人做手势让艾伦过去，似乎是为了叫他分开打架的两个人，他们自己分不开。艾伦向他们走了一步，但是第二个人对他甩甩手，发出嘘声赶他走。他停下脚步。

现在又有几个人看见了艾伦，不到几秒的时间，他们对屋内的人群说明了他的在场。房间安静下来，打架也停止了。所有人，总共两打左右，站立不动，似乎艾伦是来此处检阅他们的。一开始怂恿他上前的人再次这样怂恿他。艾伦又朝他们走了一步，但是没有看到地面上有个深凹槽。他的鞋踩了进去，自己的身子则向后倒去。他立刻使身体平衡，不过接着在到处是沙的地面上滑了一下，他迅速向左边晃动身体。他几乎就要完全失控，幸好及时找到一面墙壁使自己稳住了身体。二十五个人把这一切看在眼中。

艾伦现在有两个选择。他可以撤退，还未张嘴就出了个大丑。或者他可以迎难而上，毕竟他们也没有哈哈大笑，并且似乎觉得他的头上有些光晕。他身上的那份异质、他的衣装都说明了他比他们更加属于这个地方。

艾伦举起一只手："你们好。"

有几个人点了点头。

艾伦向他们走了过去，闻到工人阶层的味道，汗味、烟味还有未洗的脏衣服味。

"这里发生了什么？"艾伦说，"这一切是为了什么？"他发现他的口音里有一丝英国的腔调。"那是从何而来？"没人吱声，不过他还是得到了他们的注意力。

他们对他这个调停人明显有信心，受此鼓舞，艾伦走到他们中间，并且要求那两个人松开手掌。一个人的手里空空如也。在另一个人的右手里，有一部手机。型号稍微过时，翻盖手机，屏幕有裂痕。看起来似乎是被人扔出去的。艾伦突然一警醒，意识到是有人扔过。一定是凯利的。是她第一天扔的手机。

“你在什么地方发现这个的？”他问拿着手机的那个人。

那人一言不发。他不明白艾伦说了什么。

“这儿有人讲英语吗？”艾伦问道。

有几个人听明白了这个询问，不过都摇了摇头。艾伦的语言，大家一个字也不会。这就难办了。他无法查明他们是如何得到这部手机的以及谁有权拥有。他们因何打架、谁对谁错、他们的历史渊源，以及他们代表何人，这一切都不得而知。也许这是某种对抗，某种宿仇，可以追溯到数月之前或者数个世纪以前。他无从知晓。

他希望他身上有个二十五分硬币。他摸了摸口袋找到一枚。抛硬币来解决这个问题，似乎不比其他任何方法更加不公平合理。

“好吧，”他说，“谁猜对了哪一边朝上，就得到手机。好吧？”

他给两个人展示那枚硬币的两面。他们似乎明白了。他把硬币抛向空中，接住，捂上，然后对着最后占有手机的那个人。

“你猜。”艾伦说。

那人闭口不言。他们没有玩过这种游戏。就在艾伦试图决定该如何解释什么是字什么是花时，另一个人夺下手机，离开房间，沿着楼梯向下飞奔。愣了好一会儿神，第二个人不知所措。他似乎期望艾伦会主持公道。但是艾伦没有一个公道，当他明白这一点后，那人立刻也飞奔而去，跟在第一个人身后顺着楼道而下。

房间的氛围顿时剑拔弩张。其他的工人们围着艾伦，冲着他的脸大喊大叫。他的袖子被拉拽着。有人在推搡他的后背。他们想让他离开。他向后退去，连声道歉，拿不定主意是不是应该转身逃跑。最终，他还是下定决心，沿着两个人相同的路线逃窜，但是心里明白不能直接往下跑——他可能会遇到第二个人，那个失败的人返身回来。他向上跑，耳边传来楼梯上的脚步声。至少有好几个人正在追赶他。

他来到四楼。他顶开门沿着空旷的楼层奔跑。这里什么也没有，除了支柱以外——没有墙壁，没有框架，什么都没有。身后的门并没有关上。他听到砰的一声，有几个人穿了进来。他们还在屁股后面追。他们真的会伤害他吗？他可是穿着白衬衫卡其裤的！他没有转身。他成功跑到楼层的另一端，找到另一个楼梯。他冲开门向上爬去。

他要找到五〇一房间。现在楼下的脚步声跟了上来。他呼吸困难，气喘吁吁。在五楼，他推开防火门，背靠在上面，一为休息，二为阻止他们进来。当他抬头观看时，他发现他真是及时地完成了跳跃。这里看起来完全是另一番天地。五楼全部完工了，充满现代气息，细节一丝不苟。

他等着追赶他的人们闯进来，但是门外没有声响。难道他们被这一切，一个完工的楼层给吓跑了？他们的大楼追跑结束于此了吗？看起来颇有几分道理。

他沿着长长的走廊慢跑，廊柱上的枝形吊灯照亮了这里。天花板是夏日风暴的深蓝色，墙纸是小麦花蓝色和褐色条纹的交响乐。地毯奢华，乳黄色，起起伏伏如同微风拂过。有固定装设、电源插座、抛光的柚木桌子，还有灭火器，以及所有文明生活的最后符号。

目眩神迷又疑神疑鬼，他找到五〇一房间，敲门。门立即打开了，仿佛那男人——穿着正装，戴着看起来是领巾状的领带——一整天都把手放在门把手上一样。

“我想你是克莱先生吧。”说话的男人同艾伦年岁相当，脸刮得干干净净，戴着眼镜，挂着狡黠的笑。

“哈桑？”

“见到你真高兴。”

他们握手。

“我担心你迷路了。”

“我想我是迷路了。”

“进来。”

他的房间宽敞开放，沐浴在琥珀色的灯光下。它占据了大楼的整个宽度，全景式窗户到全景式窗户。装饰复杂精致，闪亮的硬木地板、定制的地毯、上世纪中叶低矮的长沙发和桌子混搭在一起，偶见古董装饰——一面巨大的镜子，上有金叶，一道闪电形状的裂痕从中间穿过。帷幔之上，四件套的绘画，要么出自德加[①]之手，要么出自某个同他一样精确地描绘舞者的人之手。古典音乐从四个角落袅袅升起。

---

① 埃德加·德加（Edgar Degas，1834—1917），法国画家，最著名的绘画题材包括芭蕾舞演员和其他女性。通常被认为属于印象派，但他的有些作品更具古典、现实主义或者浪漫主义画派风格。

“你还好吧？”哈桑说，“你看起来好像刚跑了几英里。”

艾伦听走廊上没有声音传来，确信不管追赶他的人是何方神圣，都不会来到这里的。他逃开了，他安全了。这里有着天壤之别。

“我没事，”他说，“只是楼梯。我身子虚。”

艾伦走向面海的那扇窗，不久他就站在那儿，向外眺望。他可以看到帐篷，它看起来渺小得不可思议，毕竟这儿只是五楼而已。越过帐篷就是海滩，很快他能看到他在水边度过几个时日的地方。

“茶？”

艾伦转过身，刚要回答。

哈桑扬起眉毛：“或者来点更带劲的？”

艾伦笑了笑，认为他在开玩笑，但是哈桑正站在一辆装满玻璃瓶和金色瓶的饮料小推车旁，他的手放在一只水晶玻璃瓶上。

“好的。”

艾伦对这个国家真是一无所知。片刻之前，他置身于一帮穷困潦倒的马来西亚工人中间，他们蜗居之地似乎是一幢未完工的大楼，而此刻就在两层楼之上，他所处之地其豪华精致无以复加。

哈桑递给他一杯东西，看上去是苏格兰威士忌，并示意坐到沙发上去。他们在摆放成U形的、完美无瑕的白色皮革沙发上面对面坐着。

“那么……”哈桑开始说话，把这个词拖长了说，直到它暗示着若干不光彩的事物。他把左腿叠在右腿之上，举止略显不雅。哈桑身上有点稍微让人感到不安的东西，艾伦渐渐弄明白到底是什么了——有一处面部抽筋，或者是两处，彼此交替发作。他的左眼会抽搐，嘴巴会皱起来，似乎是不断地反对眼睛抽筋带来的分心。要来了：眨眼，皱嘴。

“这幢楼你都看了吗？”

艾伦告诉他与三楼那些人的不期而遇。他对打架一事只字未提，考虑到那些工人的工作毋庸置疑是朝不保夕的，很可能因为这事被集体开除、迅速更换。

“很抱歉。你怎么跑到大楼的那个地方去了？”

“身不由己，我猜。”

“在工人中间，你看到了什么？”

“我看到他们就在那儿，你知道，消磨时间。”

“在这儿看到他们，你感到震惊吗？”

“不怎么震惊。这儿发生什么都不足为奇。”

哈桑窃笑：“很好。这样真的很好。我们在工地以外安置他们中的其余人。也许你已经看到一些拖车了。再来点？”

他让艾伦喝完杯里的威士忌。第一杯本不该这么快就消失的。

“生意如何？”艾伦问道，心里明白答案会是个什么样。这个人努力在阿卜杜拉国王经济城卖公寓楼。他的答案定然是热情洋溢。

“实话实说？相当煎熬。”

哈桑解释道，想从任何人那里得到真金白银都很困难，最初引入的几家连锁店，好几年前的事了，还是城市刚宣布成立奠基伊始之际，现在都要撤出去了。大家担心开发公司埃玛尔后劲不足。大家顾虑本·拉登家族的承保公司掺和进来了。大家最重要的顾虑是阿卜杜拉国王死之日，就是这座城市亡之时。没有了他的改革精神、他对微小进步举措的宽容之心，一切都会倒退，所有阿卜杜拉国王经济城承诺的自由都会湮没于沙海。

“但是在底层，你们有一些餐馆即将营业。”艾伦指出。

“恐怕那只是虚张声势。我们还未卖出这些区域。再来一杯？”艾伦第二杯已经喝完。

哈桑回到吧台，准备着。

“艾伦，有些生意将要在这儿达成。如果你打算购入一套单元房，你只需支付别人一两年后所要支付的一小部分。你可以转手抛出，十倍获利。”

现在艾伦听到优素福的预言回荡过来。什么这座城市已经破产，埃玛尔已经破产，一切都不可能实现，等等。以及整个计划终将同阿卜杜拉一起灰飞烟灭。

哈桑给艾伦拿过来酒。

“谢谢你，我的朋友。”艾伦说。

哈桑微微一笑：“我很高兴找到了一个酒伴。”

艾伦问了问国王的事，为什么他不直接花钱建设这座城市，在他的有生之年亲眼目睹其竣工，或者至少能够运作起来。

“我们阿拉伯语里有个说法：‘一个巴掌拍不响。’我们不能独自建城。我们需要合作伙伴。”

“少来，”艾伦说，“阿卜杜拉可以在五年之内建起这座城市，只要他有心为之。为什么要拖个二十年？”

哈桑坐着，良久思索这个问题。

“我不知道。”他说。

于是他们分享着各自的愁苦，一些因素使他们心有余而力不足，太多的因素，数也数不清。哈桑在阿卜杜拉国王经济城已经生活一年了，已经致力于成为这里的一个先驱，已经招待了数十位像艾伦这样的人，试图帮助他们也建立自己的愿景。

“有朝一日，这儿的生活会很美好的，”哈桑说，“只是我担心没有在这儿完成任务的意愿。”

并且缺乏离开的意愿或者另寻他就的意愿，艾伦陪着哈桑，下着棋，喝着苏格兰威士忌，一起度过了接下来许多小时的时光。当他离开的时候，艾伦已经酣然欲醉，飘飘欲仙。他走到楼梯，本打算下楼，却朝上走去。他走过一个封闭的楼层，但是楼梯还是一直往上，直到他打开一扇门发现自己来到了楼顶。景色令人惊诧，海滩和楼房，运河和沙漠，都灰蒙蒙地罩在一片呢喃低语的金光中。他需要离开此地，但是身子却无法动弹。

二十六

艾伦一夜好睡，不知为何，当他醒来的时候，酒店的电话又一次红灯闪烁。艾伦听了留言，是来自优素福的。他要离开一段时间，他说，想过来见见，道个别。他今天早晨就会过来，除非另行告知。艾伦长出了一口气。从昨晚到现在，一种不祥的感觉悄悄爬上心头，觉得他的朋友出了什么事情。这就是经常不断的联络所带来的一种特有问题：超过几个小时的杳无音讯就会激发灾变之顾虑。

艾伦穿好衣服，沿着中庭而下，来到酒店大厅。

"你已经来啦。"

"是的。"优素福神色不安。

"你没事吧？"

"我不知道。我有点受惊了。"

"那个丈夫？"

"还有他的帮凶，是的。他们出现在我的家里。"

"不是说你在你表弟家吗？"

"我是在，可是他变得紧张兮兮。他和他的祖母生活在一起，他不想给她带来麻烦，所以我就回家了。我回到家过了一个小时，他们就出现了。"

"他们都干了什么？"

"我们坐一会儿可以吗？"

侍应生走了过来，优素福点了一杯浓缩咖啡。"昨天晚上我坐在那儿，观看巴萨对阵皇马——你看了那场比赛吗？”

“优素福！”

“对了。接着我听到外面有声音。我站起身，看到窗边有三个男人。我差点拉在裤子里。”

“他们干了什么？”

“只是站在那儿。就那样。那就足够了。那意味着他们知道我住在哪儿，并且想来就来，站在我窗外几英尺的地方观察我。我必须离开。”

“我感到很难过。”

“是啊。”

“你准备去哪儿？”

“到我父亲在山里的房子去。他们不会去那儿的。并且村里的其他人会帮我留个心眼的。我们有枪，还有其他所需之物。”

艾伦想到了某种狂野西部对峙①的景象。一种说不清的魅力吸引着他。

“不，不，”他说，“待在这儿。我给你弄个房间。他们有安保。你会很安全的。隐身于此。”

随着艾伦的描述，看起来这计划无懈可击。优素福摆摆手，制止了艾伦。

“不，不。我要待在家里。现在是周末。正是去的好时候。”

“你要去多长时间？”

艾伦突然再次害怕他再也见不到优素福了。

“我不知道。我必须要过一段感到安全的日子。我只是想去一个地方，一个可以让我头脑清醒、心无旁骛地观看周遭的地方。然后

---

① 美国西部主题电影中常见的景象。

我会，你知道，作出评估。这就是为什么我想来看你。我或许要在那儿待些时日，所以来道个别，以防以后再也见不到你了。”

优素福没有流露出特别的情感。他不是那种脸上藏不住事的人。不过艾伦感到他需要身边有优素福，优素福是在这一千英里范围内唯一心智健全的人。

十分钟后，艾伦坐上优素福的车子，他的行李袋扔在后备箱里，他们一起往山上赶去。他们在公路上开了几分钟，艾伦感到心旷神怡，这时优素福停下了车子。

“我们必须要在我爸爸的店铺那里停一下。我必须要拿到那房子的钥匙，征得同意待在那里，诸如此类的事。”

“你自己没有钥匙？”艾伦问道。

“你现在明白了吧。他把我当做十几岁的小孩看待。”

他们开车在市中心的一个六层停车场里盘旋而上。

“这就是旧城？”

看起来一切都很新。

“旧城大约就是此处的三个正方形街区，”优素福说，“他们在七十年代把其他一切都推倒了。”

停车场附属于一个购物中心。艾伦和优素福乘着一系列的扶手电梯下了楼，经过五六家箱包店和珠宝店，一路看到好几群穿着长袍的女性，前臂上挎着闪亮的手提包，好几群男人饥渴万分地视察着她们。

当他们到达一楼的时候，优素福领着艾伦出了购物中心，进入了一个小胡同，反差可以达到一个世纪或者两个世纪。旧城的这个部分由一系列相互连通的小巷组成，在那里商人们建起各式小店铺。他们卖坚果、糖果、电子产品、足球服，不过最受欢迎的销售领域是女性的贴身内衣裤，在橱窗的显著位置堂而皇之地展示着。艾伦对优素福扬了扬眉毛，优素福耸耸肩，仿佛要说：怎么啦，你刚发现这个王国表里不一了？

“我们到了。”优素福说，在一个街角的店铺前约二十英尺的地方停了下来，店铺全是玻璃，可以见到里面有上千双拖鞋。两个男人站在柜台后。一个大约艾伦的年龄，看起来可能是父亲。另一个要老得多，站在他边上，佝偻着背，重重地依靠在柜台上，似乎要靠它支撑起身子。他至少年届八旬。

“哪一个是？”艾伦开始发问。

“你意料不到，是年老的那位，”优素福郁郁地说，“我会给你引见。”

当他们走上前时，那个老人上下打量着优素福。他的眼睛眯起来，嘴唇噘起来。优素福对着他的肩膀咳嗽，话语里的混蛋二字被伪装了起来。他们走了进去。

“萨拉姆。”优素福欢快地打着招呼。父亲、儿子、雇员彼此握手，用阿拉伯语交谈，在艾伦猜想是在介绍他之后，那父亲简单地瞥了他一眼。艾伦伸出手，那人轻轻拍了拍，就像拍乞食的狗爪那样。优素福和父亲交谈了不超过一分钟，然后父亲转身走进店铺的后室。他的助手紧随其后。

“好了，你见过他了。真是伟人一个。”优素福说。

艾伦不知该说什么好。

“我告诉他我要上山。他说他会让管家知晓。我不需要钥匙，我猜想。所以，我们可以出发了。”

他们转身离开。优素福在门口停了下来。

“等一下，你需要一双拖鞋吗？你应该拿一双。”

“不，不。”

“要的，艾伦。你穿多大码？”

拖鞋塞满了所有能放东西的地方，从地板一直到天花板。它们都是皮革的，装饰精细、缝合严密。它们都是手工的，选料质朴。于是他们选了一双，优素福在柜台上放了一些钱，他们又回到小巷里。

“那就是我亲爱的老年爸爸，”优素福说，一边点上一根香烟，“总的来说他不够友好。他也真不喜欢我的工作。当我开车围着美国人转的时候？不对他的脾气。”

“但是你还在学校。他能指望你做什么？”

“他希望我待在店里，不管你信不信。我在那里工作过一段时间，真是糟糕透了。我们失去了对彼此的所有尊敬。为他工作十分恐怖。太折磨人了。他认为我懒惰。所以我不干了。我应该学会不带客人来店里。”

“我必须要说……”艾伦刚开了个头，便发现不妥。他本准备支持优素福对父亲的指控，但是他意识到他不能这样做。既然他为露比辩护，他已经成为所有小孩子和他们令人迷惑的父母之间的调停者——是那样吗？

艾伦为优素福担忧。他为他的生活担忧，也为他的父亲担忧。两者对优素福来说都不足挂齿，因为所有问题，在他这个年纪，似乎都可以解决或者不值得去解决。

“我必须要说，”艾伦重新开头，“我尊敬他所做的事情。你父亲做鞋卖鞋。这很清白，这很诚实。”

优素福轻蔑一笑：“那些鞋不是我父亲做的。它们是他买来的，其他人做的。他只是抬高价格而已。”

“不过话说回来。这是一门艺术。”

乔·崔福尔称之为跳舞，艾伦想。

“我肯定如果他想做他是能做出来的。”

“不能，不能，”优素福说，“他只是按批发价买进。它们是在也门制造的。他这辈子一双鞋也没做过。”

在路上开了几分钟后，优素福又神采飞扬了。他似乎盼望着带艾伦参观他的堡垒，他父亲建造的大片房屋。“他把山顶夷为平地。”他说。艾伦记不清这件事优素福已经说过多少次了。对优素福来说，这件事是他引以为傲的核心，他的父亲——虽然他俩争斗不休——足够强大，足够威武或者富有或者有远见，能够夷平一座山。

他们穿过城市向南面驶去，一路上城市也在上演着自己的变化：从现代化的市中心到绵延的沙色公寓楼以及索马里和尼日利亚的汽车店，这时候优素福接了个电话。他大声笑着用阿拉伯语讲了几句话以后，突然急转弯掉头。

“萨勒姆来了。”他说，他的眉毛跳动着。

优素福解释说，萨勒姆是他最老的朋友之一，在一家隶属美国的尿不湿工厂里做市场销售。“不过，他是嬉皮士，不是那种死硬派销售员。”他说完，似乎担忧这样说会冒犯艾伦。“对不起。”他说。不过艾伦丝毫未感到被冒犯。这里缺乏“售货员”这个词能够冒犯他的语境。

他们在一条小胡同里停下车，两边有五六幢小公寓楼。优素福摁喇叭，一个年约二十五岁的男人背着一个木吉他盒子，三步并作两步地跳下台阶。他钻进后座，握了握艾伦的手，他们出发了。

萨勒姆看起来像是一个很适合待在威尼斯海滩或者阿姆斯特丹的人。他一头长发，里面有几缕白发，下巴埋在花白的山羊胡里，时尚的眼镜后面一双大眼睛。他穿着佩斯利涡旋纹花呢衬衣和牛仔裤。他英语讲得甚至比优素福更像是美国人，虽然艾伦以前认为这在这儿是不可能的事。

萨勒姆在前十分钟的时间里，双手一直放在前排两个座位上，他的脸在优素福和艾伦的中间，嘴里不停地讲述他最近有过的最离奇经历——他在他的公寓楼里碰到过一个奴隶。

"告诉他你是怎么看到他在那儿哭泣的。"优素福说。

萨勒姆讲了他发现的故事。几天前，一个中年男人坐在大楼里面的楼梯上。萨勒姆绕着他走，后来注意到那男人焦躁不安，哭得伤心欲绝。

"我问他出什么事了。他说他是一个奴隶，他的主人们刚刚给了他自由之身。但是他不知道自己一个人该何去何从。那些人就是他的家人。"

"那些人住在你的公寓楼里吗？"

"在下面的单元间。"

萨勒姆已经在那儿生活一年了，看这五口之家进进出出，偶尔也会看到这中年男人。但是直到那一刻他才意识到那男人不是这家的朋友也不是叔叔，而是一名他们从马拉维带来的奴隶。

"我必须要找个新住处。"萨勒姆说。

“你我真是难兄难弟。”优素福说。他们商量搬到一起住，在市镇的另一端，或者别的国家。萨勒姆此刻已然受够了沙特阿拉伯。此处他一无所求。

“厌倦真是无边无际。”萨勒姆说。

艾伦还未从那个奴隶的故事中缓过神来，优素福和萨勒姆已经开始谈论这个王国里的抑郁症和自杀情况了。

“大概没有你所在的地方那么糟糕，”萨勒姆对艾伦说，“但是你也会大吃一惊的。一半女性在服用百忧解。男人，像我们这样的，能量都在危险的地方释放了。”

他谈到由于严重缺乏机会而产生的某种不计后果，谈到死亡已经不再那么令人胆寒。谈到沙漠深处的短程汽车竞赛，在那里年轻的富人们开着宝马和法拉利飙车，时常会有一些人受伤或丧命，没有一次会有大量报道或广为人知。优素福和萨勒姆开始迅速地用阿拉伯语讲话、争执，不久艾伦就明白了，他们是在争论要不要带他去参观一次飙车。

“也许在回来的路上，我们会带上你。”萨勒姆说。

“也许还有一场音乐会。”他补充道。

那些音乐会同样在沙漠里举行。萨勒姆是一个音乐家，也是一名电影制作者，还是诗人，当然最主要是歌手兼词曲作者，尽管他不能在户外玩音乐，但也不能现场表演，除非是在地下音乐会或者在沙漠里。在利雅得情况更糟，但是即使在吉达，音乐创作人的日子每时每刻都是挣扎。那种日子，一开始还有些浪漫的魅力，现在早已失去光环了。萨勒姆正在考虑搬到某个加勒比小岛上，加入一个酒吧乐队表演。

他们驶离了城市，不久道路就穿越在沙漠中，平坦，红色，偶尔可见路边停车站和露出头的岩石。公路宽敞高速，太阳了无生气地挂在上面，艾伦感到了疲倦。他开始打盹，头靠着安全带，优素福和萨勒姆用阿拉伯语兴致高涨地闲谈着，慢慢催得艾伦进入了梦乡。

“砰”的一声关门声惊醒了他。车子停下了。他们在一处巨大的停车场里，四周都是商店和餐馆。优素福不见了，萨勒姆正在摆弄他的手机。艾伦乜斜着眼睛，看见优素福慢跑进一家杂货店。

艾伦坐起身来，擦掉脸颊上的口水。

“我眯了多长时间？”他问道。

萨勒姆眼睛不离他的手机：“也许一个小时吧。你在打呼。十分呆萌。”

一个七岁左右的小女孩，穿着布尔卡，走到萨勒姆的窗边。萨勒姆一刻没有耽误地按下一个按钮锁上了车门。她待在他的窗前，双手互搓着手指。

现在艾伦注意到有几十个妇女和儿童，绝大多数是女孩，都穿着黑色布尔卡，从一辆车飘向另一辆车，靠近车窗，再飘走。

艾伦开始摇下他的车窗。看到一张更有同情心的脸，那小女孩赶紧跑到他这一边，伸出了双手。

“别，别！”萨勒姆说，“摇上窗子。”

艾伦照办了，升起的玻璃差点夹住小女孩细小的手指。现在她愈发急迫地拍打着玻璃，她的头询问似地歪着，她的嘴巴狂热地动着。艾伦微笑着，摊开空着的双手。她似乎不理解或者根本不在乎。她继续敲打窗户。

萨勒姆先吸引她的注意，然后手指向上指了指。就这样，她转身离开了。仿佛玩了个魔术把戏。

“你那样往上指一指，”艾伦问道，“是什么意思？”他比划了一下那个手势。

萨勒姆的注意力已经回到电话上了。

“意思是上帝会提供的[①]。”

“这样也行？”

“这样会结束讨论。”

当第二个小孩靠近他们车窗时，她目光呆滞，眼球黄色，艾伦指向天空。她消失了。

“别感到难过。”萨勒姆说，“她们活得很滋润。”

艾伦环顾这个停车场，终于明白了一件原本显而易见的事：此地的人们迥然各异，人数多得超乎寻常，他们都在同一时间开往同一个方向。现在他看得清清楚楚了。紧排在前面的是一辆奔驰，里面的男人只穿着白床单和拖鞋。

“这是去朝圣吗？”艾伦问道。

萨勒姆又在翻动手机，发出像盖革计数器一样的滴答声。

“不是官方的朝觐。那是在今年的十一月份。这次是副朝，就像是小一点的朝圣，为那些在大朝时没有时间的人所准备。”

优素福从市场里冒了出来，手里推着一购物车的食物。萨勒姆给车门解了锁，优素福把东西装进后备箱。片刻以后他们又上路了，艾伦又开始打瞌睡了。黑色的公路如此之平顺，太阳又如此之小，

---

① 原文为 God will provide。源自《圣经・新约・马太福音》6:8。

催得他酣然睡去。他在优素福和萨勒姆之间的激烈争吵中醒来。

“怎么回事?”艾伦问道。

优素福转过头看了看他，手指着前面路上方的指示牌。公路即将分道，三个主要车道只对穆斯林开放。一块红色指示牌标记着通往麦加绕城公路的出口，那是为非穆斯林通行的。优素福有带着艾伦从主车道上开过去的想法。

“我们给你弄件大袍。你就过了。”

“不值得这样,”萨勒姆说,“他不高兴。走绕城公路也不过多了二十分钟。拜托。”

优素福又转身看着艾伦:“你想要被偷运过去吗?”

艾伦不想。他不想违反任何一条这样的规则。但是他们还在最左边的车道上，而在右边的三个车道外的非穆斯林出口眼看着就要到了。

萨勒姆用阿拉伯语讲了一串话。优素福未加理睬。突然一切全乱套了。萨勒姆的上半身来到了前排座位上，他是扑过来抢方向盘的。艾伦被推到车门上。优素福拍开萨勒姆的双手，并打了他一个耳光。听到了拍打声，吧嗒一声脆响，他哈哈大笑，十分开心。萨勒姆撤回到座位上，垂头丧气。

接着，优素福一个流畅的动作，车子横向滑过高速公路，很快就来到非穆斯林的公路上。

通过后视镜，优素福甩给萨勒姆一副失望的表情:“老兄。我在开玩笑。玩笑。放松。”

萨勒姆怒气未消:“是你放松。”

优素福咧着嘴笑:“不，是你放松。”

他们沿山而上之际，夜幕很快降临了。

“沙拉瓦特山脉，”萨勒姆解释道，“等一下我们就到了山顶。你会看到狒狒的。你喜欢狒狒吗？”

说着，他们到了。在山顶上，优素福沿着一个瞭望台停下车，此处海拔大约五千英尺，山下延绵百里的沙漠一览无余。瞭望台停车场里到处可见狒狒，它们或闲坐，或吃东西，或走来走去，被驯服得像家猫一样。

他们飞过塔伊夫，一座山顶之城，色彩鲜艳，凉风习习，然后落入远处粗犷的地域。随着他们更加接近优素福出生的小村庄，道路也变得越发荒凉起来，等他们到达的时候，萨勒姆已经沉沉睡去，艾伦也打起瞌睡来。

优素福突然停下车：“醒醒，没用的人！”

萨勒姆呻吟着，在优素福座位的后背上捶打着。

前方，锯齿状的山脊环抱一个小山谷，里面有数点灯火。这个小村落不会超过几十所房子，几百个人。

“那就是整个镇子了，”优素福说，“我们明天会去看看。”

他们转进一个私家车道，沿着山腰向上爬行了数百英尺，两次向下迂回，最终来到一个庞然大物面前。它看起来一点也不像是房子。

“就是这儿？”艾伦问道。

“是的，”优素福说，“用拖鞋盖起来的房子。”

它看起来更像是个旅馆，某种市政大楼。三层砖坯和玻璃结构。他们的车子停在一个巨大的空地上，地方大得足以停下二十辆车子。在这块地产里甚至还有一个小清真寺，就在斜坡之下。

“我没想到这……”萨勒姆说。他也从未来过这个地方。

就在他和艾伦对这一切惊诧不已时，从房子里走出一个男人直奔他们而来。他个头不高，比优素福小，但更胖一些。他一张圆脸，笑盈盈的，嘴里没牙。他抓住优素福的手来回搓着。他被引见给萨勒姆，也握了握他的手。可是，当艾伦伸出手的时候，那男人仿佛不得不重新学习一下这个手势。他握住它摇了摇，然后抽回手，慢慢地，仿佛是从一只他不想惹的动物嘴里抽出来一样。

“这是哈姆扎。管家，”优素福解释道，“他为我父亲效劳已经有二十个年头了。但是我没有告诉我爸爸你要来。”

“为什么不告诉他？”艾伦问道。

“不要见怪，这是我父亲的骄傲。他不想它受到，你知道，你的玷污。开个玩笑。”

不过他并没有开玩笑。

哈姆扎转过身，领着他们到了大门并打开了它。

优素福跨了进去，在门口处转过身子。

“准备好了吗？就是这儿啦。”优素福说，他的姿态迅速从一个受到责备的青少年转变成一个骄傲的儿子。

室内，这房子看起来非常像一连串铺了地毯的空舞厅，每一个都大得足以容纳一百个或更多的人。在每个房间里都有几盏巨大的枝形吊灯照亮了广阔的空间，里面除了沿墙摆放的长凳以外，什么家具都没有。整个房子，现在看来，似乎只是为了招待客人。

“这里能容下整个村子。他确保办到这一点。村里所有的婚礼都在这里举行。我得带你参加其中一场，”他对艾伦说，“你一定会喜欢的。你可以穿上一套服装，带一把小刀，样样不落。”

艾伦努力地把这房子的建造者同他之前所见的那个苦大仇深的男人匹配在一起。真是有点不可思议，竟然是那个男人建造了这个。这是一个具有伟大远见和慷慨情怀的举措，而优素福的父亲看起来两者皆不具备。他们走上三楼。台阶，灌浇混凝土制成，坑洼不平，仿佛当初的石匠对这么高的地方并没有太在意。

“这层楼他们完成得稍微快了点，”优素福说，面带微笑，“不过这景色还是物有所值的。”

他们走上一个宽广的阳台。空气清新凉爽，景色宜人。艾伦、优素福、萨勒姆，还有哈姆扎站在那儿，向山谷的远处望去。

“哦，我得让你们看看。”优素福边说，边连走带跳地下了楼。

他领着艾伦和萨勒姆走进一间小一点的屋子，房间很空旷，除了一面墙上有一个巨大的保险箱，另一面墙上有一摞薄床垫。

“在这儿的某个地方。”他边说，边抓向那些床垫，把它们放倒在地上。艾伦有种似曾相识的感觉，以前他朋友的小孩子带着他到他们的房间里，给他看他们拥有的每一个玩具，他每发出一声惊叹，他们就更加热情。优素福掀翻了七八只床垫，终于找到了他所寻之物：一批藏匿的步枪。至少有十几支，有的新，有的旧，手工制成，木制的枪托，上面精心刻着细小的纹路。

“这一支是我祖父的。”他说，双手握着一支外观古老的步枪。他把枪递给艾伦，仿佛递过去的是一个新生儿。它很沉，坚固实木所制。

“这一支要新一点儿。”优素福把第一支拿了过去，递给了萨勒姆。给艾伦换了这支新款式的，它看起来像是标准的温彻斯特点四四①。艾伦检查了一下，正如所料。萨勒姆礼节性地欣赏着这些步

---

① 指 0.44 英寸口径。

枪，但是难以掩饰他的不感兴趣。艾伦却看得心醉神迷。年轻时，他可是相当好的神射手，并且一如既往地热爱着这种老式步枪。他想要瞄一下，打一枪，但是拿不准礼节上这样做是否妥当。他只好一个劲地对所有枪都赞不绝口，当优素福开始把这些枪重新包回床垫里的时候，他觉得此生再无希望见到它们了。

他现在有一半希望优素福是真的需要他们驱赶那些和他前妻的丈夫联手起来的人。一想到他们会来到这里，发动对此处堡垒的突袭，就感到荒诞不经，但是同时这个想法让艾伦心中希望澎湃，鼓出一丝可能性。他幻想着自己高居在阳台上，瞄准来犯者。他想要做点充满戏剧性的事来保护他的朋友。

“那些人真来这里的几率有多大？”艾伦问道。

“哪些人？”

“那个丈夫，他的人？”

“你不是在开玩笑？他们根本不知道还存在着这么个地方。你认为他们会开四个小时的车穿过沙漠跟着我来到这儿？”

艾伦摇摇头，把这个想法抛到一边，但是他们之间这样一来二往，还是有点意味的。优素福明白了：艾伦，不但不害怕他们的袭击，反而来者不拒，甚而双手欢迎。他把手放在艾伦的肩上，转过他的身子，轻轻地把他推出了步枪室，然后关了灯。

他们来到二楼的平台上。哈姆扎拿来毯子和靠垫，把它们安放在干净的区域里。他匆匆回到室内，拿出一整套茶具，非常庄重地为大家服务着。

艾伦喝着他的茶，茶甜甜的，带着薄荷的味道，这时萨勒姆随手试了试吉他的音。艾伦不知道该期待什么，但是当萨勒姆开始漫不经心地弹奏，一边拍打着吉他上的木板产生共鸣的时候，它听起来像西方的流行音乐，就是你在购物时会听到的那种。

夜渐渐凉了下来，一阵微风从山谷吹来，拂过这座堡垒。似乎随风而来，下面闪过一点亮光。接着又多了两点。是辆摩托车，后面跟着一辆小型卡车，两辆车都开上了私家车道。

优素福冲着吉他点了点头，萨勒姆心领神会。他装起它，迅速退到室内，然后空着手走了出来。

不久，三个年轻人来到平台上。他们一身白色。他们大概在十三岁到十六岁之间，体形同优素福相似，不高，腰腹处圆鼓鼓的。都穿着白色大袍，戴着红色头巾——袖珍商人，笑容阳光灿烂。他们冲向优素福，拥抱住他。

“这些是我的堂弟，”优素福对艾伦说，“其中两个，应该说。这第三个是他们的朋友。”

艾伦同他们握手，优素福同堂弟用阿拉伯语交谈了一会儿。萨勒姆待在阳台上，似乎知道这些村里的男人属于另一个物种。优素福为萨勒姆和艾伦的都市特征架起了一座桥梁，让他们通往这些年轻人，这些人艾伦猜测一定是在保守的环境中长大，像什么流行音乐和美国客人一定是闻所未闻，见所未见。夜色越来越深，茶又多喝了几杯，他们似乎还有一大堆的旧要叙，故事一个接着一个，艾伦感到吃不消了。当萨勒姆走进来并露出倦色时，艾伦也随即响应。优素福向他两人道了声晚安，并让哈姆扎领他们去他们的住处。

艾伦的房间像一个正式的餐厅那般大小，在里面，用来藏枪的那些薄薄的、柔软的床垫中有一个被铺在地板上，床垫上整洁地盖着一张床单和一个羊毛毯。他的行李袋已经被人从车子里取出，放在床边的一个木椅上。哈姆扎告诉了他们浴室的地方，给了他们毛巾、浴巾，甚至还有软皮的拖鞋。

艾伦把自己安放在床垫上，拉过厚羊毛毯盖在身上。房间正在迅速变得凉爽。

萨勒姆从门口通过。

“晚安。”他说。

“晚安。”艾伦说。

想必应该是临近午夜了吧。窗外，他可以看到大山近处的面貌，不过十码开外，在其之上青铜色的天空里密布着针孔一般的星星。现在他躺了下来，很温暖，他想要做的却是在那个晚上游荡在群山之间，和优素福或者和萨勒姆一起，或者独自一人。他不感到疲倦。他透过头顶的窗户凝视着上方，如此蓝色的山腰沐浴在皎洁的月色中。时间一分一分地过去，他越来越清醒。

他想写一封信，可是没有纸。他在门口找到一个大信封，于是开始了。

亲爱的姬特，我在一个城堡里给你写信。我不是在开玩笑。我在某种现代堡垒里，位于沙特阿拉伯山区的一个小山上。建造这个地方的人是个卖鞋子的。他不是某个鞋子的大制造商。他是一个在吉达拥有四百平方英尺店铺的人，他卖简单的鞋子，绝大多数是拖鞋，卖给寻常百姓。他把卖鞋子赚来的钱积攒下来，回到他的村庄，夷平了一座小山顶，建造了一座大城堡。

他放下笔。他慢慢地挪到门口，确保不会惊醒萨勒姆。整个房子一片寂静，不过房子里大多数灯依然亮着。他轻手轻脚地来到楼梯口，顺着崎岖不平的台阶一路走到屋顶。在那儿，他从一个角落踱到另一个角落，把四面的景色都尽收眼底。他决定他可以在此终老。他决定他可以像这样心满意足，如果他也建了这样的房子。他所需要的一切不过是一点空间，远离尘嚣，在那里土地廉价，建造轻松。他有着与优素福的父亲一样的梦想，叶落归根，建造一点留世的东西，像堡垒一样开放和诡异的东西，能够让家人和朋友分享的东西，所有帮过他的人都养育了他。可是艾伦的根在哪里，他该落于何处？他没有祖先的村庄。他有戴德姆①。戴德姆算得上祖先的村庄吗？那儿没人知道他的来龙去脉。他是从达克斯伯里②走出来的吗？他同那个城市还有丝毫瓜葛，或者那里还有人牵挂着他吗？

在达克斯伯里，艾伦连一面墙都建不起来。

艾伦不想去想规划委员会的那个家伙，但是他不请自来，还有他那张阳奉阴违的脸。艾伦想要做的只是建一个花园，用一面小石墙隔起来。后院里他选择的那个部分，土壤中有很多石块，所以他想在院子之上建一个花园，抬高一英尺左右。他曾经在书上见过这样的花园，似乎很有道理，看上去也很漂亮。书里的花园是用树木围起来的，像一个沙盒，但是艾伦想同围绕在镇子周边的一些地产上的老石墙匹配起来——那些墙建成已有百年之久，至少其中有一些是。这些老墙中，有一些根本没用砂浆，只是岩石精心地堆砌在一起，不过艾伦还是打算用水泥把石块黏合在一起。所以，在图书

① 戴德姆，马萨诸塞州东部小镇。
② 达克斯伯里，马萨诸塞州东南部城市。

馆翻阅了一本关于砖石建筑的书籍后，他去五金店买了两袋预拌水泥。

然后他去了公路边一处卖石头的地方。这是最带劲的一步了，对此他一无所知。他来回走着，那地方有很多小圈地，每个圈地里都有一大堆石头，石头动物园。最后他找到一个灰色夹杂着粉色的种类，接近圆形，看起来同他家屋前的石块较为匹配。

“这个咋样？”他向其中一个工作人员询问道。那人高个子，很瘦，体重太轻，以至于不适合在这样一个全是石头的地方工作。看起来他似乎都不大可能把裤子提到腰部，更别说搬起他所卖的石头了。

“你自己拖运石头？”

艾伦不知道。“我可以吗？”

“不妨试试，”那人说，“除非你要建一个城堡。”

艾伦扑哧一笑。在那一刻，那笑话很好笑。

“不，只是一面墙。”

“那是你的货车？”他问道，冲着那辆旅行车点点头。

“是的。它能行吗？”

“当然，但是我们得先称一下重。”那人说，“磅秤在那儿。”

不久艾伦就回到车子里，沿着两条轨道把车开到一个平台上。那平台就在石场办公室的旁边，艾伦一来到磅秤的顶端，就可以看到室内了，里面另外一个男人正对着他竖起大拇指。

艾伦把车子沿着轨道开了下来，回到他选择石头的区域，开始装填石头。他不知道应该买多少，也没有标识告诉他要花多少钱。但是整个过程他深得其乐——磅秤，往车子里抛石头，每一块石头都让减震装置弹一下，每次车子也都被压得下沉一点。他决定一直装，直到后保险杠下沉到警告他不要再装为止。他装好后，关上后车厢门，然后开回到磅秤上。

又一次，那男人透过玻璃对着他竖起大拇指，艾伦把车子开了下来，停在办公室的旁边。他走进办公室，柜台后的男人友好地眨了眨眼。

“四百一十六磅。”

如果价格是每磅超过一美元，艾伦想，他就搞砸了。整个花园计划他只有几百美元的预算。

那男人用计算器算着数字，然后抬起了头。

“要点水泥吗？”

艾伦摇了摇头。

“好的。那么总共是一百七十美元六十八美分。”

艾伦差点大笑起来，回家的一路上他都笑得合不拢嘴。真是太简单了，那样的交易。很简单，很美好。他看到一些石头。把它们扔进旅行车的后车厢，然后给汽车称重，那家伙算出差额，敲定石头的重量，然后以每磅大约四十美分的价格收费。真是美极了。

建造这面墙是这几年来艾伦所知道的最快乐的事了，尽管他实际上根本不知道他在干什么。他忘记了买砖石建工的工具，所以他使用一辆独轮手推车来搅拌水泥，用一把铁锹来涂抹。他努力地把石头填得合乎理智，在石块上面和中间铺上水泥。他完全不知道水泥多长时间会干，也不知道干了之后会有多硬。他本应该等一下，先放好一排石头，然后再往上垒，可是他太享受这个过程了，根本慢不下来。屋里屋外有太多的工程了，所以他想一口气完成它，四个小时后，他成功了。

他向后退了一步，看到石墙大体上是方正的。墙离地大约三英尺，从它们质朴的形态上看完全称得上原始二字。但是当他把脚放在他所完成的第一段墙上时，他发现它已经很坚固了。他推了推，它纹丝不动。他站在上面，它就像家里任何一处地板一样结实了。他感触颇深。水泥！难怪建筑师们爱它。仅仅几个小时，他就建造了一面墙，要用手提钻才能破拆。用不了几天的工夫，他想，他也许就能建造出如此这般的房子来。他可以建造任何东西。他洋洋得意起来。

然而，土地规划处派人来访了。他第二天醒来，发现前门上贴着一张红色的纸片。通告上说，让他去一趟市政厅，提交建筑方案，申请用地许可。不过是三尺石墙而已。于是，接下来就是同土地规划处的那个混蛋据理力争了，然而一切都是白费口舌。艾伦没有按照城市的具体规划建造那面墙，没有一个有证的承包商参与工程，所以那面墙必须要摧毁。他们让他付钱请两个人用手提钻钻他的墙、他的花园，直到一片狼藉。他们践踏他的蔬菜，把地上的一切都踩进泥里。植物全死了。此景惨不忍睹。于是，艾伦不得不花钱再请两个人把一切都给拖走。

二十七

艾伦醒来的时候，天空呈现出病态的灰白色。他走下楼。他听不到声音，看不到变化，也没有日出的征兆。那些宴会间里空荡荡的，厨房里也一无所有。有人最后还是熄灭了灯火。他想着回到床上，但是心里清楚回去也是白搭。

他打开前门，看着下面的山谷，在昏暗的灯光下，蓝色和棕色斑驳变幻着。他坐在栏杆上，第一次注意到，在这块地产上，在五十英尺以下的一层区域里，有一群绵羊。它们被关在圈里，身下的地面全是灰尘和石块，除了几块零散的绿色以外。一缕青烟在山外的蓝天里袅袅而上。艾伦走到室内掏出了他的照相机。

他走到私家车道上，在那里拍了几张照片，有沿山而下的车道，有紧靠屋后地产的几个小山。他沿着车道往下走，遇到了主路，于是向镇上走去。

山谷寂静无声。他停下脚步，开始照相，照了一棵带刺的树、一簇白色的花，还有一辆老旧的巴基斯坦巴士，它漆得色彩鲜艳，已经不再服役了，被推在路的一旁。他还给一只迷路的山羊照了相。

近处的一座小山那边扬起一阵尘土。是辆卡车，小型的白色皮卡。它继续向他开来，并在他边上停了下来。一扇车窗落了下来。

开车的人是一个四十岁上下的男人，穿着一件干净的灰白色大袍。他看上去有点像优素福，不过要高一些，瘦一些。

“萨拉姆。”他说。

“萨拉姆。”艾伦说。

“你需要搭个车吗？”

“不了，多谢。只是随便走走。”

“拍些照片？”

“是的，我想是的。美丽的早晨。”

“我从上面一直注视着你。”他说。

艾伦四下环顾，努力地估测着有什么样的高地可以让那男人观察他。那男人阴冷地笑了笑。

“你拍了很多照片。”

“我想是这样的。”艾伦说。

有什么暗流正在涌动，可是他却无法触及。旋即他明白了。

“美国人？”那男人问道。

啊。一如既往，艾伦一瞬间想要撒个谎。

“是的。”他说。

“所有这些照片。你是为中央情报局之类的机构工作吗？”

那男人的笑现在看起来要诚恳一些了，那一定让艾伦的心放宽了点。

“只是一些兼职，”艾伦开玩笑地说，“不是全职。”

那男人的头缩回了一英寸，仿佛闻到了某种不愉快、不自然的东西。接着他给卡车挂上挡，绝尘而去。

艾伦回到房子的时候，优素福和萨勒姆已经醒了，穿好了衣服，哈姆扎已经摆好了茶具。萨勒姆在平台上，就像前一天晚上那样，弹着吉他。优素福看到艾伦走了过来。

“艾伦！我们以为你被绑架了。”

优素福和萨勒姆都咧开嘴笑了。

“只是出去走了走。我醒得早。这儿的黎明很美。”

“是的，是的。我们在室外吃点早餐。你赞成吗？”

哈姆扎在平台上铺了一张宽大的白色桌布，他们都席地而坐。他又拿来一些茶，还有面包和椰枣。空气凉爽，不过太阳正在升起，艾伦能够感到酷热隐隐而来，他们四周的石头已经变得温暖。他们待在背阴处。艾伦想要告诉他们他和那位皮卡男人的邂逅，因为他知道他弄巧成拙了，他也知道也许不久就会有麻烦到来，哪怕只是以电话的形式。但是他心存侥幸，希望那男人会忘了这件事，希望它无足轻重，希望他那糟糕的玩笑只是被一笑了之、没有大碍。

吃完了早餐，优素福小跑着去了室内，情绪受到激发。他回来时，拿着两支枪，是前一天晚上给他们看的那些里面的。艾伦预期这将会是新一轮的展示和介绍，直到他看见优素福在桌布上抖下一盒子弹。它们是点二二口径的，优素福在步枪的枪膛里装上一颗子弹。

在陌生人或者新结识的朋友之间，给枪装弹这件事总是会让人心里犯一阵嘀咕。艾伦同枪打交道已经很多年了，面对它们他还是很舒适的，面对优素福他也是很舒适的，但是他不得不停下来，短暂地思考一下他的朋友、那支枪、他们的位置，以及任何可能的动机和后果。他们可不是那些会把艾伦的生命当一回事的人。他信任优素福，视其为自己的朋友，又有点像儿子，但是他身体里有个很小的声音在说：“你无法很好地了解这里的任何人。”

优素福把枪放在桌布上，走到走廊的另一端，在那里这片地产背靠着山腰。他从灌木丛里捡起一个易拉罐，并把它放在矮墙顶上。然后他小跑着返回原地。

“让我们看看我还是不是一把好手。”他说。

艾伦预期优素福会趴在地上，或者站立着，然而他却坐下了，两个膝盖往前伸着。他的双肘放在膝盖上，步枪顶在肩部。艾伦从未见到过有人会这样射击，不过这样做也说得过去。

优素福瞄准了那个易拉罐——它大约在二十码开外——然后射击。声音不是很大，不像点四五口径那样响。这些点二二口径的枪安静、优雅，它们的动静和需求几近礼貌。

子弹消失在树丛中。他没打着。他用阿拉伯语咕哝了一声，清空了枪膛又上了一发新子弹。他瞄准，开火，这一次，那个易拉罐摇晃了一秒，然后从墙边滚落到私家车道上，就像电影里摔下悬崖的牛仔。

“很不错。”艾伦说。

哈姆扎跑过去把那个易拉罐取回，重新放好。

“现在该你了？”优素福把枪递给他。

艾伦接过枪，装上一颗小小的、金色外壳的点二二口径子弹。步枪非常轻巧。他想站立着，或者趴在地上，但是觉得习俗所致，他应该遵照优素福的方式。

还是挺舒服的，模仿了三脚架的形状。艾伦在瞄准镜里找到了那个易拉罐，呼一口气，扣动了扳机。紧挨着易拉罐左边的地方冒起一撮灰尘。优素福和哈姆扎似乎觉得还不错，不过也露出了满意的神色，因为艾伦作为枪手略逊一筹。如果艾伦——一个中年人，身宽体胖，穿着卡其裤——能够坐下来，拿起枪，还胜过他们，那成何体统？

这就是艾伦下决心要做的事情。

“我能再来一次吗？”他问道。

优素福耸耸肩，冲着子弹盒点了点头。艾伦在枪膛里又上了一发子弹，再次瞄准。他测距，他吸气，他扣扳机。这一次那个易拉罐结结实实地挨了一枪，从墙上飞落而下。

所有人，连萨勒姆都讷讷地表示了他们的赞赏。艾伦把枪递给优素福，优素福笑容可掬。

他们继续游戏，交换次序，重置易拉罐，把上面打得全是洞，就这样进行了大约二十分钟，直到有一辆卡车快速开到私家车道上。就是艾伦早些时候邂逅的那辆白色皮卡。那男人神情焦虑，他一出现，艾伦就明白他很快就要把话说清楚了。那男人停车的时候，艾伦手里拿着一把枪，这样可是于事无补的。在那男人大踏步向他们走来之际，艾伦把枪放在桌布上，尽可能使它紧挨着优素福，但同时自己也要够得着。他怎么知道接下来事态将如何发展？他需要有退路。

一开始那男人用阿拉伯语冲着优素福发火，不停地指着艾伦。接着，优素福站立着，萨勒姆也站立着，三个男人都大喊大叫，而哈姆扎则手足无措。那个从白色皮卡里走出来的男人一定是哈姆扎每天抬头不见低头见的人，一个生活在镇上的人，并且他不能公然对抗他，正如他不能盲目站在优素福这边一样。艾伦坐着，尽量显得没有恶意。

终于优素福走到艾伦身边。

“你对这家伙说你是中央情报局的？”

艾伦翻了个白眼："他问我是不是中央情报局的，于是我开玩笑说我给他们做一些兼职。"

优素福乜斜着艾伦："你为什么那样说？"

"我当时只是开玩笑。那是玩笑话。是他问我的。那是个荒诞的问题。"

"对他来说，那可不荒诞。现在我必须要让他相信你不是中央情报局的人。我该怎么做？"

艾伦想要一走了之，爬上屋顶，或者不管去什么地方。但是他想到一个办法。"告诉他如果我真是中央情报局的人，我不会在第一个人问我这个问题的时候，就立即告诉他。"

听到这话，优素福哈哈大笑。感谢上帝，艾伦想。有那么一段时间，整件事情失去了他的控制，失去了所有人的控制，搞不好会给优素福、优素福的父亲惹上无尽的麻烦。到中午的时候他就会乘坐下一辆出租车回到吉达。好在艾伦的解释突破了猜忌，提醒了优素福他是什么样的人，以及他们是什么样的关系。他们是朋友，他们之间有着信任。

优素福转向那男人，用一只胳膊搭着他，同他一起走回他的卡车。那男人进了车子，坐在方向盘后，在接下来的五分钟时间里，优素福通过车窗对他说话，语气平缓，偶尔会用艾伦的方式做出些表示强调的手势。优素福渐渐熄灭了那男人愤怒之火的余烬，不久谈话结束了。

在皮卡开走后，优素福走了回来，坐下，绘声绘色地舒了一口气："你不该那样说的。"

"我知道了。"

“人们不喜欢那样的玩笑话。”

“我一说完就知道了。”

“这就好比你在机场安检的时候，开玩笑说有炸弹。”

“我当时也想到了这个类比。”

“这么说我们达成一致了。”

“我们一向如此。”

“绝大多数时候。”

“对不起。”

“好了。我们再玩会儿射击。”

他们继续射击，直到萨勒姆说他想要至少参观一下部分镇子或这片土地。于是他们上了优素福父亲的一辆卡车，哈姆扎开车，沿路而下来到山谷的一片平坦地域，穿过了村庄。卡车在崎岖不平的道路上缓缓前行，速度慢得让他们这帮人开着车子赶路这一点看起来毫无意义。步行可能会更快一些，还不那么滑稽。他们经过了一些最为卑微的住所、一排做工讲究的砖坯房子和公寓楼。整个村庄不会超过两百人，但是里面有一所整洁的学校、一个医务所、一座清真寺，甚至还有一座在艾伦看来属于旅店的建筑。

穿过这个主建筑群，他们开车沿着尘土飞扬的道路来到山谷的另一端，在经过两块巨石之间的通道后，他们进了另一个山谷，稍微小一些。他们向下开了一小段，下一个村庄映入眼帘，优素福叫停了卡车。

“这是我祖父母的家。”优素福说，指着一处古老的小房子，“它是由几千个扁平的石头建造起来的，没有用砂浆。它很可能不超过八十岁，不过如果放在一个完全不同的时代它是不会显得格格不人的。”

他们走了出来，艾伦跟在优素福后面穿过一个窗子进入这个栖息处。这个家就是一间小房子。屋顶不见了，不过圆梁尚存。优素福摘下太阳镜挂在他的大袍上。他从他的塑料瓶里喝了一大口水。

“我完全不知道那样怎么生活。”他说，“你能想象吗？”

他们返回到卡车里。

他们在接下来的几个小时里让车子慵懒地穿过一个又一个山谷，沿着糟糕透顶的道路忽上忽下。沿途他们经过一处延绵的奇异岩石层。两层中间已经半空的石头，像空头盔一样坐落在那里。他们开到优素福父亲所在山谷的上端山脊处，鸟瞰村庄。他们在这里登高望远，村庄看起来小得不可思议、脆弱得无以复加，那样的居住地一场山洪瞬间就会荡平，任何一个小雪崩就能彻底掩埋。这种地方住上一两天都显得荒唐可笑，别说几个世纪了。这里的人们这么多年来，一定极易遭受旱灾之苦，另外出村的道路一旦因为泥浆或者落石而被堵，哪怕为时短暂，也一定会让他们痛苦不堪。纵观整个山谷，人类带来的变化较之于风和雨带来的变化，简直就是微不足道，艾伦有了他经常有的一个反应，那就是“人们不该生活在这儿”。人们不该定居在一片既缺水又不下雨的岩石地带。不过话说回来，他们应该住在哪儿？大自然告诉人类无论他住在哪里，她都会杀掉他的。在平原里，她用龙卷风杀他。生活在靠近海边的地方，她会送去海啸，让几百年的辛劳毁于一旦。地震嘲笑一切工程技术、一切关于恒久的概念。大自然想要杀生、杀生、杀生，嘲笑我们的工作，涤净自身的一切。但是人类随意而居，于是他们也住在这里，在这片匪夷所思的山谷里，他们兴旺发达。兴旺发达？他们过日子而已。他们幸存下来，繁衍后代，把孩子们送到大城市里挣钱。他们的孩子挣了钱，衣锦还乡，夷平小山顶，在同样匪夷所思的山谷里建造城堡。在自然世界的背后，人类悄然改变着。当大自然注意到了，并且能够聚集起能量时，她就会把画板重新擦净。

在回堡垒的路上，他们看到两个男人正在建筑一面石墙。那装备同当初艾伦所用的显然是大同小异——一堆石头，一辆装满砂浆的独轮小推车。

“我们停一下好吗？”艾伦请求道，他还未完全想好为什么要这样做。

哈姆扎停下了车。那两个男人停下工作，抬起头看看，挥了挥手。优素福透过车窗向他们打招呼，用阿拉伯语开了个玩笑。两个男人放声大笑，走了过来。

“问一下他们要不要帮忙。”艾伦说。

“我才不要帮他们！”优素福一时间迷惑不解，“你的意思是你自己？你想要帮忙？”

“是的。我真的想帮忙。”

优素福和萨勒姆试图和艾伦讲道理，但是几分钟后，优素福把这个提议告诉那两个人，他们接受了。他们给艾伦分配活，哈姆扎、优素福以及萨勒姆开车走了。

艾伦的工作就是防止砂浆变硬，不停地搅拌，间隙性地加点水，在处理好这一切之余，帮忙寻找下一块适合放到墙上的石头。工程进展很慢，语言壁垒让双方都有点焦头烂额，不过艾伦待在室外，使用他的胳膊和双腿的感觉很好，汗水湿透了衬衣和卡其裤，到这天结束的时候，他们完成了大约十八英尺长的墙。墙高三英尺，很坚固，他当初在自己后院里建造的那面墙同这个相比，真是小巫见大巫了。他们冲他点点头，同他握了握手，他已是强弩之末了。

他步行返回城堡的时候，太阳渐渐西沉。迷路是不可能的：那堡垒从山谷的任何一个角落都可以清楚地看到。不到二十分钟，艾伦就抵达了目的地，优素福和萨勒姆，一如既往，盘踞在走廊的墙上，萨勒姆弹着吉他。

"玩得开心吗?"优素福说。

"一开始还不错。后来就厌烦透了。"他说。

优素福和萨勒姆都哈哈大笑起来。他们像看傻瓜一样看他。

优素福眼睛里闪过一丝亮光。"晚餐后，我为你寻个乐子。你会爱上这个的。"

萨勒姆心领神会，扬起了眉毛，随声附和说艾伦一定会乐翻天的。

"到底是什么?"

"你想要捕猎几只狼吗?"

"为什么这么问？哪里有?"

"最近明显有一些狼咬死绵羊的事情发生。他们在组织人手参加捕猎。凡是能打枪的人，他们都需要。"

艾伦好多年都没有听到这么让人着迷的邀请了。

"我求之不得。"他说。

"我是这么说的吧。"优素福对萨勒姆说。

"我不否认。"萨勒姆说。他捡起吉他，现时现地，谱曲一首，关于艾伦和那场狩猎。

那曲子还真不错。

二十八

晚餐后，两辆皮卡停在屋外。萨勒姆又一次匆忙地把吉他藏起来。两辆卡车都是白色的，但是它们的驾驶者都不是那个怀疑艾伦是中央情报局特工的男人。每辆车里大概四个男人，都和艾伦一样老，或者更老，里面还混杂着几个少年。

艾伦被安排坐在第一辆皮卡的前排座上，但是他想待在露天里。这是一个清新明亮的夜晚，他想让一切一览无余。男人们的嗓门开始大起来，不过最终艾伦出面干涉，让他们安心，说这恰恰就是艾伦所要求的，他们想要表现好客之情最好的方法是恭敬不如从命。通常他不会强人所难，但是今天晚上他非得如此不可，因为经过几个星期枯燥乏味的酒店生活后，他想要夜晚的空气、天上的星星，还有在卡车车厢里颠来颠去。

于是他同那两个年幼一点的堂弟以及一位年长一点的男人一起爬进了后车厢。三个人手里都有枪。优素福坐在副驾驶的位子上。

“你来吗？”艾伦问萨勒姆。

“你开玩笑？”萨勒姆说，“稍后见。”

皮卡轰鸣着发动起来，然后开始沿着私家车道缓缓开了下去。坐在艾伦对面的男人，年龄和身材都和他相仿，冲着他微笑。艾伦伸出他的手。“艾伦。”他说。

那男人握了握它：“阿蒂夫。”

路面上的一处坑洼把他们全部抛到空中。着落后，他们全部大笑起来。艾伦希望，阿蒂夫还没有被通报过艾伦有可能是中央情报局特工这件事。他想要他的身份简单化：没有身份。

阿蒂夫抬起下巴看着艾伦："你以前捕猎过狼吗，艾伦先生[①]？"

艾伦摇了摇头。

"但是你有过……"

那男人找不到一个词可以表达射击的意思，于是他假装要开自己的枪。"你这样做过？"

"做过，很多次。"艾伦说。

那男人歪着脑袋，没有就此罢休。

"但是没杀那动物？"

"没有杀过。"艾伦说。

那男人笑了。他的大部分牙齿都掉了。

"杀那人？"

艾伦笑着说："没有。"

"吃那动物？"那男人问道。

"是的。"艾伦答道。

那男人似乎满足了一会儿，然后眼神里透出一丝恶作剧："吃那人？"

艾伦选择哈哈一笑："没有。"

那男人微微一笑："从来没有一次吃那人？"

艾伦再次选择哈哈一笑。

那男人伸过手来，抓住艾伦的手，又握了握。

"很好。"他说。

---

① 从下文可知此人的英语不太好，把名字和"先生"放在一起是误用。

路况很糟糕，他们越往山上开，就越是一塌糊涂。卡车嘶鸣着，哼唧着，艾伦真想大声说出自己的困惑：还有狼会留在这嘈杂不安的几英里范围内吗？

终于，来到了山脊的顶端，他们停下了车，两个堂弟一边下车，一边帮助艾伦下来。优素福从另一辆卡车里走了出来。他在给他的步枪装填子弹。

“这下面的农庄就是最后一次绵羊被掳走的地方。”

艾伦观察了一下围栏，猜想他们的距离大约是七十码开外。

“怎么计划的？”

“就在这儿等着，我想。”

“但是它们嗅不到我们吗？”艾伦问道。没人回答，于是他推测这个问题没问到点子上。

“你和我走到那边去。”优素福说。

他们走了一百码来到一堆大石头旁，石头不高，非常平滑，优素福俯下身子趴在一块石头上。艾伦也照着做，然后他们把枪口对着下面的围栏。他们的射击无死角。屋主在里面亮起了一盏照明灯——这之前没有阻止过狼的到来，那男人说过——并且几乎没有风，所以如果狼走得不快、方向又可以预测的话，那么他还是可以命中目标的。艾伦没有超前瞄准目标的经验，不过在前方没有障碍物、光线明亮的开阔围栏，他想他至少也能干掉一只吧。

当捕猎团队的其他成员在围栏四周分散开来的时候，艾伦仔细观察着。他数了数总共有九名枪手，包括那两个年轻的堂弟在内。假使有一只狼进入包围圈，就会有足够的枪把它撂倒。

艾伦不想杀死任何动物。他害怕那一刻的到来，一只狼中了一颗子弹，猛地一跳，踉跄前行，然后动弹不得，全身铅弹。他害怕听到它呼吸加重，而他们围在四周，等着它断气。但是，似乎任何动物，不管有多蠢，或者多绝望，都不可能在这种情况下进入围栏的，毕竟周围有这么多人，灯还这么亮。这一次还是一样，艾伦对捕猎、对捕猎狼、对在沙特阿拉伯中部捕猎狼都一无所知。

艾伦的父亲曾教过他如何开枪，或者至少带他参加过几次捕猎。他教他的东西并不多。在艾伦十岁的时候，他交给他一支古老的温彻斯特点二二步枪，并且说，照我这样做。罗恩使用的是一支点四五半自动步枪，艾伦于是跟在他后面。当罗恩举起他的枪时，艾伦也已经举起了自己的枪。最后，罗恩教他同步呼吸，尽量让枪靠近身体、靠近脸颊。但是艾伦并不喜欢罗恩所希望的方式，经过那么几次尝试后，就那样了。

山谷的对面，又有一对车灯出现了，宛如在山脊那粗糙的轮廓上升起一轮蓝色的太阳。艾伦看着优素福。优素福耸耸肩。“这是这儿的大事件。大家都想参与其中。这就像是圣诞节。”优素福思索了片刻，“也许同圣诞节不一样吧。”

艾伦看了看围栏，什么也没看见。绵羊们在瓦楞屋顶之下很安全，狼还没有胆量粉墨登场。优素福放下他的步枪，揉了揉肩膀和脖子。

他看着艾伦：“嗨，你的脖子咋样了？”

“还行。酸。”

优素福笑眯眯地看着艾伦趴在石头上，摆出射击姿态，而艾伦全神贯注盯着下面。

“你在部队里待过吗？”他问道。

“没有，我告诉过你的。”

“你说你不在中央情报局里。”

“我也没有在部队待过。我爸爸待过。”

“那么他打过仗吗？”

“打过。参加过第二次世界大战。”

优素福深有感触地发出啧的一声。“在哪儿？”

二战老兵的神话让人们相信他们不喜欢谈论那场战争，但是罗恩却从不回避。任何一件事都能让他打开话匣子。任何一场电视节目里出现的意大利口音都会使他开始谈论那两个墨索里尼的士兵——他不称呼他们为意大利人，他说，因为真正的意大利人不会追随那个疯子，或者为他而战——他俩被他杀了，或者在他的帮助下被杀了。看到一名护士就会引发他讲起故事来，讲他认识的那几个德国护士、他回国船上的英国护士们，以及那名和他关系亲密的波兰护士。那个故事是在艾伦母亲去世后开始讲的。罗恩在步入老年以后，真正地变成了一味猛药，不是吗？不过，有这样一些故事，它们比艾伦已经听过的或者将要听到的都要好上几分，它们开始于征询，它们被舒伯特、瓦格纳的音乐，以及历史频道的纪录片所唤起。

艾伦给优素福讲了精华的部分，就是他父亲被纳粹俘虏，关押在米尔贝格，当苏联人攻克该区域时，他们指望着得到自由身，然而愿望落空了。他们有种感觉斯大林在拿这些囚犯作为某种砝码，他一边扣留着他们，一边打着自己的算盘。罗恩和他同寝室的室友知道事情有点不对劲，所以尽管他们的命令是原地待命、沉下心来，并且要尊重安排，他们还是想要离开那儿。他们想要回家。所以在一个晚上他们偷了两辆苏联自行车，飞速骑到围墙边，找到一处缺口，悄悄溜了过去，然后骑着车穿过德国乡下跑了。

优素福爱听这一切。

“啊，那就是你为什么干自行车这一行。”他说。

“何出此言？”

“因为你父亲是骑着自行车逃跑的呀。”

艾伦不由得深思一下。“嗬，”他说，“原来如此。我从未如此联系过。”

优素福不相信他。自行车可是当时唯一可以把他父亲安静快速地带走的交通工具，而他竟然从未在骑车逃跑这件事上得到行动方向？两者有关系吗？艾伦不打算具体分析这件事。

“但是那时候你不想参军？”

“不想。”

“为什么？没有好的战争？”

“正是如此。”

“但是可能的话，你愿意参加第二次世界大战？”

“我别无选择。”

“假使你有呢？”

“选择？”

“是的。”

“我会参战的。我会努力把战争结束在太平洋之前。”

“如果你现在依然风华正茂会怎么样？”

“我会参军吗？不会。”

“为什么？依然没有好的战争？”

“为什么问这些问题，优素福？你想参军吗？”

“或许吧。我想成为一名飞行员。”

“好吧，千万别。”

“为什么不？”

“因为你最应该返回学校完成学业。你才华横溢。保命要紧，上大学，让自己有所选择。”

“但是这里没有选择。我告诉过你的。”

“那么远走高飞吧。”

“我可以一走了之。”

“那就走吧。”

“但是我想留下会更好，让状况得以改变。”

他们静静地躺了一会儿。优素福转过身看着他。

“艾伦，你会为我们战斗吗？”

“谁？”

“沙特像我这样的人。”

“为你们怎样战斗？”

“就像你们的人为伊拉克人那样战斗。或者如你们所说为之而战的东西。赋予他们机会。”

“你的意思是我会不会以个人名义而战？”

“是的。”

“也许吧。年轻几岁的话，定然义不容辞。”

“别人会这样吗？”

“优素福，你这是杞人忧天。没有人要入侵沙特阿拉伯。”

“我知道。我只是好奇。只是关于个体民众的情况。”

“你想要知道个体的美国人是否会前来和你并肩作战？”

“正是如此。”

“我不知道。很可能吧。我想我们有很多人都愿意投入战斗，为了帮助那些努力想要自由的人们。美国人喜欢为某种事业而奋斗。

并且他们对所谓的事业并不熟悉。”

艾伦对自己的笑话哈哈一笑。优素福没有。

“这么说，如果我在这儿发动一场民主革命，你会支持我？”

“这就是你的计划？”

“不是。我只是问问。你会吗？”

“当然会。”

“怎么支持？”

“我不知道。”

“你（们）会派部队过来吗？”

“我单枪匹马？”

“你知道我的意思。美国。”

“派部队？不可能。”

“空中支援？”

“不会，不会。”

“震慑行动①。”

“在这儿？绝不会。”

“也许是某种顾问人员。间谍？”

“在沙特这个地方？已经够多的了。”

“就个人来说怎么样？你会以个人名义前来支持我吗？”

“会的。”艾伦说。

“这下倒很干脆。”

“嗯，我肯定。”

---

① 源自美国军事策略家厄尔曼（Harlan K. Ullman）和韦德（James P. Wade）于 1996 年撰写的《震撼和威慑：迅速占据优势》(*Shock And Awe: Achieving Rapid Dominance*）一书。即使用空中力量达到“几乎难以承受的大规模杀伤力”，可以“对敌人造成立即瘫痪其抵抗能力的一种震慑效果”。

“带上你的点二二口径步枪。”

“一言为定。”

优素福微微一笑：“很好，很好。在我发动革命的时候，我至少有你这个帮手。”

“你放心好了。”

“你简直疯了。”优素福摇摇头，咧着嘴笑，又拿起他的步枪，重新摆好姿势做好准备。然后他转过身看着艾伦。

“你知道我在开玩笑，对吧？”

“关于什么？”

“关于想要美国入侵我们的国家。”

艾伦不知从何说起。优素福还在咧着嘴笑。

“你毫不迟疑就相信这一切！有点搞笑，难道你不这样认为吗？”

“我不知道这是否搞笑，”艾伦说，“对不起。我不知道你在开玩笑。”

“没事啦。想到你能带着你的点二二和我一起战斗，我还是很开心的。即使我并不想发动一场革命。”

他们结束谈话，重新观察下面的山谷，但是艾伦内心已经受到了震动。优素福问问题时虽然一直举重若轻，但是在他的笑容背后掩藏着某种东西，沉重而悲伤，艾伦明白那是什么。那是一种自我洞悉，知道不会有战争，不会有挣扎，不会有阵营划分，并且他们二人，因为物质上并不匮乏，因为尽管在他们彼此的国家不公正的现象俯拾皆是，但他们都是不合理奖赏制度的受益人，所以他们可能只会乐享其成。他们心满意足，他们是赢家。斗争的事情还是由别人挑起，在别的地方进行吧。

下面，有动静。艾伦举起枪，把脸颊紧贴在那光滑的木头上。可是，动静是一只绵羊发出的。不知为何，它从围栏里跑了出来，现在想回到棚子里与兄弟们待在一起。艾伦把这一切看在眼中，差点没忍住要开枪射那只羊。他心里对那畜生没有恶意，再者，如果真开了枪他就惹上麻烦了，但是还是那个问题，他手拿着枪，在这里已经苦等了四十分钟。只是等待，观察。如果他开枪杀了它，还总算发生了点事。那支枪想要开火。等待必须结束。

一阵风从山谷吹来，向上拂过山脊，刮到他们所有人聚集的地方。一片细尘在四周盘旋，让人难以睁眼，不过艾伦感到伴随着这阵风而来的是一种奇特但绝对的肯定性：他会射杀一只狼。

他不是一个相信预感的人，也从来没感到自己身上有什么注定了的命运，但是此时此刻，脸颊紧贴着步枪那冰冷的木头，他确信他会扣动扳机，子弹会正中那头狼的心脏。他是如此确信，以至于他感到内心里有一种美妙的安宁，这安宁让笑容显在他的脸上。

这会是好的，他想。作为发现狼并且干掉它的人，一定是好的。在沙特阿拉伯的深山里射杀一只狼可不是寻常经历。扣动扳机的人将来必然会成就一番事业的。

他就这样等着，内心满足而笃定，即使身后有声音传来也不为所动。他没有回头看，但情况似乎是另外的捕猎者中有一些已经放弃了他们的位置，要么待在这里等着那畜生，要么走过来叫优素福和艾伦。但是仿佛直觉告诉他们艾伦已经不能自拔，并且知道一件不为他们所知的事，于是他们保持着一定的距离。就在不疾不徐的风中，他们的声音很飘忽，但对艾伦来说，无关紧要。

如果他射杀了那畜生，他们会做什么？他们会过来握手，用手掌发力拍打他的胸脯。他们会异口同声说他们早知道非他莫属。他们从看到他的那一秒起，就知道他会是那个解决问题的人。

突然，下面有动静。一个身影闪进他的视野。很大，黑乎乎的，很迅疾。艾伦的手指碰了碰扳机。他的枪管很稳。那身影冒出了点，艾伦看到一只狼头。

机不可失。

他呼了一口气，然后扣动扳机。步枪发出一声低吼，把子弹送入夜色之中，艾伦知道他将成就射手之名。他将成就杀手之名。

然后，他看见一个头。一头乱糟糟的黑发。那不是狼。那是一个小男孩。放羊娃。他是从棚子里走出来的，要把那只绵羊领回去。艾伦的头脑飞快地转着，子弹说不定打中了那小男孩，说不定会杀死他的。

他等着。小男孩向上望着他们，循着枪声的方向，艾伦等着看他身体向后猛地一晃或者倒地不起。

但是小男孩没有倒下。他没有中枪。他挥了挥手。

艾伦在心脏狂跳之际，把枪从脸颊上拿开去，放在身旁的石头上。他不想再见到那个小男孩，也不想那个小男孩看到他，所以他转过身，背对着山谷。这时候，他看到了那些人。

优素福在那儿，还有他的年轻堂弟们，还有那个问他是否吃动物或者吃人的男人，还有那个男人，他曾对他说过自己是来自中央情报局的。他们都站立着，枪放在各自的身边。他们都目睹了艾伦向那个放羊娃开枪的过程，但是似乎没人感到吃惊。

优素福回程时，和艾伦坐在一起，坐在卡车的驾驶室里。他们一路无语，直到他们抵达堡垒，进到室内。

“你该睡一会儿。”优素福说。

他领着艾伦来到他的房间。

“对不起。”艾伦说。

“我明早会安排一辆汽车送你回去。

“好的。”

“晚安。”优素福说，然后关上了门。

艾伦没有睡觉。他试图平复心情，但是万千思绪最终都回到他差点铸成的大错上。因为他多年来一事无成，或许以后也难有起色，他就差点铸成此错。因为他没有英勇的事迹，他就差点铸成此错。因为他所有想要造就某种传奇的努力全都化为泡影，他就差点铸成此错。

接近黎明时分，来了一辆汽车。

艾伦走到私家车道上，优素福正等在那里。

“这是阿德南。他会把你带回吉达的。”

阿德南待在汽车里，一脸的疲倦和不悦。优素福打开后排车门，艾伦坐了进去。

“我非常抱歉。”他说。

“我知道。”优素福说。

“有你这个朋友对我来说非常重要。”

“给我点时间。我得好好想想我到底喜欢你什么。”

艾伦试着在回去的路上睡上一觉，可是他做不到。他在白色的太阳下闭上了眼睛，满脑子都是小男孩的那张脸，还有那些男人的脸，以及艾伦从山谷那里转身见到他们所有人的时候，优素福那平静的表情。那表情说明怀疑得到了证实。

返回吉达以后，不管怎样，他会去看哈卡姆医生，她会剖析一下他。到那时，他就会知道他出了什么问题，而她能够把病根彻底拔除。

二十九

在一家他一无所知的沙特医院的候诊室里，艾伦全身赤裸，只穿着一件薄如蝉翼的蓝色罩衫。他即将要做个手术切除他颈部的增生物，他依然怀疑那东西长在他的脊椎上，正在不断地吸走他相当一部分的精力、意志，以及判断力。

当他躺在一间白色屋子里的一张机械床上，艾伦感到离开山区的那个堡垒是件很愉快的事。自从离开后，他花了一个白天和一个晚上扪心自问，我到底做了些什么？

答案是什么也没做。他什么也没做。但是这一点并不能带来丝毫安慰。安慰的事归哈卡姆医生管。

他所在的地方叫做“费萨尔国王专科医院和研究中心”，在这里他获准进入，被要求脱去了衣服、把随身携带之物放进一只塑料袋。现在他坐在床上，身上只有纸一般的罩衫，感到凉飕飕的，他看着他的东西，读着手上被要求戴上的塑料手镯，看着窗外，心里想这次是不是他人生的转折点，自此以后他就是病人一个，苟延残喘了。

他在空荡荡的房子里等了二十分钟。然后是四十分钟。

“你好！”

艾伦抬起头。一个男人进来了，推着一张医用轮床。他把它摆放在艾伦的床边。

"到时间了。"那男人说，并且示意艾伦应该自己移到上面去。

艾伦照做了，于是那护理员，很可能是菲律宾人，非常小心地给他盖上了一张毯子。

"准备好了。"他说，接着他们离开了房间。他们穿过十几条灰色的走廊，最终来到一间简陋的房子里，由轨道式照明和漆成浅灰蓝色的空心砖所组成。他之前没有想到会用到手术台，但是这里有一张，并且他被要求从医用轮床上下来并躺上去。他之前预计的是像牙医办公室那样的地方——不大，私密，从哈卡姆医生给他看病的诊察室那里走上一两步就到。现在他担心情况已经变得更加严重了。又一次他感到他的顾虑不是空穴来风：这一切证明了他脖子上的肿块绝非善类，手术的成败更加举足轻重。

但是她在哪儿？房子里只有一个男人：一个穿着消毒手术服的男人，大概是个沙特人，站在角落里。他看了艾伦一眼，眼里露出的神情似乎是希望，仿佛他把这个被推进来的人视为一个私下的朋友。当他发现是艾伦的时候，他的脸沉了下来，嘴角透出了一丝嘲讽。他取下手套，扔进一个垃圾桶里，然后离开了。只剩下艾伦独自一人。

过了一会儿，门打开了，一名年轻的亚洲人走了进来，推着一个带轮子的机器。他冲着艾伦点了点头，露齿一笑。

"你好，先生。"他说。

艾伦微微一笑，然后那男人开始精心地准备机器的操作程序。

"你是麻醉师吗？"艾伦问道。

那男人微微一笑，他的双眼明亮快乐。不过他没有回答，反而，他开始哼起小曲来，声音很大，几乎忘乎所以。

艾伦向后靠了靠，看着天花板，天花板沉默不语。他闭上眼睛，几秒钟后他昏昏欲睡。要不是因为那个麻醉男令人抓狂的哼唱，他很可能立马就呼呼睡去了。人们在手术中死去，他想。他五十四了，年纪已经足够大了，如果下不了手术台，也不会引起多大的惊愕。他的母亲六十岁时死于中风。事发时，她正开车穿过阿克顿①，去看她的一个表兄。车子滑下主路，撞到一根电话杆上，她和车子并没有受到什么实质的伤害。但是她直到第二天早晨才被发现，那时她已经撒手人寰了。一个人独自死去，在午夜时分，在公路旁边。艾伦视其为一种信息：你可以希望死得有尊严，但也要准备死得很凌乱。

“你好，艾伦。今天感觉还好吗？”

他认识这个声音。他睁开眼睛。哈卡姆医生的头挡住了光线。他只看到她一张模糊的脸。

“还好。”他边说，边环顾左右。不知为何，房子里现在全是人。他数了数，六七个人，都戴着口罩。

“很高兴看到你。”她说，如水的声音带来了一阵清凉。“我们可是有一个国际团队在此帮助完成手术。这是来自中国的魏医生。”她说，指着那位麻醉男。“他将是我们的麻醉师。这边的芬顿医生来自英格兰。他将会观察。”

她介绍了其他几位成员，有来自德国的、意大利的，以及俄罗斯的。他们都点点头，只能看到他们的眼睛，再说，从时间上来说也太快了，所以艾伦搞不清楚他们到底谁是谁。艾伦躺在床上，除

① 阿克顿，位于马萨诸塞州米德尔塞克斯县的一个小镇。

了一件从前面套上的蓝色罩衫，全身赤裸，他尽最大可能地笑了笑，点了点头。

“你准备好了的时候，可以转过身趴在床上。”哈卡姆医生说。

艾伦转过身，现在他的脸埋在浆硬的枕头里，枕头散发出漂白粉味。他知道他全暴露了，不过一名护士立即在他的腿上和下腰部位盖上了一层被单，然后又盖上了一个毯子。

“现在够暖和了吧？”哈卡姆医生问道。

“够了，谢谢你。”艾伦说。

“好的。你把头转向一边觉得舒服吗？”

他把头转向左边，然后把两个手臂平放在手术台上。

“我马上给你增生物的附近备皮。”她说。

他感到她从上面解开了他的外罩衫。接着是皮肤上湿漉漉的感觉。一个海绵块，轻按着。一小股水迅速流到他的锁骨处。

“好了。魏医生将会在这个区域注射局部麻醉剂。会有几下针刺的疼痛。”

艾伦感到就在囊肿正下方，锋利的针扎了进来。接着在左边又扎了一针。然后又来一针，又来一针。哈卡姆医生承诺过只有几针，可是现在魏医生已经扎了四针，五针，一共六针。要不是他有心理准备，艾伦可能会觉得那男人很享受拿针扎他。

“你能感觉得到吗？”她问道，“我正在按压你的囊肿。”

他有点感觉，不过他说没有。他不想被麻醉过度。他想要感到一点儿疼，哪怕是非常的轻微。

“很好。你准备好了？”她问道。

他说准备好了。

“我马上开始了。”她说。

他在脑子里编织出一些画面，来对应他所感到的按压，以及在他上方发出的声响和进行的动作。看起来，进行了一系列的小切割。哈卡姆医生手臂的移动告诉他这么多。每次切割之后，她用某种海绵块轻按着那个区域。他感到它在推挤着他。切割，轻按，切割，轻按。在背景里，是那麻醉男的哼唱，而从上面传来的，似乎是伊迪丝·琵雅芙[①]的音乐。

“好了，我已经做好了切口。”哈卡姆医生说，“现在我要把你的囊肿拔出来了，你可能会有点拉拽感。它们可能会黏乎乎的。”

艾伦喜欢那样，不管她手里拿着的是什么器械，它攫住他体内的某种东西并向外拉去。他的胸腔收紧了。那压力极大。他想象一把钩子一样的东西插进他的后背，攫住太妃糖，努力把它拉出来，然后甩掉。他从来没有让人把自己身体里的什么东西移走过，他意识到。这次经历是新的，不自然的。我的上帝，他想。让别人的手进入我的身体是多么的奇怪。器械抓呀，刮呀。我的上帝。艾伦已经空了，他的身体成了洞穴，装满了湿乎乎的东西，各种袋子和管子乱七八糟地散放着，所有的东西都浸泡在血液里。我的上帝。我的上帝。刮的动作还在继续。拉拽。他感到有一块布接住了从他脖子上淌下，快流到床上的股股小溪流。

---

① 伊迪斯·琵雅芙（1915—1963），法国二十世纪上半叶最重要的女歌手之一。她的著名歌曲包括《玫瑰人生》《爱的礼赞》《我无怨无悔》等。

如果他这次能全身而退并且没什么大碍，艾伦发誓要变得更好。他一定会更加强壮。他的母亲以前一直试图让他增加力量并启发着他。她会给他读某个远房亲戚的日记片段，是一个生活在一片丛林里的女人，那丛林现在已经变成了马萨诸塞州的西部了。她眼睁睁看着自己的丈夫和两个小孩被印第安人杀害，然后自己也被掳走。她同掳掠她的人们一起生活了将近一年的时光，直到被归还给她自己的人们。她同女儿团圆了，女儿是那次袭击中唯一的幸存者，然后她们开始在佛蒙特州超过六百英亩的土地上建起了一个欣欣向荣的奶牛场。一场严寒，大雪压塌了她的屋顶，一根横梁砸在她的一条腿上，这条腿不久就截肢了，她挺了过来。一场天花瘟疫，夺去了她女儿的生命，女儿刚刚订婚，她挺了过来。在她九十一岁寿终正寝后，女儿的未婚夫搬到她的奶牛场里继续经营。“现在，你是更愿意生活在这儿，”艾伦的母亲喜欢说，“还是被掳走，只有一条腿生活在那片丛林里？”她不能容忍在他们郊区的富足生活里会有牢骚，或者任何形式的不安分。“四千万人死于二战，”她常说，“一千五百万人死于一战。你们还整天抱怨，到底为什么？”

艾伦可以听到使用了多种语言的谈话。他的右边，有人咕哝着一点意大利语。脚边有阿拉伯语的喋喋不休。当然还有来自那位中国麻醉师的愉快哼唱。令人好奇的是，他们居然受得了他那错乱的、躁狂的曲调，不过没有人对他有只语片言。那位麻醉师似乎活在自己的世界里，自娱自乐，对正在进行的手术只是稍稍有点关注罢了。

“我要再进去一点了，艾伦。”哈卡姆医生说。

现在的动作是一个冰激凌小贩在挖、旋转、拉起。接着是更多的轻按、擦拭。艾伦想象自己的血涌了出来，淌满了后背，一发不可收拾了。

他可以听到哈卡姆医生的呼吸声，随着她的拉拽和轻按，变得沉重起来。发出了一系列吧嗒吧嗒的声音，仿佛只有用最强有力的拔取才会让他身体内的黏性物质放弃抵抗。艾伦在思考一种可能性：她的沉默证明了她已经找到了某种东西。在脂肪瘤的良性组织之下，她发现了某种东西。某种黑色的、颠覆命运的东西。

艾伦试图转移一下注意力。他想到了大海，那顶帐篷，还有那几个年轻人正在做的事。他想象他们正在被告知他的死讯，就死在这间蓝色空心砖房子里的这张手术台上。他们会说什么？他们会说他喜欢在海滩上走很长的路，说他喜欢长眠于此。

他想到了姬特。没有了他，姬特孤苦伶仃。这更令他难以释怀。露比需要有降她之物。一年之前，当姬特和她母亲整天争吵不休时，他把姬特带走了。他把她从学校里领出来，他们一起去卡纳维拉尔角①看那架航天飞机②。只剩下不多的几次飞行了。

在发射升空③的头一天，他们参观了所有的设施。到处弥漫着NASA员工们的情绪——肃穆、痛苦、镇定、戒备。一个宣传视频坚持认为NASA“并不只是把数十亿美元投在火箭上然后把它们发射到太空”。

他们的主向导是一个男人，刚过八十，叫做诺姆。他从一九五六年开始就一直在NASA工作。他走上巴士，手里拿着手

---

① 卡纳维拉尔角位于佛罗里达州，著名航空海岸，附近有肯尼迪航天中心和卡纳维拉尔空军基地，美国国家航空航天局（NASA）所有载人的航天器都是从这里发射升空的。

② 此处的航天飞机指的是“亚特兰蒂斯”号，见下文。

③ 2011年7月8日上午美国“亚特兰蒂斯”号航天飞机从肯尼迪航天中心成功发射升空。这是美国三十年历史的航天飞机项目中的第一百三十五次升空，也是美国所有航天飞机的最后一次飞行。2011年7月21日“亚特兰蒂斯”号航天飞机在肯尼迪航天中心着陆。

杖，在前排坐下，拿起麦克，然后用深沉的得州口音，嗓音沙哑地说：“这将是我们最后一次参观，我很高兴在这里陪着你们。”

姬特一直不停地说话，只要他们在一起时她都这样。来往航空中心的路上，来往发射观景点的路上，他们坐了几个小时的巴士，也许在那辆巴士上总共待了差不多十个小时，他们的谈话包罗万象。她谈起她疯狂的室友，美丽但风平浪静的校园，以及她需要很快找到一些朋友，因为她感到缺乏根基，无所依附。艾伦试图告诉她他又何尝不是如此。

“我是天上的眼睛。”他说，“我可以看到你从何地出发，往哪里去，并且从高处看去一切都进行得完美无瑕。”他从中学开始，就一直使用这个隐喻。你就快到了。就快到了。

诺姆带着他们走进那幢大楼，在那里机械工们在修理和准备航天飞机，有的是飞前，有的是飞后。“亚特兰蒂斯”号也在那儿，已经做好它最后一次发射升空的准备，也是所有发射中的最后一次了。周围都是忙碌的参观讲解，不过诺姆黯然神伤。

“我再也不能带团参观了。”他说，“我可不想成为那样的人，整天说，‘我们过去经常做这个，我们过去经常做那个。’”

他们在那个周末所遇见的NASA员工中绝大多数不久就会失业。他们不是乏味的技术官僚，这一点出乎艾伦的意料。不是的，他们很接地气，谈起某次飞行、某一天航天飞机在云层中穿了一个洞时的天气状况，他们很容易就陷入沉思、神思恍惚了。

什么东西刺到了艾伦的胸部。感觉像是铁路上的枕木，厚而钝。他全身发紧。

“对不起，艾伦。”哈卡姆医生说。

疼痛缓和了些。动作又按照一定的节奏进行着，从节奏的顺序中可以判断出相应的动作。会有挖、刮、拉，然后一阵轻松，艾伦猜应该是拔取了一些东西出来的时候。然后是海绵块的轻按，停一下，再来更多的拔取。

像这样也挺有意思的，成为一具尸体，一场试验。谁说“人就是物质”？他感到还算不上物质。

晚上，在奥兰多的酒店里，他和姬特从自动售货机上买了吃的东西，看了几部电影，努力不去谈起露比，或者和露比在一起的将来、和露比在一起的过去，以及露比带来的伤口。

早晨，他们乘巴士去了香蕉海滩，那里是观看发射升空的最近地址。那儿的一切，一切与NASA有关联的事物都被撕下，显得很简陋。围栏上锈迹斑斑。人行道上都是裂缝。不过，就在水的对面，会有一架航天飞机，在人造的雷鸣中，离开地球。

在等待发射期间，他们遇到了一名生活中的宇航员，迈克尔·马西米诺①，当时他和女儿一起也在那儿。他风趣、坦诚、不爱出风头。他曾经登上过两架宇航飞机，包括“哥伦比亚”号返回解体事故②之后的第一次飞行。他看上去就是一名宇航员，轮廓分明、满头银发，健壮的身体套在淡蓝色的连体衫里，不过他比一般人要高，大概有一米八八，有着罗马人的鼻子，说话时带着浓厚的长岛口音。他谈起维修哈勃太空望远镜的太空行走，谈起在那儿每二十四小时都有大约十八次日出和日落，以及这对于有些宗教来说

---

① 迈克尔·马西米诺（1962—　），美国宇航员，2002年乘“哥伦比亚”号航天飞机执行了STS-109任务，第四次维修哈勃太空望远镜。2009年乘“亚特兰蒂斯”号航天飞机执行了STS-125任务，最后一次维修哈勃太空望远镜。其间马西米诺成为第一个在太空发推特（Twitter）的宇航员。

② 2003年2月1日美国东部时间上午九时，“哥伦比亚”号航天飞机在得克萨斯州北部上空解体坠毁，七名宇航员全部遇难。

会是多么的艰难——晨祷、午后祷、晚祷，非常困难。不过这对天主教徒来说问题不大，他说。他们只要求你大约一个星期报到一次。

姬特大声笑了起来。他谈到星星，从太空中看去并不闪烁，没有了大气层，它们只是完美的光点。他的机组成员在一次罕见停工的一个小时里，关上了航天飞机里所有的灯光，为了更好地欣赏它们。NASA 里面全是浪漫主义者。

现在哈卡姆医生进行得更深了。艾伦的脸扭曲在一起，他的身体在抽搐。

“艾伦?”她的声音透出关切，满是疑惑。

“我还行。”他说。

“我马上叫普利茨科瓦医生帮你稳定下来。”

艾伦咕哝一声表示同意，不久他感觉好像有一个男人的整个前臂压在他的脑袋上。重量极大，就正在进行的任务而言太过分了。艾伦试图在下面移一下位置，来减轻一下压力，然而无济于事。

哈卡姆医生继续刮和拉，疼痛变得剧烈起来。什么样的蠢蛋才会要求减少麻醉量？现在已经来不及纠正这个状况了。他可以忍着。他一定要挺过去。他的父亲看到他的不舒适可能会大笑不止，并且会让他看他下腰部残存的弹片，战争结束后六十年了。艾伦永远也无法逃避把他自己所经历的或者会见到的、忍受的同他父亲所经历的相互比较。他无法扳平比分。

“艾伦？你还好吗?”

他咕哝一声说自己没事。

现在他看到一个夜晚的天空。也许他快要死了。他在那疯狂的亚洲哼唱中渐渐死去。那是个什么调子？

头上的压力似乎又加大了。那俄罗斯人想要把事情做到位，看起来是这样的。让他压吧。艾伦应付得了。他强迫自己灵魂出窍，让肉身惨遭蹂躏。

艾伦从来没有被刀扎过或者被枪伤过或者被针刺过或者摔断过骨头。伤痕是生活的最好证据吗？如果我们没有经历过九死一生，并且由此而确信我们活过，那么我们可以给自己制造点伤痕，难道不可以吗？这是给露比的答案吗？

“还清醒吗，艾伦？”

“是的。”他对着地板说。

那个前臂的压力增强了。太强了。

“能让那个压我的人放松一点吗？”他问道。

于是压力减轻了，那男人发出一声惊叹。仿佛他并不知道自己在干什么。

顿时无比轻松。

以前的发射曾有过延期的现象。人们从世界各地赶过来，但是却没有动静，连续数天、数周。但是这一次艾伦和姬特在那儿，同其他一千人待在铝制升降台上，观看倒计时，心里期盼暂停一下。期盼它会延迟。我们已经犯了那么多的错误，倒计时似乎在说，我们不能再犯了。然后它继续。他抓住姬特的手。假如这次成功了，他想，我就是个好父亲。假如我让她看到这一切，我也算是做了点事。

倒计时在继续。当开始倒数到十，然后是九的时候，他肯定这次是成功了，但是还是不敢相信。接着是一，然后零。然后那架航天飞机，在水的对面，隔着几英里的地方，静静地升起了。一点声音也没有。只有一束黄色的光推着它向上，直到它到达离云层似乎一半距离的地方，空气裂开了。

“爸爸。”

“音爆。”

当那架航天飞机消失在白色云朵的华盖之中时，艾伦哭了，姬特笑着看他哭，在这以后，他火急火燎地寻找马西米诺，要把自己献身于他所需要的任何事情中。我卖自行车，他会说。我把资本主义卖给社会主义者们。让我们把航天飞机卖了吧。我会帮你到达火星。给我点事做吧。

但是他没有找到马西米诺。事后停车场里所有人都挤在一起，那么幸福，那么骄傲，那么多人哭了，知道这一切结束了，返程的公路定会拥堵不堪，要回到他们各自的酒店得花上一天的时间。

“艾伦？”

他努力想答应一声，但是只发出了一声喘息。

“我们要缝合刀口了。一切进行得很顺利。我们把它全部取出来了。”

三十

一小时后，艾伦回到他脱衣服的那间屋子里，从那只塞着他衣服的塑料袋里把衣服拿出来。在他穿鞋子的时候，哈卡姆医生走进了房间。

“嗯，那个东西比我预期的要硬一些。”

她坐在他对面的凳子上。

“是个硬家伙。你现在感觉好些了吗？”

“你指哪方面？”

“搞清楚它只是脂肪瘤，没什么其他问题。”

“我想是吧。你确信它没有粘住脊髓，任何类似那样的情况？”

“没有。它对任何神经都没有任何影响。”

艾伦倍感轻松，但是转而他的疑惑加深了。如果没有肿瘤依附在他的脊椎上，把他拖进近来的深渊里，那么那一切该如何解释？

“感觉怎么样？还疼吗？”

艾伦感觉浑身无力，头晕眼花，不辨东西。疼痛很锋利。

“我感觉不错。”他说，“你怎么样？”

她大声笑了起来。“我很好。”她说完，站起了身。

但是艾伦不想她离开。让她在身边再多待几分钟，他觉得对他来说很重要。

“其他的医生似乎真的很尊敬你。”

“嗯，这是这儿很好的一个小组。不管怎样，他们中绝大多数的确如此。”

“你现在还有更多手术要做吗？”

“对不起，你说什么？”

“今天。你还有更多这样的手术，还是……”

“你总是问东问西，艾伦。”

他喜欢听她叫他的名字。

“我还有几个诊查。”她说，“没有更多的外科手术了。”

他看着她的指甲，粗糙，很短。

“工作压力大吗？”他弱弱地问。

他预计她会离开，结束和他这种冒傻气的闲谈，但是她变得温和起来，坐回到凳子上。也许这是医患关系的一部分吧，一种她觉得是她职责所在的事情。

“哦，以前是这样的。那时我在急诊室干。现在，只是偶尔会。”

“什么时候？”

就在那一瞬间，她的脸上似乎又写着：我们真的还在谈话吗？“什么时候？我猜是在我感到快力有不逮之时。”

“不会是遇到脂肪瘤吧。”

她微微一笑：“不，不。更像是气管切开术这样的。我不愿意做气管切开术。当我还是一名住院医生的时候，我在一起那样的手术里犯了一些错误。并且紧张对我来说是家常便饭。但情况变得太糟糕的时候，我就失控了。”

“你失控了。”

“只是因为自我怀疑而一点点失控。你有过失控的情况吗？”

要说多少？他可以一连说好几天。

“我有。”他说，因为说得比较克制感到很高兴。

“顺便问一下，你需要点什么吗？止痛用的？”

“不需要，我很好。”

“你有阿司匹林吗？泰勒诺？”

“有。”

“至少用它来消肿。”

她起身要走。他跳下床。

“我非常感谢。”他边说，边伸出了手。

她握了握它：“嗯，不客气。”

他看着她的眼睛，让视线在那里停留了片刻。在那两个眼角的四周有一丝温柔，一条向下的皱纹说明她曾见过恐怖的事情并准备好未来会见到更多。

“我想说我认为你非常坚强，”他说，“我知道从事你现在正在做的事情绝非易事，在这个王国里。”

她的身躯变得柔和：“谢谢你，艾伦。你这样说对我意义重大。”

“那么我们还会再见吗？”他问道。

“对不起，你说什么？”

“复查一下。”

“噢。当然。”她说。她似乎从另一条思维轨道上慢慢回过神来。“大概十天之内吧，我们会再检查一下它。确保缝线已被吸收，诸如此类。如果在此期间发生任何状况，给我打电话。”

她递给他一张名片。在上面她已经写好了她的电话号码。然后她蹑手蹑脚地向后退出房间，仿佛他在酣睡，而她害怕把他惊醒。

三十一

手术后的三天里，艾伦发现自己每一天都在定好的时间醒来，及时地吃好饭、穿戴整齐，然后坐上班车，同布拉德、凯利以及蕾切尔一起前往现场。他们每天都等着，他们的展示万事俱备，年轻人们在笔记本电脑前消磨时光，或者打扑克，或者睡觉。优素福从山里打来过几次电话，他还待在那儿，非常肯定地认为自己离开吉达还是有几分明智的。威胁已经几乎没有了。艾伦敦促他待在那儿，直到那狗腿子认为他已经死了或者逃到外国去了。每天下午五点，艾伦和年轻人们登上班车，返回酒店，在那里艾伦吃饭睡觉，一切安然。然而，在这几天中，发生了一些新的事情。

有一天，艾伦在海岸边度过了一个下午，然后他返回到帐篷里，发现三个年轻人睡着了，都躺在那张白色的长沙发上，这次他们的造型是前所未见的。布拉德和蕾切尔在一端，她像一件乱扔的衣服一样趴伏在他的身上。凯利的头躺在沙发的另一端，她的双手合在一起，像小孩子一样，垫在脸颊下面，她的两条腿和布拉德的腿缠在一起。他选择不去想象发生了什么或者可能会发生什么，并且决定不要惊醒他们。

在酒店里，有一个晚上，艾伦给哈卡姆医生发了封邮件，说了些感谢的话，心里知道自己的想法很糟糕，但是也不会失去什么。事情朝着他认为不可能的方向发展了，她回信了。

亲爱的艾伦：

搞清楚那脂肪瘤并无大碍，我同你一样高兴。我当时就很有把握，虽然并非一点小疑虑也没有。现在你既然很健康，也没有濒死之虞，我希望哪一天在吉达再见到你。我希望你知道自己不会死于恶性肿瘤这一点能让你情绪高涨！

哈哈。

扎赫拉·哈卡姆医生

艾伦第二天大半时间都在海边思考如何回一封信，讲些奇言妙语以期达到推波助澜之效。这一点，同样，他认为是异想天开。

亲爱的哈卡姆医生：

我的情绪十分高涨——也许涨得快破了？我感到有点头晕。究其原因，倍感神秘，不过我感觉背部有了一个新生的、奇异的肿块。我非医生，不过它感觉起来像是一只橡胶手套。是否有可能你在我体内留下了一只？有时候，人们会在心仪之人的身上留下手套之类的东西，希望借取出之机再目睹斯人。

你的艾伦

他知道这十分唐突，但是他径自写下这些话语，他莫名地感到她想要再见到他，他的感觉果然应验。

亲爱的艾伦：

我也许真的留下了什么东西。我在想不会是一块海绵吧？也许是我做手术时吃的点心掉下去了一部分？我们都在吃点心，所以我不敢确信。我想我需要再见到你。或许在医院外面？我们还是不要让你的保险人有所顾虑的好。

扎赫拉医生

这封邮件是晚上发来的，时间太晚了，因而就其来源而言，它连一点专业的影子都没有，所以他们继续邮件往来，达数小时之久，直到他们达成一个计划：当面再谈。艾伦不知道这种事在沙特阿拉伯王国该如何操作，于是一切全听她的安排。

“我星期三来接你，”她写道，“我中午时分到那儿。找一辆SUV。我把你名字的首字母缩写写在一张卡片上，然后把卡片贴在前挡风玻璃上。”

第二天，艾伦无法在帐篷里安坐，而在海滩上闲逛又兴味索然。于是他走进这座城市的规划街区里，走过穿着工装的男人们，像监工一样冲着他们点头示意。他在空荡荡的道路上走了几个小时，每走一英里，精力就多了几分。最终，在往回走的路上，他发现了他曾经驾艇巡游的那条运河。他沿着运河走了一段时间，对它的明澈和在这种地方竟然能呈现出的色泽感到无比惊愕。就在漫天的尘土和也许永远无法建起的大楼，以及时刻不忘取代这一切的风沙之间流淌着一线完美无瑕的松绿色，没有理性的颜色，没有必要的颜色。人们没有造出这颜色，但是它能在此处实现，他们助了一臂之力。他们建造了某个东西，水流淌进来，人们把这摄人魂魄的美人引入到一个本不属于她的地方。

艾伦在这条蓝得没有必要的运河边徜徉良久，当他回到帐篷时，他感到吃惊，但也不那么吃惊，因为他发现蕾切尔正坐在布拉德的大腿上，他们面对面，浑身汗透，他们彼此的嘴都要吞没对方，而凯利在她的笔记本电脑前工作着，相距不到二十英尺。

凯利注意到艾伦站在门口，挥了挥手。但是布拉德和蕾切尔并不打算停下来。他们看着他，等着看他是否要待下来。他对他们所做的没有兴趣，第二天就是周末了，扎赫拉会带他去她哥哥的海边小屋共享午餐，所以他发现自己没有任何理由干涉别人。他离开帐篷，继续散步，直到日暮途远。

三十二

一辆巨大的SUV转进了希尔顿酒店的车道。它闪烁着光芒，酒店所有的窗户和灯光都投射在它那黑曜石的外表上。在挡风玻璃下他看到了自己名字的首字母缩写，AC，仿佛这辆车在宣扬自己的温控系统[①]。他微微一笑，后车门打开了。

艾伦首先看到的是她的腿。她穿着长袍，但是她的脚踝和穿在绑带高跟鞋里的双脚，就露在他的面前。他抬头向上看去，看见她正微笑着看着他，她的脸上喜形于色。

在十几个礼宾员和服务生的众目睽睽之下，他走进了车子，大家睁大了眼睛看着一个西方人被邀请进了一个沙特女人的车子。这是要逆天吗？

艾伦坐下来以后关上身后的车门，车内非常幽暗。他向司机笑了笑，点点头，算是打招呼，他们转过酒店的环岛，经过坦克上的卫兵，来到外面的公路上。

扎赫拉的头上披着一件宽松的头巾，不过她的脸没有遮住。在金黄色的灯光下，她的双眼看上去比在医院的时候更大、褐色更深，并且描着一条整齐的蓝色眼影。她的头发——她说不知拿它怎么办

---

① AC此处是Alan Clay（艾伦·克莱）的缩写，但是不明就里的人也可能把它看做是air-conditioning（空调）的缩写，故有此说。

才好——是那么的浓密，以至于看起来它的样式不是设计出来的，而是雕刻出来的。然而，在前面还是有需要分开的发帘。她使用两根手指，再次分开它们，重新露出了她的脸。

艾伦想要说些有意义的话。有太多的事情他想要说，但是他可能会说的任何事情都需要审查。当着那司机的面，他能说些什么呢？

“阿卜杜拉国王经济城里的事怎么样了？”她问道。

同优素福一样，她发现他对这座未来城市投入了如此多的想法和希望，这一点非常可笑。她说“阿卜杜拉国王经济城”的口吻暗含着把它当做粗野、笨拙的代名词，一种偏离本质的旁门左道。

“挺好的，我想。他们正在不断进步。”

她的脸上透出怀疑的神色。

“他们真的在进步，”他说，“假以时日。”

“大量的时日。”她说。

他们快速穿过市区，驶过那些光芒四射的购物中心和高墙围起的住宅群。司机向窗外指了指，回头说了几个字。

“他说那是沙特马拉多纳①的家。他认为我们关心。你关心吗？”她问道。

艾伦猜不出司机指的是哪所房子，因为他们此刻身在一处奇特而常见的吉达社区中间，在那里道路的一侧有一些奢华的带围墙的住宅，画着彩粉画，价值数百万，而在街道的对面有一块巨大的空

---

① 当指阿尔·奥维兰（1967— ），沙特足球运动员，绰号为“沙特的马拉多纳”，司职前锋。在1994年的美国世界杯赛中，他长驱直入连过对方五名后卫最后将球打入，沙特队历史性打进十六强，取得世界杯历史上的最好成绩。

地，那里已有成百上千辆的卡车把建筑垃圾倾倒于此。到处可见整齐堆放的瓦砾。艾伦想要就此事问一问扎赫拉，但是转而一想这种问题可能会被认为含侮辱之意。他不知道她对她的国家感到多么的自豪或者多么的不自豪，假定这是她的国家。他连这也不知道。

“水？”

她有两杯水，雅致地摆放在置水架上。

他呷了一口。

“好吗？”她问道。

“谢谢你。”

她举起玻璃杯放在嘴唇上，看到她那样的动作，闭着双眼，艾伦内心突然有了一阵狂野的想法。她放下玻璃杯，她的舌头迅速卷起一滴水珠。

“车程会超过一个小时，”她说，“在我们到那里以前，我们对彼此的重要信息都一清二楚了。”

这大体上是正确的。她告诉他日内瓦的高中生活。一个前男友，现在正试图推翻突尼斯政府。她尝试 LSD 迷幻药的岁月。加入过伊斯兰救援组织①，在库尔德斯坦难民营工作过。在喀布尔的一家医疗医院待过一年。听她的经历，艾伦感到自己就像是一个必要性要低一等的物种。

“这么说，你打算面见国王了。”她说。

---

① 伊斯兰救援组织（Islamic Relief），1984 年成立于英国的独立的非政府组织，已在全球二十多个国家开展了人道主义救援活动，其实施项目的范围也从应急、救灾和扶贫逐步拓展到长期的地区可持续发展规划。

他希望她能够被打动。“是那么打算的。”

“你亲自向阿卜杜拉展示，还是……”

艾伦希望他能够给出肯定答复。不过他向来在自我贬抑方面训练有素，所以他说：“我是团队成员之一。我事实上对技术层面知之甚少。我之所以在这儿是因为我认识他的侄子，或者说曾经认识过。”

“谁是竞争对手？”她问道。

“我不知道。当前就我们几个人待在帐篷里。”

“帐篷？”

“别问了。”

“好的。”

她转过头看着窗户，似乎在寻找灵感。情况会变得有意思起来的，因为中国人会买国王更多的石油。

艾伦对此尚一无所知。

“我在想，”她继续说，“假使一切照此发展下去。我不知道阿卜杜拉连同他的整个班底会不会突然改变他们的效忠对象。也许你们不再是最佳选择了。”

艾伦的心神突然从这辆车、从扎赫拉飘到万里之外。很快他就在波士顿的一间房子里，同埃里克·伊格万见面，后者不停地问哪里出问题了，为什么他没有预估到这一点，没有考虑到那个因素。然后是姬特和她的大学。再然后是他欠所有他认识的人的钱。

“对不起。”扎赫拉说。“别担心。我确信你没什么好担心的。我确信你们这些人还会有几年优惠待遇的。”

她诡秘地微笑着，她的食指敲打着玻璃杯的边缘。但是，她会是正确的吗？没有人能在价格上或者技术上打败瑞莱恩特的。还有谁会有全息图？事实上，他不知道。

“我很抱歉，艾伦。我让你担忧了。”

“没有，没有。一点也没有。”

“你好像突然魂不守舍。”

“没有，没有。抱歉。”

“你同那个侄子有点交情。那是有帮助的，我确信。阿卜杜拉非常忠诚，我知道。并且任何一个在这个王国里做生意的人都最好结识一两个王族。”

他们谈起阿卜杜拉。扎赫拉喜欢他远胜于他之前的那些君主。艾伦说在阿卜杜拉的位置上有一个改革者似乎是很好的事，然后他很快把阿卜杜拉同戈尔巴乔夫和德克勒克①相互比较起来。当他结束时，他知道自己言之过甚了。不过扎赫拉选择不去理睬他那糟糕的误解，把话题引到一个完全不同的领域。

“我有孩子。”她说。

“我假设过。”他说。

“你假设过？”

“也许不是视为理所当然。我假设有这个可能性。”

“我以为你的意思是从我的屁股上看出了端倪。你知道，就像有些人，他们能从一个女人走路的姿态上看出来这些。”

“我没那么聪明。”

“嗯，他们现在都十几岁了。他们和我一起生活。”

---

① 德克勒克（1936—　），南非前总统，结束了南非的种族隔离制度，议定了向多数派执政的过渡。取代 P. W. 博塔成为南非国民党主席后，他迅速释放了所有的政治要犯，其中包括曼德拉，并取消对南非非洲人国民大会（ANC）的禁令。1993 年与曼德拉共获诺贝尔和平奖。

“他们的名字是？”

“蕾娜和穆斯塔法。女儿十六岁，儿子十四岁。我一直在努力不让我儿子成为他父亲那样的混蛋。你有什么建议吗？”

“他同你有话说吗？”艾伦问道。

“你以前同你母亲有话说吗？”

艾伦没有。以前的年轻男人有话对谁说？年轻男人没有可以说话的人，即使他们有，他们也不知道说什么、怎么说。这就是为什么世界上绝大多数的犯罪行为都是他们干的。

“让他独自待在什么地方。诸如露营什么的。”

扎赫拉大笑，空气裂了开来。

“艾伦。我不能让儿子露营的。在这儿人们不会出去露营的。我们不是住在缅因州[①]。”

“你们难道不去沙漠吗？”

她叹了口气：“我猜有些人去。那些男孩子们去，去飙他们的汽车。然后他们撞毁它们，然后他们出现在急诊室。我救了两个那样的孩子。但是大多数时候回天无力。”

艾伦说他听说过这样的事情。

“从你的向导那儿？”

“优素福。他是一个好孩子。”

“那么他跟这些事无关。”

“他也是这么说的。”

扎赫拉突然撩开发帘，这一次，因为他们身处她的车内，沿着

---

① 缅因州位于美国东北端，是新英格兰地区面积最大的州，森林密布，景色幽美。境内阿卡迪亚国家公园是美国乃至全球最佳露营场所之一。

海边旅行，加上窗外的太阳和车内的几缕阳光，所以他一时间有点喘不上气来。

“怎么了？”她问道。

他暗自发笑。

“你在笑我自己弄的发型。我丈夫以前总是取笑我。”

“没有，没有。我喜欢它。”

“停。”

“我真的喜欢。我说不出有多么喜欢它。”

她给了一个将信将疑的表情。

道路纳新吐故，拥抱着海岸。他感到环绕四周的阳光可以品尝、可以触碰。他深爱着这一切，堆放着垃圾的一块块空地。他爱那个医学院，主要由一个女子学院和一个男子学院组成——分列同一幢建筑的两端，看起来隐约有几分像蒙蒂塞洛庄园①。

“这几乎就是搞笑，对吧？”她说。

“这样分还是一目了然的。”

她大笑起来，然后重新估量了他。

“你不该紧张的。”

“我看上去紧张吗？”他只是欣喜若狂了。

“你不愿意看着我。”

“我只是在欣赏美景。它使我想起了许多其他的海岸。水中那粉红色的砖坯房。那些白色的游艇。”

他向后坐了坐，观察着在眼前经过的大海，一串褪了色的房子

---

① 蒙蒂塞洛庄园位于美国弗吉尼亚州阿尔伯马尔县，曾经是美国第三任总统托马斯·杰斐逊的住所。1987年入选联合国教科文组织世界遗产名录。

在它的边上点缀着。

“你是哪里人？”他问道。

“你的意思是，我的父母亲是哪里人？他们的父母亲？”

他明白了这将会是一个史无前例的民族大组合。

“我想是这个意思，”他说，“这样问是不是很怪异？”

“不，不。他们来自世界各地，真的。这儿，黎巴嫩。有一些阿拉伯血统，但是我的祖母是瑞士人。曾外祖父是希腊人。还有一些荷兰人血统，当然我很多家人都在英国。这些血统在我身上一应俱全。”

“我也想要那样。”

“很可能你已经那样了。”

“我知道的还不够多。”

“嗯，你可以查清楚的，艾伦。”

“我知道，我知道。我要把所有人的来龙去脉查清楚。我的所有方面。我打算多方打听。”

她微微一笑。“真有时间。”然后，意识到自己这样说可能听起来像是谴责，她补充道，“我是说，你有大量的时间。”

艾伦丝毫没感到被冒犯了。他完全同意她的说法。

“你认为我们的孩子会怎样看待这样的事情？”他问道。

“什么意思？你和我？因为我们代表了某种巨大的文化冲突？”

“我想是的。”

“得了吧。我们之间只隔着一根最细的纤维线。”

“嗯，我就是那么想的。”

“就是那么回事。”她严厉地看着他，“我不会允许我们玩那些游戏。太累人了。让本科生玩吧。”

车道被一道铁门拦住，司机在遮阳板的什么地方按下一个按钮，门打开了。它向边上滑去，眼前出现一幢中等大小的庄园，乳黄色和白色相间，拱形的窗户，粉红色的门和帘子。

当他们进去以后，司机待在前屋里，而扎赫拉领着艾伦往后面走，来到一个面对大海的房间。她给他们二人倒了果汁，并在沙发上挨着他坐下。外面的大海喧嚣出一片湛蓝，细小的白浪花跳跃着。房间的另一边有一幅画，似乎是瑞士阿尔卑斯山。

“在海滨别墅里有点奇怪。”艾伦指出。

“生活在别处。”她说。

他们凝视着那幅画。

“它很蹩脚，对吧？我哥哥到什么地方都要买画。所有的度假小镇。他有着最差的品位。”

“你见到过雪吗？”

扎赫拉看着天花板，大声笑了起来，如响雷爆发。

“什么？艾伦，你真是个搞不懂的家伙。你在一些事情上很精明，但是在其他很多事情上你十分健忘。”

“我怎么能知道你见过雪的？”

“你知道我在瑞士学习过。他们那里有雪啊。”

“那要看你在瑞士的什么地方了。”

“我滑过几十次雪。”

他不知该说什么了。

“哦，艾伦。”

“好吧，你是见过雪的。抱歉。”

她看着他，闭上了眼睛，原谅了他。

她喝完剩下的果汁，冲着玻璃杯大笑起来。

“游泳时间到了。”

“你什么意思，游泳？”

“我们去游泳。你借穿一下我哥哥的泳衣。”

他在浴室里换上一套短衫短裤，当他准备好的时候，他站在一扇玻璃门的边上，门外是一片小沙滩和一个似乎是连着水的滑坡。这就像一个水下的混凝土坡道，从屋后平台到大海。它就像一个船下水滑道一样清洁匀称。

他感到后背有人碰了一下。

“你准备好了？”

只是她的手指，他就心绪难宁了。

“当然。开始吧。”他边说，边厌恶自己。

他不敢转过身。他很快就会有时间看到穿着泳装的她。她待在他身后，她的手指放在他的后背上，他选择一动不动。她发现他正看着那个奇怪的滑坡。

“我叔叔喜欢徒手潜水，所以他为自己建造了这个。它既残酷又放纵，不过管用。鱼还在这儿。”

他的叔叔事实上已经疏浚了海床，所以就有了一个容易的下水方式，再也不需要踩着珊瑚走了。

“你下去吧，”她边说，边递给他一副潜水呼吸管和一个面罩，“我随后就来。我需要把那司机打发出去办事。”

他打开门，走了出来，向水里走去。这儿比阿卜杜拉新兴城的海边要凉爽一些。经过滑道以后，海底崎岖多石，接着突然深了下去。

艾伦一边踩着水，一边在头上戴好设备。他让他的脸压紧了水，于是立刻发现大海无比清澈，到处是珊瑚。一阵亮橙色的鱼飘到视线中。他向前更进一步，顺着下面的珊瑚线。它壮丽鲜活，并且虽不是原封未动，但依然繁荣兴旺。过了没几分钟，他看到一条巨大的小丑鱼，转圈游着，一条鲀鱼用它那不成比例的小鳍，拨弄着游行。一群颊纹鼻鱼，一只铁锈色的鹦鹉鱼。一只流浪的珊瑚石斑鱼，面部带着永恒的不满。

他来到水面透透气。要看的真是太多了，五光十色，奇形怪状，目不暇接。艾伦看向房子寻找扎赫拉的身影，可是他什么也没看见。不想让人觉得迫不及待，他从海岸出发，顺着海底的珊瑚向前，向更深处游去，他看到了体形更大的鱼类，那些鱼在深海与浅水间自由穿梭。前方，海深到极限。下面的水漆黑如墨，海底遥不可见。一道影子从他的面罩前飞过。它明亮、炫目、巨大。他双脚使劲地踢着升出了水面，想要从上面看个究竟。

影子也升起来了。是扎赫拉。

“艾伦！”

他的心脏狂跳着。

“我本希望吓你一下，没想到把你吓成这样。”

他咳嗽起来。

“我很抱歉。”

终于他能够说话了：“没关系的。我本不该被吓到的。”

他看向她。他看见她的头，头发向上挽起，她下颚的轮廓一览无余——比他想象的更加雅致。她是美丽的湿人，她的黑发闪着光泽，她的双眸明媚动人。

但是其他的都在水下。

“我得回到水下面，”她说，“邻居们。”

她冲着环绕小港的那些房子点了点头。

“不过，我得提醒你。我和你穿得一样。假使有人看到我们在潜水，他们会认为是两个男人。只是两个裸露着的后背，穿着男人的游泳裤。你懂吧？”

艾伦想他懂了，但是实际上他并不懂。直到他戴上面罩重新入水。他如梦方醒。她没有穿上衣。她的短裤是蓝色条纹的，男士的。他一时忘了呼吸。我的上帝。他跟在她身后，注视着她两条结实的长腿，她长长的手指划动着，太阳照在她身体的各个地方，不断闪出光芒。

她转过来面对着他，面罩周围溢满了笑容，似乎要说，我使你吃惊了吗？她对自己到底有几分姿色、取悦他到了什么程度都了然于胸。接着她又转了过去，全无男女私情的样子，手往下指着成千上万的鱼和海葵，各种奇颜异色，匪夷所思，一切都那么鲜活、力争上游。

他心急如焚，想要靠近她，想要得到一切。他想要不经意间碰触到她，想要同她一起在水中扭曲翻滚，想要对着她的嘴巴尖叫。他拿定主意紧跟着她，完全无视水下的鱼和珊瑚，只为看一眼她的乳房，它们从她的身上垂下，发出光泽，来回摇摆。

她试图让他在她身边游，可是他拖在后面，希望限制住她看他的视线。他们游到海岸线的下面，他抓住机会，握住了她的脚踝，假装要引起她的注意，给她看下面一只超大的小丑鱼。她来到他身前，用手抓住他的胳膊，轻轻捏着。终于他得到了答案。他心里有底了。可是，接下来怎么办？有太多的刺激了，在这水里，在这天空下，光影婆娑，在她明亮的肉体上变幻着不同的图案。她的屁股起起伏伏，她的双腿踢上踢下，她裸露的上身随波沉浮。她向更远处游去，在那儿海床如同悬崖峭壁沉入最深沉的无尽蓝色之中。

她升到水面，他也紧跟其后。

她摘下面罩。

"喘口气。"她说。

他喘了。她向下沉去，她的双手向上伸展着。

他跟着她沉了下去。她向上推水，于是她下沉，来到水下十英尺，二十英尺。他赶上了她，就在那时，她抓住了他，他感到她靠在了自己身上。她亲吻他，他们的嘴巴紧合在一起，然后她吻他的胸膛，他的乳头。他下沉到她小腹的位置，从那儿开始吻她，慢慢升起用嘴叼住她的乳头，先是一只，然后是另一只，而她的手指拨弄着他的头发。然后她消失了。她射向水面，他紧跟其后。

在他呼吸空气、迎接阳光的时候，她已经游走了，她背对着天空，调整着她的潜水呼吸管。他跟在她后面。他们慢慢地向房子游去，继续假装是男人、朋友。当他们游近滑坡时，她转过来看着他，示意他先不要走。他拖在后面，观察着她。她向上爬去，披上一块毛巾，迅速进到屋里。

他游来游去，假装在潜水，实际上一直注视着屋内的动静。终于他看到有一扇窗户里伸出了一只手，招呼他进屋。他冲上滑坡，打开了门。

“这边来。”她说。

他循着她的声音来到另一间房子。在那儿，她穿上了衣服，盘着腿坐在地板上，枕头扔得满地都是。她穿着短裤和无袖背心，都很宽松，都是白色的。契机已然丧失，至少对他来说，他在她对面坐着，傻傻地笑着。

“那么。”她说。

她抓住他的手，用手指交扣住他的手指。他俩都看着彼此缠绕在一起的手。他无法借此起势，他不知道接下来该做什么。他发现自己看着一碗椰枣。

“你想来一个？”她开玩笑说，怒火中烧。

“是的。”他说，心里不知道为什么这样。他拿起一颗，嚼着果肉，感到自己像往常一样，被自己摧毁了，他在该出手的时候却没有能力出手。

当他吃完后，他小心翼翼地把果核放回到碗里，她向他靠得更近了些，斜倚着身子。他也照样做了，为她的身子做了个镜像。她贴得如此之近，以至于他能感觉她呼气呼到他的脸上，能够微微地闻到她舌尖上的盐水味。

他微笑着看着她。他知道她此举意味着邀请，但是他却没能呼应。

“这椰枣不错。”他说，想不出还有什么话好说。

她耐心地微笑着。他重整旗鼓。他知道他需要亲吻她，并且接着他需要把她压在身下。他臆测着这些步骤，该把她的肩膀放在何处，他的手该放在哪里。太长时间了。他已经有八个年头无须做出这样的决定了。

他瞥向屋外，看着沐浴在阳光里的天空，看着神秘莫测的大海，在它们的广阔中他找到了力量。在那水中，死了上百万，在那太阳下，生活着数十亿，而太阳不过是数十亿同它一样的白色发光体中的一颗而已，故而这一切也不是什么非同小可、不可逾越的事。没有人观看他们，除了他和扎赫拉以外，没人在意这间屋子里会发生什么——因为无足轻重而产生了如此的力量——所以他不妨满足心愿，也就是亲吻她。

他把脸凑近她的脸，奔向那两片饱满的红唇。他闭上眼睛，冒着吻不到的危险。她通过鼻孔呼出的热气擦过他的嘴。他的嘴唇碰触她的嘴唇。如此的柔软，太柔软了。里面完全没有硬物——像层层叠起的枕头。他不得不多使几分劲为自己找到着力点，来把它们顶开。她分开了它们，嘴巴把他迎了进来，那是一种大海的味道，浓郁、凉爽。

他把手放在她的头上，她的头发比他想象的要脆弱。它不柔软，不。他的手梳过它，来到她的脖子上，他托住她的头，让它更加靠近自己。她轻叹一声。现在她的手放在他的腰上。那些长长的手指，那些指甲。他想要它们去抓、去够、去拉。

他的嘴巴移到她的脖子上，舌头沿着她的肩膀舔到她的下巴，然后再移到上面。火辣的肉体散发的气味——这就是足够的犒赏。她在他耳边呢喃着，她的呼吸，她的嘉许。她既不是放任得无边，也不是仁慈得易悦。他的担心消弭了。

她的手在她的上方抓着，在找寻一只靠垫。他找到一只抱枕，垫在她抬起的头的下面。在那一瞬间，他们四目又一次相对，微笑着，羞怯着，惊愕着。那双眼睛，像行星那么大——他想要它们现在闭上，那样她就不会在他身上左看右看，然后心生悔意。她可能会看到他发黄的牙齿、他的补牙、他许多的伤疤、他松垮的肌肤，一个杂乱无章马虎潦草的人生写照。但是也许他不只是这一堆断壁残垣。她已经看到了他的内在锦绣，难道不是吗？她已经从他的体内掏出了朽死之物，切割、拉拽、轻按，但是她仍然不愿离去。

她再次把他拉到自己身上，她张开了嘴迎接他的嘴，她开始了新一轮的火爆动作。她的指甲耙过他后背上的体毛。她的另一只手不断抓着他后背上的皮肉。

屋子的另一端，他看到一面镜子。在镜子里可以看到他们，他看到他的双臂环抱着她。他看上去孔武有力，他的胳膊晒成棕褐色，上面青筋暴露。他并不恶心。“我不想做那种有人不想看的爱。”露比曾经说过。她臆断这会在三十五岁结束。突然全身掠过一阵痛，一道悔恨的闪电，他们彼此在对方身上所做之事，他人生的主要错误，在伤害她和被她伤害中荒废的时光，那些糟糕透顶的事，蹉跎了我们微不足道的生命。他再次看着扎赫拉，她那黑色的眼睛原谅了他，看到他笑了，它们变得更加明亮。

他把自己推倒在她的身上，听到自己在呻吟。

“谢谢你那样做。”她说。

他在她耳边笑了，然后吻她一路吻到她的锁骨。

“你在拖延时间？”她问道。

“不，不。我在拖延吗？”

“来吧。”她轻声说。

他想要，但是发现他还没准备好。

“我非常想做。”他说。

“我很高兴。”她说。

但是他们发现彼此不停地道歉，失败的原因五花八门，因为他们的身体部位相互不合作，或者只是间歇性地合作。当他准备好的时候，她却没有，这让他畏首畏尾了。不过，他们还是相互抚摸着，绝望而笨拙，效果越来越差。在某一时刻，他试图从她后面来，他的肘部打到她的前额上。

“哎哟。”

他瘫倒在地，看着天花板。

“扎赫拉，我非常抱歉。”

她坐了起来，双手放在大腿上。

“你分心了吗？”

他没有分心，一点也没。实际上，他是如此专注，想要占有她，享受她的肌肤、她的嘴唇、她的呼吸和声音，根本就没有其他想法进入他的脑袋。

“也许吧。”他说。

他别无选择，只好撒谎。他告诉她有关那些压在他心头的事情，诸如卖不掉的房子、它腐朽的味道、那个把自己淹死在湖里的男人、他对许许多多人欠下的钱、他需要的那笔钱——让自己在女儿身边做正确的事，他那杰出的女儿将不会得到她应该得到的东西，除非在这个沙漠上有奇迹发生。

“不一定非今天做不可。”她说，尽管听起来她说的似乎是“不一定非做不可”。

“妈的，”他说，“妈的妈的妈的妈的妈的。”

“没事的。”她说。

“妈的妈的妈的。”

“嘘……”她说，然后他们依偎在一起，倦怠得像职业拳击手一样，一边注视着太阳投入大海的怀抱。

三十三

暮光中，房子里的白墙涂上了一层蓝色，粉色的帘子染成了紫罗兰色。屋外的大海躁动不安，一片幽暗。

艾伦和扎赫拉坐在餐桌边，喝着白葡萄酒。他已经把那些椰枣吃完了。

“我得去巴黎待几个星期。”她说。

艾伦早有准备。

“你认为你在沙特还要待多长时间？”她问道。

他不知道。

他们喝完了一瓶，又打开了一瓶。他们如此爱这个世界，而这世界的每一个方面都让他们意懒心灰，故而，此刻对他们来说，珍爱生命中每一个瞬间的最显而易见的方式，莫过于坐在餐桌边，再饮上一瓶酒。

扎赫拉给他又倒了一杯。

艾伦有种感觉，扎赫拉在等他离开。但是他是同她的司机一起来的，所以她不送他走，他是无法离开的。

“我能给你讲个故事吗？”他问道。

“当然可以。”她说。

“我有个故事是讲给你儿子听的。他叫什么名字来着？”

“穆斯塔法。”

“穆斯塔法，好。好名字。”

艾伦喝醉了，并且想要扎赫拉能看出来。

“这对穆斯塔法来说是个好故事。”

“我很高兴。我应该记点笔记吗？”

“不需要。你能记住要旨的。”

“我会努力的。”

“好吧。我父亲和我一起露过几次营。”

“哈，又是露营。”

“这与露营无关。请听好了。”

“我听着呢。”

他在他们的杯子里续上酒。他醉眼蒙胧，但是觉得无比强壮。

“我当时大约十岁或十二岁。这一次他带着我北上新罕布什尔。他把车开进了某个国家公园。只有一望无际的树林。然后我们停下车，出发了，走到树林深处。至少走了四个小时。最后的三个小时里我们一个人影也没看到。我们在地图上消失了，基木上。此刻是清晨时分。我们日出就出发了。我们带着雪鞋，当遇到泥土较深的地方我们就穿上它们。这种步行，其艰辛程度令人难以置信。我们不时地停下来喝点水吃点东西。我们吃牛肉干和坚果，诸如此类。然后我们继续沿着斜坡往上爬。下午大约三点，太阳已经渐渐西沉，所以我们停下来。四下查看，我们没有发现任何人类文明的迹象。我估计我们要往下走了。天气越来越冷，可能会降到二十度或者十度①。我们的穿戴不足以保暖。”

---

① 相当于零下 6.7 摄氏度和零下十二摄氏度。

“他是怎么想的？你们带帐篷了吗？”扎赫拉面露惊愕。

“我也这样问他的。‘我们有帐篷吗？’我心想他会有个计划的。但是从他的表现看，他似乎也是刚刚意识到这一切的利害关系。我们天黑之前不可能赶回去了，而夜晚会把我们冻成冰坨坨的。更别说可能会有狼群、野熊。”

“狼群和野熊？”她问道，一脸的不相信。

“你就信了吧。”

“我想我只好信了。”

“于是他对我说：‘我们应该做什么？’我突然明白这是一种考验。他的眼睛里露出了某种考验我的神情。于是我想到了我所知道的童子军的那些东西，然后我说：‘我们盖一个栖身所。’他脑子里也是这么想的。他打开背包，拿出一把斧子和一些绳子。他计划让我们自力更生，用木头造一个栖身所，绑成小木筏的形状。”

“哦不。”

“‘你认为我们还有多长时间？’他问道，意思是在太阳落山、气温降到冰点之前。‘大约两个小时。’我说。‘我觉得你是对的。我们最好开始干吧。’他说。”

“他很彪悍。”扎赫拉说。

“他喜欢被看成那样。所以我们开始干了。我们轮流砍削、捆绑。我们用二十根左右的细桦木条绑成了两个木排。此事完毕以后，我们在雪地里清出了一块二十乘二十见方的空地，然后就地组装，搭成了一个相当值得敬佩的A形框架。我们从松树上采集松叶，铺在底部。”

“听起来很舒适。”

“它舒适得令人吃惊。然后我们在栖息所四周围起一道墙。三英尺高，严严实实。为了挡住风。我们在屋顶上铺上雪，大约一英尺厚的保温层。”

“它不会漏吗？”

“在十度的时候，不会漏的。那是我们所能有的最佳保温层了。”

“你们有睡袋吗？”

“没有，我们没有。”

“这家伙简直是疯子。”

“也许吧。然后他问：‘儿子，我们现在需要什么？’我知道。我们需要针和线，或者胶带之类的东西。所以我如实相告，于是他拿出了一卷胶带。”

“干什么用？”

“用我们的衣服制造一个睡袋。”

“你开玩笑吧。”

“我没有。我们把我俩的外套剪开，用胶带粘在一起，制成了一个又大又宽的睡袋。然后我们穿着我们的长内衣裤睡在里面。”

“你俩一起睡在那睡袋里？”

“是的，睡在一起。我不得不说，当我们在那儿安顿好了之后，它非常暖和。”

“你们没起一堆火。”

“没有火。只有彼此。”

“到早晨咋办？”

“我们把外套再粘回去，然后回家。”

“所以你们通过建造东西自我拯救了。我明白了。但是他在此过程中几乎害得你俩命丧黄泉。”

“我想是的。”艾伦说，然后大笑起来。

“我也可以大笑，对吧？”扎赫拉说。

“我允许。”

“很好。因为我发现所有这一切，”她说，她的手挥过房间，包拢了整个房子，外面的大海，这王国的一切，这世界和天空的一切，“都非常的、非常的悲哀。”

三十四

国王真的来参观阿卜杜拉国王经济城了，就在十一天以后。他来访的消息在那个早晨的九点钟被发布出来，而他的车队刚过中午就到了。他在这座城市空荡荡的道路上游览了大约二十分钟，在接待中心待了十五分钟，然后他和随从人员走进展示帐篷里。

艾伦和年轻人们早做好了准备。国王坐在一把像王座一样的椅子上，那天刚搬过来的，而他的团队坐在那几张白色的长沙发上。布拉德、蕾切尔以及凯利开始了展示，整个过程进行得天衣无缝。布拉德穿着时髦的商务装，先对各位的到访表示欢迎，然后讲解了该项技术，接着他引见了另外一个男人，这人此时身处伦敦，不过刹那间，哈，他从舞台侧翼大踏步走来了，穿着大袍、戴着头巾。他似乎就在帐篷里，就在舞台上，一边来回走着，一边用英语和阿拉伯语对大家讲话。他和布拉德互动了一会儿，重点说明了这种科技对于神通广大的瑞莱恩特公司来说，不过是沧海一粟罢了，他们期待着在阿卜杜拉国王经济城会有更多的辉煌业绩。接着在伦敦的那个男人向所有人道谢，然后离开了，布拉德也感谢所有人，从舞台上走了下来，他用嘴巴向艾伦和另外两个年轻人无声地做出了他对这次表现的评估：棒极了！

当一切结束的时候，阿卜杜拉国王轻轻地拍了拍手，但是只字未说。也没有问答环节。他以及他所有的随行人员都没有同瑞莱恩特公司的任何人说上一句话，尽管艾伦站在门口以备有人要讨论实施方案。没有人要讨论。艾伦没有机会提起国王的侄子。他和国王之间隔着四层人。不到几分钟的时间，国王就离开了，所有伴随他的人也随之离去。

艾伦看着他们的车开到路上，不过并未开远。他们消失在黑盒子下面的停车场里。在大楼的外面，艾伦看到三辆白色的商务车，整整齐齐地停成一排。艾伦在这儿这么多天还从未见过大楼外面停着这样的车辆，所以他走过去想看个究竟。每辆商务车上，在车的一侧都有两排印刷文字，第一排是阿拉伯文字，第二排是汉字。艾伦两排都不认识。

他等在大楼的外面，不想引起任何注意，就这样几乎过了两个小时，他终于看到国王和他的人走了出来，同行的还有一队身着商务装的中国男人。他们互相握手，笑意盎然。国王返回了黑盒子，几分钟后他的车队从停车场里冒了出来，驶离了这座城市。那些中国商人走进他们的商务车，也开走了，扬起了一面尘墙，这些尘土完全落定得要数小时之久。

等他们全部走了，艾伦冲上黑盒子，发现玛哈坐在前台里。

“你好，艾伦。”她说。

“那些男人来这儿干什么的？”他问道。

金钱、浪漫、自我保护、认可。

“给国王做个展示，”她说，“就像你们一样。”

“你的意思是信息技术？”

“我相信是这样的。”

“他们在这里做的？在大楼里面？”

玛哈微微一笑：“要不然还能在哪儿？”

“他们怎么知道国王今天会来这儿？”他问道。

玛哈看了艾伦很长一段时间，然后说：“我猜他们只是撞上大运了吧。”

那个下午，瑞莱恩特的年轻人们把设备拆卸装箱，然后把所有东西以及他们自己塞进了班车。他们看不到待下去的意义，所以他们第二天就离开了沙特阿拉伯。

艾伦留了下来。在接下来的三天里，他每天都返回到帐篷里，希望能见到卡里姆·艾哈迈德。艾哈迈德先生在那天的几个展示之后，变得异常忙碌起来，玛哈这样对艾伦说。

终于，有一天，当艾伦独自坐在一张白色塑料椅子里的时候，他听到敲门的声音。艾伦打开门。是卡里姆·艾哈迈德，他很遗憾地通知艾伦，给这座新城提供信息技术的合同已经签给了另一家公司。他说，那家公司的信息技术传输要迅捷得多并且价格要便宜一半多。

“一家中国公司？”艾伦问道。

“一家中国公司？我不敢肯定。”艾哈迈德说。

“你不敢肯定？”

艾哈迈德假装用力思索。

“你知道，我相信他们有可能是中国人。是的，我相信他们是。这对于你来说有什么分别吗，艾伦？”

“没有。”艾伦说。

根本就没有任何分别。

“他至少还喜欢那全息图吧？”艾伦问道。

“谁？”

“国王。”

“噢，他喜欢，他喜欢，”艾哈迈德说，他的声音里充满了一种感情，一种类似同情的感情，“他认为它非常，非常出色。”

艾伦透过那扇塑料窗看向窗外，看着蓝色的大海，看着黄昏的夕阳。“你认为我还有任何待下来的理由吗？”艾伦问道。

“待在阿卜杜拉国王经济城？”

“是的。我想瑞莱恩特公司也许能够提供其他服务。如果没有，我同其他的一些公司也有合作，它们或许在这座城市的新建阶段很有用处。”

艾哈迈德在原地站了一会儿，手指放在嘴唇之间。

“好吧，给我几天时间，让我想想这件事，艾伦。毋庸置疑，我很想帮到你。”

“你会吗？”

“当然，我为什么不会呢？”

艾伦可以想到非常多的原因。但是他不得不假设他有一片好心。他不得不希望自己得了失忆症。

“那么也许我会待下来。”艾伦说。

毕竟，他没有被立即赶走，并且他现在也无法回家，总不能就这样两手空空地回去。所以他会待下来。他不得不待下来。否则，如果国王再次来访，谁还会在这儿呢？